송계 한덕련 선생 스토리텔링

이야기로 만나는 송계

지은이 김정식

2011년부터 스토리텔링 제작 및 문화콘텐츠 컨설팅 전문 대마문화콘텐츠연구소를 운영하고 있으며, 1989~1990년 『월간에세이』 완료추천으로 등단하였다.
예술행정(행정학박사)을 전공한 지은이는 1983년부터 2019년까지 육군3사관학교 교수, 대구가톨릭대학교 및 전주대학교대학원 강사를 역임하였고, 『나를 디자인합니다』, 『은빛 목걸이』, 『청리 가는 길』, 『화살을 이긴 영천 대마』, 『이야기로 찾아가는 하회마을』 등 15권의 에세이 및 스토리텔링집을 발간하였다.

송계 한덕련 선생 스토리텔링

이야기로 만나는 송계

2020년 10월 30일 초판 1쇄 펴냄

지은이 김정식
펴낸이 김흥국
펴낸곳 보고사

기획 사단법인 송계선생기념사업회
책임편집 황효은
표지디자인 손정자

등록 1990년 12월 13일 제6-0429호
주소 경기도 파주시 회동길 337-15 보고사
전화 031-955-9797(대표), 02-922-5120~1(편집), 02-922-2246(영업)
팩스 02-922-6990
메일 kanapub3@naver.com/bogosabooks@naver.com
http://www.bogosabooks.co.kr

ISBN 979-11-6587-102-4 03810

정가 15,000원

송계 한덕련 선생 스토리텔링

이야기로 만나는 송계

김정식 지음

보고사
BOGOSA

송계 한덕련(崍溪 韓德鍊, 1881~1956) 선생은 한말 영남 동부 지역의 마지막 유학자요 실천 도학자다. 가학으로 입지를 한 선생은 전국의 선현지를 탐순하고 호남의 간재 전우를 스승으로 모셔 큰 가르침을 받았다. 그 후 군위의 화산, 산성과 영천의 임고에서 학당을 열고 수많은 제자를 가르쳤으며 〈세심시동지〉를 비롯한 일천여 편의 유학적 시와 문적을 남겼다.

성현의 도에 이르고자 하는 수신자로서 송계 선생은 '자나 깨나 도를 구하다 죽고서야 그친다'는 한결같은 심지로 학행을 돈독하게 쌓아 나갔다. 사후, 대구 경북 유림과 영천 지역민들은 선생을 연계서원에 모시고 선생이 남긴 학덕과 세심정신을 널리 선양하고 있다.

차례

1부

자근곡도 울고

1

1956년 동짓달 열나흘, 연정마을의 동쪽 자근곡(滋根谷)이 슬피 울었다. 송계 한덕련의 명정이 자근곡의 넉넉한 품으로 안기고 있었다.

제자들과 마을 사람들로 꾸며진 스물네 명의 상두꾼들이 영구를 신고 상여를 고이 맸다. 견전(遣奠)*의 예를 마치자 방상과 시자를 앞세웠다. 이어 명정과 만기 뒤를 영여가 나가고 선상두꾼이 이끄는 상여가 뒤따랐다. 그리고 상여 뒤로 굴건제복을 한 상주와 복인과 제자들을 비롯한 여러 유림의 조문객들이 줄을 이었다.

행렬 속에는 수질(首経)**을 하여 상복을 입은 노년의 태언과 구현은 물론 젊은 종달이까지도 섞여 있었다. 상여가 한 걸음씩 자근곡으로 다가서자 구현은 연신 명주 수건을 꺼냈다. 제자는 스승을 보내는 슬픔을 오열로 대신하고 있었다. 구현은 상여 속에 잠든 스승이 되살아오실 것만 같았다.

---

* —— 견전은 발인하기 직전에 영구와 작별하는 인사(제사)이다.
** —— 수질은 상복을 입을 때 머리에 두르는 둥근 태를 말한다. 짚이나 삼 껍질로 감아 만든다.

'스승님, 제가 열네 살 어린 나이에 선생님을 처음 만났습니다. 화산벌을 울리며 책 읽던 소리가 지금도 귓가에 쟁쟁합니다.'

구현은 또다시 옛 생각에 젖어 쏟아지는 눈물을 애써 참으며 상여를 뒤쫓아 갔다.

상여는 선상두꾼이 구성지게 만가를 앞창하는 대로 상두꾼들이 따라 부르면서 한 걸음씩 마을을 떠나 자근곡으로 향했다.

이제 가면 언제 오나. 아들 손자 모두 놓고 나는 가네.

어홍 어홍 어화넘차 어홍.

이웃들아 동지들아 이제 가면 언제 볼꼬.

어홍 어홍 어화넘차 어홍.

북망산천 기다린다 어서 가자 하늘나라.

어홍 어홍 어화넘차 어홍.

상여가 멈출 때마다 상여 뒤를 따르는 백관들과 제자들이 노잣 돈을 상여 틀에 꽂았다. 그럴 때면 선상두꾼은 신이 나서 더욱 구성지게 앞창을 읊어댔다. 꺼이꺼이 오열을 끌어내는 선상두꾼의 요령 소리에 꽃상여를 탄 꼭두도 눈물을 흘리는 듯했다.

우지산아 나는 간다 노고산아 다시 보자 이제 가면 언제 볼꼬.

어홍 어홍 어화넘차 어홍.

망자가 뿌린 학덕, 심락재야 잘 있거라 다시 보자 심락재야.

어홍 어홍 어화넘차 어홍.

그런데 상여가 마을을 벗어나 들길에 들어서자 선상두꾼이 소리를 멈추고는 쉬자고 했다. 상여의 꼭대기에 앉은 꼭두각시의 표정을 본 것이다. 청홍의 깃발과 문양으로 치장을 두른 꼭두는 망자가 그토록 애정을 기울였던 화산의 옥정서당을 떠올리고 울고 있었던 것이다. 상여를 내려놓고 백관들과 제자들은 슬픔을 억누르며 정성껏 노제를 지냈다. 또 한 번의 울음소리가 들녘을 울리고 산을 울렸다.

다시 상여는 움직이기 시작했다.

화산아 옥정수야 너를 두고 내가 간다.

어홍 어홍 어화넘차 어홍.

세심대야 어풍대야 못다 이룬 공부 언제 할꼬.

어홍 어홍 어화넘차 어홍.

공맹을 만나 할까 내생에서 다시 할까.

어홍 어홍 어화넘차 어홍.

글 잘하는 송계 선생 규벽성의 장관이라.

어홍 어홍 어화넘차 어홍.

오 리 길이 넘는 긴 상여 길을 따르는 수많은 유림과 제자들도 함께 울었다. 흰 두루막 자락이 움직일 때마다 자근곡의 슬픔은 강물이 되어 흘러내렸다.

에고 에고…….

어이 어이…….

송계가 영원히 잠들 산자락으로 붉은빛 만장이 저만큼 다가가고 있었다. 하늘에는 난데없이 한 뭉치 구름 떼가 지나갔다. 송계를 보내는 슬픔을 그렇게라도 표시하고자 하는 하늘의 뜻일까.

"취토! 취토! 취토!"

하관을 지켜보던 상주가 세 번 외치며 송계의 관 위로 흙을 뿌린다. 나무 관을 덮은 빨간 비단 위에 황금빛 글씨로 써진 '송계청주한선생지구'라는 글귀가 조금씩 흙 속으로 묻혀 갔다. 평토가 시작되자 상주를 비롯한 수많은 백관과 제자들이 비통한 울음을 터트린다. 하얗게 목화가 피어난 듯 무명 두루마기 자락이 펄럭이는 자근곡에 망자를 위한 곡소리가 골골이 울려 퍼지고 오열하는 눈물에 산새들도 구슬피 따라 울었다.

봉토를 지켜보던 사람들은 이 순간이 송계와의 영원한 이별임을 받아들이고 있었다. 송계가 다시 이 세상의 아버지로, 벗으로, 스승으로 되돌아올 수 없다는 것을 아는 울음이다. 산 사람과의 헤어짐이 아니라 주검과의 이별, 그러니까 다시는 만날 수 없는 영원한 별리의 슬픔을 한껏 토해내고 있는 것이다.

만기를 태운 연기가 차츰 산곡을 비켜나고 있다. 문상객들이 빠져나간 송계의 무덤가에는 생 흙내가 물씬 풍겨났다. 낡고 헤진 미군 카키복을 걸치고 찌그러진 중절모를 눌러쓴 초로의 한 사나이가 묘지를 떠나지 않는다. 한켠에서 솔가리 불을 사위며 만기를 태우고 있는 그의 얼굴은 눈물과 재로 얼룩져있다.

중천을 넘어선 초겨울 해는 달아나듯 서산으로 기울어지고 있었다. 소설을 앞둔 날의 산바람이 스산했다. 발갛게 바닥에 떨어진 솔잎과 갈참나무 잎들은 이미 가랑잎이 되어 지나가는 바람을 안고 바스락거렸다.

장례를 마치자 곧바로 장지를 떠나지 못한 몇몇 조문객들이 귀후재로 모여들었다. 그들이 자리를 차고앉은 시간이 흐를수록 마루 안에는 복잡한 냄새들로 뒤엉켰다. 산에서 스며든 진한 흙내와 막걸리 냄새, 거기에 간 냄새까지 뒤섞여 조금 역겨운 듯했으나 간간이 지나가는 바람이 이따금 쓸고 가주었다.

송계의 무덤 아래쪽 널찍한 밭뙈기 가운데에 있는 네 칸짜리 낡은 귀후재는 신녕 노곡에 사는 청주 한씨 후손들의 재실이다. 송계의 선대는 기묘사화를 피하여 신녕으로 이거한 이래 근 5백여 년 동안 노곡에 뿌리를 내리고 세거해 왔다. 그러니까 귀후재는 청주 한씨 입향조 이래 대문중의 산소가 있는 큰골 서쪽의 자근곡에 자리하고 있다.

재실 마루에서 고인을 잃은 슬픔을 주고받듯 술잔을 나누는 서너 사람이 유독 눈에 띈다. 멀뚱거리던 한 사내가 장지에서 쓰다 남은 술과 안주 몇 점을 주섬주섬 꺼내더니 왕골자리 위에 올려놓으며 말한다.

"저는 이종달이라 합니다."

키가 멀쑥한 그는 백관의 한 사람 같아 보이지는 않았다. 그의 깊은 눈망울은 아직도 흥건히 젖어있었다. 슬픔을 이기지 못하는 듯 그는 음복 술잔을 기울이다 말고 광목으로 누빈 옷소매로 연신 눈물자국을 훔쳤다.

"선생님이 금방 들어오실 것만 같습니다. 늘 그랬듯이 바람을 쐬고 곧바로 되돌아오실 겁니다."

영여를 매고 상여를 앞서서 인도해 갔던 종달이는 망자의 제자다. 종달이는 심락와에서 송계를 좇아 두어 해 글공부를 했다. 그리 총명하다고는 할 수 없지만 우직한 그는 망자 때문에 자신이 무식한 촌부를 면할 수 있었다면서 송계를 부모처럼 따르고 사사로이 일을 돕기도 하였다. 해방되기 몇 해 전에 송계가 고향 연정리로 돌아와 심락와를 열고 학생을 불러 모을 때 일자무식의 종달이도 그 틈에 섞여 글 이삭을 주워 띄엄띄엄 천자문을 읽고 명심보감까지 뗐다.

종달이가 다시 술잔을 드는데 눈이 움푹 파이고 부리부리한 한 남자가 뒤늦게 마루로 올라앉는다.

"저는 영일 토성에 사는 김동석입니다. 망자와 아무런 연고가 없지만 이번 상가에 곡쟁이로 왔습니다."

곡쟁이란 상주를 대신해 울어주는 전문 울음꾼이다. 상가는 으레 상주의 곡소리가 끊이지 않아야 했다. 상가가 썰렁하면 망자를 욕되게 하는 일일 뿐만 아니라 상주의 효심까지 의심받으니 곡소리의 크고 작음은 곧 상주의 효심을 가늠하는 잣대로도 여겼던 것이다. 곡쟁이는 천연스럽게 상복을 갖춰 입고 실제의 상주보다 더 서럽게 곡을 한다. 곡쟁이가 스스로 비통한 분위기를 만들어 가면 상주는 물론 조문객들도 더 엄숙하고 경건해진다.

자리를 같이하자고 너스레를 떨면서 성큼 들어선 동석이가 송계의 주검 앞에서 슬픔을 연기했던 바로 그 곡쟁이였다. 일반적으로 곡쟁이들은 상가에서 곡 값을 받을 뿐만 아니라 여러 날 입동냥을 하는데 누구보다도 엉덩이가 질기다. 심지어 재우제를 지내고 삼우제까지도 상가에 눌러 울어주면서 입을 사는 일도 흔하다. 흉년에는 숫제 상가에 붙어 머슴살이하듯이 허드렛일을 돌보면서 붙임살이를 하기도 한다. 동석도 그 마찬가지다. 사람이 제법 희멀겋게 생겼지만 그의 태생이 그러하니 어찌할 것인가.

톡 쏘는 막걸리 누룩 냄새를 감싸 안고 솔바람이 성긴 빗방울처럼 지나갔다. 어디선가 때늦은 백조가 엷은 구름 끝을 좇으며 구슬피 울어댄다. 그때 마당에 앉아 모닥불을 쬐던 한 노인이 절뚝거리는 다리를 펴면서 혼잣말로 내뱉는다.

"저 동짓달 백조를 봐라. 저 미물도 슬픔에 겨워 우짖는구나. 송계 선생을 잃은 슬픔의 곡소리를!"

그는 묘지 옆에서 만사와 만기를 긁어모아 태우던 노인이었다. 노인은 날짐승 중에서 유독 백조가 슬픔을 아는 새라는 걸 알고 있는 듯했다. 백조는 다른 날짐승과 달리 제짝이나 동료가 죽으면 그렇게 운다는 속설을.

그때 새로이 또 한 사내가 음복 술상 앞에 슬며시 올라앉는다.

"최수팔이올시다."

검은 구레나룻과 먹물을 그은 듯 짙은 눈썹을 무겁게 달고 눈을 부라리는 그가 별로 낯설지 않았다.

"상두꾼입니다."

"그러면 그렇지 많이 본 듯하이."

두 사내가 이구동성으로 최수팔에게 아는 척을 했다. 귀후재 마당을 서성거리던 노인은 최수팔이를 설핏 쳐다보기만 할 뿐 별반 관심이 없는 표정으로 다시 부젓가락을 들고 사위어가는 불을 헤집듯이 다듬어냈다. 우연히 둥근 개다리소반 앞에 모여 앉은 세 사람은 마치 평소에 잘 알고 지내던 사이인 것처럼 순식간에 음복 술잔을 주거니 받거니 하며 후담을 나누었다.

그들은 장례가 끝나고 해가 서쪽으로 기울어지고 있는 데도 무슨 일로 재실에 남아 서성거리는지 서로 까닭을 묻지 않았다. 굳이 물어볼 필요가 없었다. 종달은 여전히 스승을 추모하는 슬픈 마음을 떨치지 못하고 있고 동석이와 수팔이는 건조한 삼동 한철의 가난한 입을 살기 위해 눌러있음을 서로 알았다. 그런데 마당에 앉은 노인에게는 아무도 눈길을 돌리지 않았다. 노인의 행색도 그러하거니와 자신들과 달리 특별한 상조 역할도 없었고 상가와 먼 친인척 관계도 아닌 듯했다. 노인을 아는 사람은 아무도 없었다. 그렇다고 본인 스스로 자기 소개를 하지도 않았거니와 그 상황에서 누구도 노인을 눈여겨보지 않았다.

수팔이는 말재간이 있고 이것저것 아는 것이 많았다. 그는 탁주를 한 사발씩 기울일 때마다 온갖 이야기를 꺼냈다. 자신이 궁금하면 곧바로 물어보기도 하고 그것에 자기 경험을 덧붙여 이야기를 이끌어나갔다.

"듣자 하니 송계 선생께서 돌아가시던 날 밤 아주 특별하셨다더군요. 운명 시각을 미리 아셨던지 자식들을 다 불러들이고 꼿꼿이 앉아서 유언을 하셨다고 들었습니다. 참으로 대단한 도를 깨치신

분이 아닌가 싶습니다."

"그거야 제자인 종달 씨가 잘 아시겠네요."

동석이가 맞장구를 치자 종달이가 코를 훔치면서 입을 열었다.

"선생님은 근년에 지병이 깊어졌습니다. 그날 운명하실 것을 미리 아신 선생님은 몸을 깨끗하게 씻은 뒤 옷을 갈아입고 기다리셨습니다. 정신은 여느 때 이상으로 아주 맑은 듯했습니다."

"도인은 태어날 때와 죽을 때를 안다고 들었습니다만 송계 선생도 과연 도인이셨나 봅니다. 영천 지역에서는 이미 송계 선생이 단순하게 글만 알고 가르치는 선비가 아니라 도인이라 소문나 있었어요. 무식한 집의 사주단자와 축문이나 써주고 쌀 되박을 받는 매문쟁이가 아니라 득도한 큰 선비라고요. 학문을 생활 속으로 실천한 참 유학자라고 온 고을에 소문이 났습니다. 그래서 모두들 '송계 선생님', '송계 선생님' 하면서 존경을 마다하지 않았나 봅니다."

함께 앉은 종달이는 가만히 있는데 수팔이가 나서서 송계의 행장을 읽듯이 열심히 떠들어댔다. 선상두꾼이 제법 많은 것을 안다고 생각하면서도 종달은 묵묵히 듣기만 했다. 좌중은 오히려 수팔이의 일방적인 언변에 모두들 경청하며 정신이 쏠리고 있었다. 그때, 동석이가 마당 밖을 내다보았다. 모닥불 앞에 쪼그리고 조는 듯이 앉은 노인이 여전히 자리를 뜨지 않고 있었다. 불은 이미 사그라들어 잿더미만 남았는데 노인은 그것이 마치 화로인 양 움켜잡고 몸을 녹이고 있었다.

"어르신, 마루 위로 올라오시지요."

동석이가 목소리를 높여 불렀다. 그제야 노인은 굳은 몸을 털고 천천히 마루로 오른다. 노인이 귀후재 마루로 올라앉자마자 수팔이가 음복술을 건네고 노인은 찐더운 표정을 지으면서 받는다. 술잔을 받은 그는 비로소 겸연쩍은 듯이 자신을 소개하였다.

"나는 망자의 지우 김상구외다."

잔을 잡은 손이 떨리는 것을 보니 몸은 정상이 아닌 듯한데 목소리는 또렷하고 당당했다.

"……?"

아무 대꾸 없이 동석에게 답 잔을 건네는 상구의 깊은 눈빛 속에는 짙은 슬픔이 깔려 있었다. 금방이라도 왈칵 눈물이 쏟아져 내릴 것만 같은 눈망울이다. 어딘지 모르게 어눌하고 부자연스런 몸가짐과 차림새이지만 그에게는 함께 앉은 다른 사람들이 흉내 낼수 없는 무겁고도 비장한 표정이 순간순간 내비치고 있었다.

종달이가 놀라며 얼른 예를 갖춰 인사했다.

"어르신이 바로 선생님이 찾던 그분이시군요. 저는 송계 선생님의 제자입니다. 생전의 선생님은 가끔 어르신의 함자를 말씀하시면서 궁금해 하셨습니다."

"……"

그러나 상구는 여전히 아무런 대꾸도 없이 멍한 표정으로 술잔만 비웠다. 함께 앉은 다른 사람들은 차츰 상구를 좀 모자란 사람으로 여기는 듯했다. 종달이 또래의 그들에게 비하면 상구는 스무살이나 웃돌지만 그들은 상구가 송계 선생의 친구라는 말이 선뜻

믿기지 않는 눈치였다. 그렇다고 상구라고 막 부르고 하대하기는 망설여졌다.

수팔이가 말문을 닫자 좌중에는 순간 침묵이 흘렀다. 별말 없이 술잔만 오고 갔다. 상구도 술잔이 돌아오는 대로 그냥 술을 마시기만 하였다. 시간이 조금씩 지날수록 비록 남루한 차림새와 불구의 몸이지만 상구에게 보여지는 예사롭지 않은 그 무엇에 좌중은 약간 주눅이 들었다.

예순 중반의 늙은이지만 상구의 기골은 허술하지가 않았다. 작달막하나 넓은 어깨는 젊은 날 힘깨나 쓴 사나이로 보였다. 짙은 구릿빛 얼굴에 넓지 않은 이마, 골이 깊게 파인 주름살, 거기다가 불거져 나온 광대뼈가 감때사납고, 암갈색을 띤 윗입술이 아랫입술을 깊게 덮고 있기에 과묵하게 보였다. 팔뚝이며 손등이 단단해 힘줄이 소나무 뿌리처럼 선연하게 드러나 보여 얼핏 보아도 세상 풍파를 몸으로 견디어 낸 뚝심 있는 늙은이로 짐작이 되었다.

취기가 오르기 시작한 수팔이가 상구를 바라보면서 간을 보듯이 불쑥 말을 거들었다.

"노장은 조금 전까지 묘지 옆에서 만기를 태우던 이 아녀?"

그리 공손한 어법이 아니었다. 반말이라 해야 옳다. 상구는 상대의 어구 따위엔 조금도 개의치 않는 듯했다. 아니면 그런 것쯤이야 자신의 지난 여생 속에 삭고 녹아있는 티끌 하나에도 못 미친다고 생각하는 건지 여전히 아무런 대꾸가 없었다.

상구를 제외한 다른 세 사람이 뭔가를 수군대고 킥킥대면서 또한 차례 음복 술잔을 주고받았다. 상구는 아무 말 없이 주는 대로 받아 마시기만 하였다. 상구는 자신이 흠모하는 송계의 상례 술을 받아 마시는 것 자체가 어찌나 안타까운지 북받쳐 오르는 슬픔에 애써 가슴을 쓸어 누르고 있었다.

어린 날 객지에서 부모를 따라 원곡으로 찾아 들어온 상구는 그 동네의 유명 인사였다. 언제부터 상구가 지역 사람들의 인구에 오르내렸는지 딱히 아는 사람은 없다.

여느 온전한 사람들과 다른 차림새와 행동거지는 물론 무표정하고 뒤끝이 흐릿한 말투에서 상구는 정상인의 대접을 받지 못하였다. 그런 상구를 두고 기인이라고 하는 사람이 있는가 하면 폐인이라고 하는 사람도 없지 않았다. 어쩌면 두 모습 모두를 가진 사람이라고 해야 옳을 것이다.

"오후에 상구가 윗마을을 어슬렁거리고 다녔어."

"그래? 상구를 봤다고?"

"뉘 집 제사가 다가오나?"

"아 참, 내일 윗마을 김 부잣집 제삿날 아닌가?"

상구가 마을에 들어서기라도 하면 먼저 아낙들의 입방아에 올랐다. 영천군 남쪽, 원곡의 열두 개 마을 사람이면 어른 아이 할 것 없이 상구를 모르는 사람이 없었다. 그것이 상구의 존재다.

상구는 마을에 길흉대사를 치르는 집이 있으면 그것을 용하게 알고 자청하여 일을 돕고 몇 끼니 입을 살았다. 크고 작은 잔치나 상례는 물론 심지어 형편이 좋은 집의 제삿날까지도 기억하고 있으니 길흉대사를 치르는 행사장에는 으레 상구가 있었다. 그는 행사가 있기 하루 전날이면 어김없이 그 집을 찾아온다. 물을 길어온다든가 마당을 쓸고 거름 터를 정리한다든가 주인이 시키는 일은 물론 주인이 시키지 않은 일까지도 스스로 알아서 척척 해냈다. 큰일을 앞둔 집안에서는 내심 상구가 와서 궂은일들을 거들어 주기를 바라기도 하였다.

어릴 적부터 눈치가 남달랐던 상구가 열아홉 살 무렵 땔감을 베러 간 산속에서 우연히 한 중년의 남성을 만나면서 상구는 평범한 삶이 아니라 기구하고도 특별한 삶을 살아가게 되었다.

아버지뻘이 훌쩍 넘는 그 사람을 따라다니면서 자신의 몽매함을 깨달아 가기 시작했다. 이형이라는 그 남성은 가학으로 경사(經史)를 익히고 병서를 읽었으며 청년이 되자 자신의 족숙이 연 서당에서 유학 공부를 하면서 의리와 실학에 깊은 관심을 가지게 되었고 세상의 변화에 눈을 뜨기 시작했다. 그러다가 갑오개혁에 이어 을사늑약이 일어나자 그는 낡은 경서를 덮고 변화하는 현실에 참여하겠다는 결심을 하게 됐다. 자신의 기운을 원곡 고을을 넘어 지역 사회로 내쏟아야겠다고 작정한 것이다. 결국 그의 선택은 영천의 동북부에서 일어난 '산남의진'에 동참하는 일로 발전했다.

하루는 이형이 상구를 불러 앉혔다.

"이제 너는 내 곁을 떠나거라. 더 이상 내가 너를 거두어 줄 능력도 가르쳐 줄 학문도 없다. 더군다나 나라가 어지러우니 나는 고향을 떠나 나라에 충성하는 일을 찾아 나서야겠다."

"그게 무슨 말씀이십니까?"

"어렵게 생각할 일은 아니다. 이제 너는 너 갈 대로 가라는 것이고, 나는 나대로 간다는 뜻이다."

"지금 나라가 매우 어지럽다는 것을 저도 압니다. 또한 어르신의 의중을 아주 모르는 것도 아닙니다. 저는 어르신과 함께 죽어도 좋으니 뒤를 따르겠습니다."

산남의진(山南義陣)이 일어난 배경은 이러했다. 1905년의 을사늑약은 대한제국의 외교권이 일본에게 피탈당하고 만다. 조선 천하가 울분에 차올랐다. 그러자 영천의 자양과 죽장 일원에서 정용기가 자신의 부친, 정환직의 뜻을 받아 항일의진을 창의하기로 하였다. 그즈음 을사늑약의 부당성에 항쟁하는 의진이 전국 곳곳에서 요원의 불길처럼 일어났다. 그런 사회적인 분위기를 지켜보던 황실의 정환직은 어느 날 아침 근정전을 물러나면서 아들 용기를 불렀다.

"아버지, 찾으셨습니까."

"세상이 참으로 어지럽구나. 일본의 만행이 극에 달했다. 민 황후를 시해하고도 모자란 일본은 급기야 황제를 협박하고 우리의 국권마저 찬탈하려 한다."

정환직은 계속 말을 이어나갔다.

"임금이 나에게 밀지를 내렸다."

"밀지라니요?"

"내 손바닥을 보거라."

'朕望華泉之水(짐망화천지수)'

황제의 친서다. 아버지의 손바닥에 새겨진 여섯 글자를 본 용기는 순간 심장이 멎는 것 같았다.

"아버지……?"

용기는 더 이상 말을 이어나갈 수가 없었다. 목숨을 걸고 왕을 지켜냈다는 고사를 떠올렸기 때문이다. 그것은 곧 위기에 몰린 중국 제나라의 경공*을 충신 봉추부가 구한 전설 같은 이야기였다. 용기는 침착하고도 결기에 찬 목소리로 말했다.

"아버지, 우리가 임금을 지켜냅시다."

마침내 1906년 봄, 용기는 영천을 비롯한 경주, 포항, 청하, 영덕, 청송 등지의 동해 남부 지역 사민들을 모아 '산남의진'이라는 의병 단체를 결성했다. 이때 이형도 그 의병진의 대원이 되었고 상구도 그를 따라 의병이 되었다. 원곡의 주사산과 구룡산에 근거지를 두고 이형을 따라 항일전투를 감행하던 상구는 그 얼마 후 이형의 추천으로 중군장 이한구 밑으로 옮겨 갔다. 의병장 이한구는 죽장 일원의 전투에서 장렬한 최후를 맞게 되고 거기서 상구는 구사일생으로 살아났지만 오래지 않아 '산남의진'이 해체되자 새로운 삶의 기로에 설 수밖에 없었다. 그 뒤로 상구의 행방은 세간에 알려지지

---

* —— 중국 고대 제나라의 왕이다.

않았다.

해방이 되자 상구는 병든 몸으로 고향을 찾아왔다. 홀몸이었다. 그는 어린 날 총명과 결기를 놓아버린 채 폐인이 되어 자신에게 익은 산천으로 찾아든 것이다. 그때부터 그는 어린아이들에게도 어른들에게도 아녀자들에 이르기까지 상구, 상구… 그저 상구로 불러졌다. 수많은 궁금증을 지닌 바보 상구가 되어 버렸다.

상구는 이집 저집 큰일이 있는 집을 찾아 허드렛일을 거들고 입살이를 하며 살았다. 목숨을 부지하는 방편이었다. 여름 겨울 없이 두꺼운 카키복 한 벌로 굿고 힘든 노동을 도맡아 하자 사람들은 그런 일은 으레 상구의 몫인 줄로 알고 부렸다. 그래도 상구는 누구에게나 꼬박꼬박 순종하면서 살았다.

그런 상구가 원곡에서 오십 리나 떨어진 자근곡 송계의 무덤 앞으로 조문하러 온 것이다. 송계의 운명을 슬퍼하고 있는 그 모습은 상가의 허드렛일을 돕고 이 집 저 집 입을 비는 여느 때의 상구와 전혀 달랐다.

상구가 수팔이의 질문에 아무 말 없이 빈 술잔을 건넸다. 음복술이 또 한 차례 돌면서 어색한 분위기를 술잔이 메꿔 주었다. 한 순배 음복술이 더 돌아가자 다시 수팔이가 선상두꾼다운 말을 내놓는다.

"오늘 상여가 나가지 않아서 애를 먹었습니다. 영여는 저만큼 만기를 앞세우고 가는데 도통 상여가 쭉쭉 나가지 않으니 말이지요. 참 별일을 다 경험했습니다."

"상여 꼭두각시가 울기라도 했나 보지?"

"어디 그뿐이었겠나. 그래서 내가 '화산아 옥정수야' 하면서 구슬프게 소리를 했지."

수팔이가 상여 나간 이야기를 구성지게 풀어내자 취기가 잔뜩 오른 동석이가 곡쟁이 노릇을 했다.

"에고 에고 어이 어이."

"……"

그러자 좌중이 졸지에 곡을 더하니 귀후재가 또 한 차례 곡판이 되었다.

종달이가 가장 먼저 곡을 멈추고는 눈가를 훔치며 송계의 오랜 제자이자 자신의 대선배 학형이기도 한 구현이 쓴 명정 이야기를 꺼냈다.

"선생께서 영원히 덮을 빨간 포의는 의성의 구현 옹께서 썼습니다. 그토록 문장이 출중하던 옹께서도 붓끝을 떨 듯이 선생님의 명정을 써 내렸습니다."

종달이는 그 순간의 목격담을 사진을 찍듯이 자세히 설명했다. 송계의 부고를 받은 지역 유림회는 유림장으로 하자는 것과 명정을 누구에게 맡길 것인가를 의논했다. 그것은 어디까지나 절차에 불과했다. 망자의 생전 학덕을 존숭해온 유림들은 달리 분분한 이견을 내지 않았다. 유림장으로 해야 할 것은 물론이었고 명정의 글귀는 글과 덕망이 좋은 한두 사람이 인구에 올랐다. 꽤 진지하게 의논한 끝에 결국 구현에게 맡기기로 하였다. 의성 지역 유림 사회에서 널리 칭송받고 있는 구현은 어린 날 송계의 적전(適傳) 제자였기도 한 큰 선비로 평가되기 때문이다.

정좌를 한 구현은 한참 호흡을 정제하고 나서야 붓을 들어올렸다. 그리고는 아홉 자를 천천히 써내려갔다.

'鍊溪淸州韓先生之柩(송계청주한선생지구)'

그는 스승의 옷자락을 쓰다듬듯이 온 정성을 기울였다. 그리고는 붓을 놓으면서 울음을 터트렸다. 다시 볼 수 없는 스승에 대한 제자의 작별이었다. 사제 간에 쌓인 오랜 기억들이 봇물 터지듯이 분출되고 있었다. 감사와 서러움이 뒤섞인 통곡이었다. 곁에 앉아 지켜보던 좌중들도 눈시울을 적셨다.

"이제 송계는 한줌의 흙으로 돌아갔소. 송계가 앉은 저 산자락을 바라보시오. 평안하게 영면할 것이외다."

세 사내들의 이야기를 듣던 상구가 조용히 술잔을 내려놓으며 말했다.

송계가 잠든 자근곡은 생전의 그가 낯설지 않게 여기던 곳이다. 편히 기대고 앉아 눈앞의 원경을 아득하고 아름답게 바라볼 수 있는 산자락이다. 동쪽으로는 보현산과 화산이 차지해 있고, 서쪽으로는 팔공산이 그리고 남으로는 신녕천과 자호천이 합수되어 금호강을 만들어가는 유봉산이 있다. 송계의 묘지는 마치 작은 소쿠리 모양의 아늑하고 따뜻한 품 같다. 서남향이 온통 푸른 솔밭에 둘러

싸인 산자락이다.

조선이 쇠락해 가던 격변기(1881년)에 태어난 송계는 순탄치 않은 삶의 현실과 맞닥뜨리고 성장하였다. 그리고 일제의 치욕과 민족상잔의 전쟁을 겪어냈다. 그것도 부족하여 세한풍보다 더 찬 가난의 질곡과 보릿고개를 넘어서야 했다. 일흔여섯 해 동안 거세고도 차가운 바람을 고스란히 받아 안고 살았다. 사위어 가는 도학의 불씨를 다잡고 외풍에 부대끼면서도 굳건하게 위기지학의 학덕을 쌓았다. 송계는 마침내 자신이 놀다간 소풍지를 '세심'이란 도원으로 일구어놓고 귀천한 것이다.

귀후재 마당이 산그늘에 덮이기 시작했다. 그들의 이야기도 웬만큼 오고 갔는지 누가 먼저라 할 것 없이 마루를 떴다. 종달이는 마을로 내려가고 동석이와 수팔이는 아마도 한씨 상가로 가는 듯했다. 다들 떠난 자리에서 상구는 홀로 마루에 앉아 송계의 무덤 쪽을 지그시 올려다보면서 혼잣말로 중얼거렸다.

"어둠이 내리면 별도 따라 들어오겠지……."

저만큼 가던 종달이는 혼자 남은 노인네가 영 맘에 켕겼던지 몇 번이고 귀후재를 뒤돌아 보더니만 걸음을 바꾸어 다시 마루로 들어서고 있었다.

어스름을 안고 서늘한 초겨울 바람이 지나간 자근곡은 별을 불러들일 채비를 하고 있었다.

2

밤이 깊을수록 하늘의 별은 더 촘촘하게 드러났다. 송계는 머리를 들어 하늘을 쳐다보았다. 환성산 언덕이 등불을 밝혀 놓은 것처럼 별빛으로 찬란했다. 별똥별이 긴 꼬리를 날리면서 지나갔다. 송계는 두 팔을 벌리고 별들을 품어 안으면서 혼잣말로 중얼거렸다.

"하늘 강을 자유롭게 헤엄치는 수많은 별들. 저리도 맑고 밝은 별들도 먹구름에 가리운 때가 있었을까?"

그런 생각을 하고 있는 송계의 머릿속으로 암흑 같던 지난 10년의 세월이 스치고 갔다. 과거는 기억일 뿐이라며 달리 의미를 부여하려는 건 아니지만 빛을 잃은 그 별자리를 다시 북극성 같은 찬란한 미래의 별들로 채워놓고 싶었다.

송계의 아버지, 소송거사는 타고난 지병이 있었다. 왼쪽 목에 난 연주창 때문에 늘 괴로워하며 살았다. 과로할 때면 목 언저리에 여러 개의 멍울이 곪아서 터지곤 하였는데 보기에도 딱하지만 환자의 체력이 날이 갈수록 쇠약해져 갔다. 한 해 두 해 지병으로 인해 면역력이 급격하게 떨어지자 온전치 않은 몸은 환절기를 버티어

내기가 여간 어려운 게 아니었다.

　엎친 데 덮친 격으로 송계에게 큰 불행이 찾아왔다. 해를 이어 어머니와 할아버지의 상례를 차례로 치러야 했다. 더욱이 평생 아버지를 간병하던 어머니의 운명은 송계를 더없는 비통함으로 몰아넣었다. 정신을 추스르고 일어선 송계는 어느새 스물여섯에 이른 자신의 앞날이 실로 암담하였다. 누워계신 아버지를 대신해서 가족을 지키는 일이 자신에게 주어진 본분이지만 학문에 대한 열정을 멈출 수가 없었다. 양자를 지혜롭게 아우르면서 한 필의 베를 짜내듯이 그렇게 할 수만 있다면 결 고운 필수가 늘어나련만 송계 앞에 가로 놓인 현실은 가족이 먼저였다. 자기성취는 그 다음 일이었다.

　고민할 여지조차 없다는 것을 너무나 잘 아는 송계는 아버지 소송거사의 간병에 온 마음을 쏟아야 할 뿐이었다. 그리고 또한 할머니를 편안하게 봉양하는 일도 맏손자인 자신의 몫이었다.

　'효를 놓고 무슨 일을 하랴!'

　송계는 묵묵히 스스로 다짐하며 오로지 아버지 간병과 할머니 봉양에만 전념하였다. 마치 융통성이 없는 우매한 사람처럼 묵묵히 주어진 삶을 따랐다.

　'운명아 함께 가자. 나는 너의 배를 타고 유유히 항해하리라.'

　송계는 주어진 일들을 하늘에 맡기기로 하였다. 그는 모든 것에 때가 있다고 믿었다. 의도하지 않아도 저절로 찾아오는 시절의 때가 아니라 난관에 맞서 그것을 이기고자 하는 모진 노력 끝에 얻는 때를 기다렸다. 그것은 곧 자신을 포기하지 않고 인내하면서 기다리면 결정적인 때가 올 것이라는 믿음이었다. 송계는 자신 앞에 칠흑같이 캄캄한 어둠이 밀려들면 곧잘 떠올리는 말이 있었다.

'좌이대단(坐而待旦)*이라 했지.'

깨달아서 실천할 수 있는 밝은 아침이 오기를 기다린다는 뜻이다. 송계는 언젠가 아버지가 들려준 그 말을 되뇌면서 자신의 마음가짐에 만에 하나라도 흐트러짐이 있을까를 두려워했다.

송계에게 이렇다 할 특별한 학맥을 이어온 스승은 없었으나 그에게는 아버지 소송이 곧 스승이었다. 소송은 어린 송계에게 『격몽요결(擊蒙要訣)』**을 비롯한 기초 과목을 읽도록 하였고 선학과 선현을 찾는 범절을 일러주었다. 또한 나이가 들어가는 송계를 불러 경사는 물론 시 문답을 즐기곤 하였다. 어려운 가정 형편 속에서도 송계는 타고난 영민함과 호학적인 기질이 있었기에 손에서 잠시라도 책을 떼놓지 않았다. 크고 작은 집안일을 챙기고 짬짬이 책을 읽으면서 스스로 학문적인 홀로서기를 해나갔다. 아들의 이런 모습을 본 소송 또한 자신의 병을 다스리기보다 송계의 학업을 더 걱정하곤 하였다.

소송거사의 병환은 아들 송계의 지극한 정성에도 별 차도가 없

---

* —— 깨달은 것을 실천하기 위하여 앉아서 아침을 기다린다는 의미다. 고대 중국 은나라의 현인 이윤이 가르친 말로 『서경』과 『맹자』에 있으며, 어진 정치를 하고자 하는 현인의 태도를 상징한다.
** —— 1577년 율곡 이이가 쓴 책. 초등과정의 내용으로 학문을 시작하는 아동들에게 사용되었다.

었다. 송계는 스스로 낙담하면서 불효한 자신의 탓으로 여겨 남몰래 자신을 타박하고 자책했다. 때로는 홀로 방 안에 앉아 마치 실성한 사람처럼 울부짖기도 하였다.

'덕련아, 너는 정성이 턱없이 모자라는 불효자가 아닌가? 너의 아버지가 입맛을 잃은 지가 얼마나 오래되었는지 아느냐? 그 불효의 죄를 어찌 용서받으려 하느냐?'

방에서 들려오는 송계의 자학적인 소리에 식구들이 모두 깜짝 놀랐다. 할머니가 방문을 열고 들어가니 송계는 스스로 자기 종아리를 매질하면서 자책을 하고 있었다.

"에끼, 이놈아! 그 무슨 짓이야! 너까지 몸이 상한다면 그것이야말로 불효다. 군자는 죽고 사는 문제 앞에서 오로지 예절로 감당할 뿐이다. 어찌 네가 이처럼 망령된 행동을 하는 것이냐?"

울음을 멈추고 할머니 품에 안긴 송계는 다시 한번 다짐했다.

"할머니, 불효손자를 용서하세요. 아버지 구병은 반드시 제가 할 것입니다."

두 주먹을 불끈 쥔 송계는 집 앞 저수지로 나가 찬바람을 쐬었다. 출렁거리는 물결 위로 봄 햇살이 반짝거리면서 맴돌았다. 마름 위로 물방개가 재빠르게 헤엄치고 다녔다. 그 뒤를 개구리가 쫓았다. 개구리는 자신의 뒤로 물뱀이 쫓아오는 것도 모르고 뛰어다녔다.

물끄러미 호소를 바라보던 송계는 스스로에게 물었다.

'나는 누굴 좇고 또한 내 뒤를 누가 좇는가?'

그러다 얼른 생각을 바꾸었다.

'나는 누굴 보살피며 나는 또한 누구의 보살핌을 받고 있는가?'

한결 마음이 편해졌다. 내게는 내가 사랑하는 사람도 나를 사랑해주는 사람도 있다고 생각하니 한없이 행복했다. 송계는 맑은 저수지 물결에 어른거리는 자신의 얼굴을 보았다. 부모로부터 물려받은 분명한 이목구비, 세상 그 무엇과도 바꿀 수 없는 잘생긴 얼굴이었다. 스물일곱에 이르도록 처음으로 자기 자신을 달아본 무게감이었다. 갑자기 무엇이든 할 수 있고 해낼 수 있다는 자신감이 충만하게 차올랐다.

더위가 물러가고 선선한 가을바람이 내리자 송계는 집을 나설 채비를 꾸렸다. 할머니가 애써 만들어준 짚신 몇 짝을 봇짐에 넣고 징신*으로 갈아 신었다.

'산삼을 구하기 전에는 돌아오지 않으리라.'

오래전부터 산삼만이 아버지의 지병을 낫게 할 수 있다고 믿어온 송계는 산삼을 반드시 구해서 오겠다는 결심을 했다. 송계는 마을에서 그리 멀지 않는 곳의 산이지만 영산이라 일컫는 화산과 보현산 그리고 기룡산 일원으로 산삼을 찾아 나섰다.

송계는 근 이레가 지나도록 이산 저산을 꼼꼼히 헤집고 다녀도 산삼을 만날 수 없었다. 절대로 빈손으로 돌아가지 않으리라 굳게 다짐한 송계는 기룡산을 거쳐 죽장 입암 산곡으로 깊숙이 들어가

---

* —— 생가죽으로 만들어 징을 막은 신발. 진신, 유혜라고도 한다.

산중에 있는 작은 암자에 여장을 풀었다. 나이가 꽤 든 암자의 주지는 송계를 예사롭게 보지 않았다. 종종 심마니와 마주쳤던 노승은 송계가 그런 산사람과는 어딘지 다르다는 것을 직감했다.

"스님, 며칠 머물러도 될까요?"

"보아하니 불공드리러 온 건 아닌 듯한데 절에서 며칠씩이나 머물겠다니요?"

"네, 산삼을 캐러 다니는 중입니다. 반드시 산삼을 구해야 합니다."

딱한 사정을 들은 스님은 자신이 수년 전에 산삼을 캔 경험과 어렴풋하게나마 그 길을 알려주었다.

"좋은 인연이 있기를 빕니다."

스님은 합장으로 축원을 했다.

그날부터 송계는 진종일 산속을 쏘다녔다. 적당히 그늘지고 음습하여 산삼이 잘 자랄만한 곳이면 코를 벌렁거리며 땅 냄새를 세밀하게 맡기도 하였다. 막연하게 들어온 이야기와 주지 스님의 경험담을 따라 산삼 길을 찾아보지만 그게 그리 말만큼 쉽지 않았다. 그래도 송계는 억척스럽게 산속을 뒤지고 다녔다.

그렇게 이틀을 보내고 난 저녁나절이었다. 갑자기 고요한 산속을 울리는 날짐승 소리가 푸다닥 크게 들렸다. 그러더니 사람의 신음소리가 가늘게 들려왔다. 송계는 귀를 기울이면서 그 방향으로 조심스럽게 다가서다가 깜짝 놀라 걸음을 멈췄다. 한 청년이 엎어진 채 끊어질 듯한 신음소리만 겨우 내며 의식을 잃고 쓰러져 있었다.

왼 다리에 총상을 입고 꽤 많은 피를 흘려 거의 죽어가는 젊은 이였다. 무명옷에 검은 띠를 두른 그 청년은 단순 농사꾼으로 보이지 않았다. 맥없이 누워있는 그 옆자리에는 두어 개의 화살과 빈 전통이 널브러져 있었다.

청년의 목숨이 위험해 보였다. 송계는 너무 놀란 나머지 다른 생각을 떠올릴 여유가 없었다. 서둘러 그 청년을 짊어지고 자신이 머물던 암자로 돌아왔다.

"나무아미타불. 정말 큰일 날 뻔했습니다. 인연이 있으니 처사님을 만났구려."

마침 암자를 지키던 주지승이 총상을 입은 청년을 돌봐주기로 하였다. 송계는 미친 듯 찾아다니던 산삼 일은 저만큼 밀쳐두고 청년의 생사에 안절부절못했다.

"스님, 부디 이 청년의 목숨을 구하여 주십시오. 피를 많이 흘린 듯합니다."

"걱정 마시오. 아마 이 사람은 오늘 새벽에 일본 경찰과 전투를 벌인 '산남의진' 대원인 것 같습니다. 요 며칠 사이에 이 부근에서 '산남의진'과 일본 경찰이 여러 차례 접전을 했습니다. 입암은 청하와 청송 등 동해 북부로 넘어가는 길목이니까요."

"의로운 사람이군요."

"내가 청년을 정성껏 보살필 터이니 선비께서는 걱정 말고 보던 일을 더 보시지요."

총상을 입은 사나이는 '산남의진' 대원 김상구였다. 그는 의진 중군장 이한구와 함께 동해 북부로 진출하는 일본군을 막기 위하여 입암에서 매복하고 있었다. 그러나 불운하게도 일본군의 급습으로 이한구 중군장을 비롯하여 많은 대원들이 전사하고 상구는 총상을 입고 쓰러진 채 산속을 헤매다 그 자리에 실신하고 말았던 것이다.

송계는 좁은 절방에서 선잠으로 밤을 지새우고 동이 트자 서둘러 산삼을 찾아 나섰다. 산삼만이 명약이라 생각하니 새삼 아버지의 병이 걱정이 되었다. 더구나 간밤의 꿈자리가 너무나 묘연하여 뇌리에서 떠나지 않았다.

"덕련아, 애비가 너의 효심을 모르는 바 아니다. 너무 맘 쓰지 말고 집으로 돌아오너라. 네가 원하는 산삼은 너를 대신하여 귀인이 구해다 줄 것이다."

생각할수록 꿈이 이상야릇하기만 하였다. 몽중에 만난 현인은 아버지 소송거사 같기도 하고 혹은 그 주지승 같기도 하였지만 꼭 집어 누구라고 말할 수 없었다.

그 길로 송계는 기룡산과 보현산의 더 깊숙한 곳까지 들어가 산삼을 찾아 헤맸으나 끝내 캐지를 못하고 근 스무날 만에 빈손으로 신녕 집에 돌아왔다.

"할머니, 끝내 산삼을 구하지 못했습니다."

"야야, 무슨 말을 하느냐. 이미 산삼 바구니가 와 있는데?"

"예? 산삼이 왔다고요?"

바구니 속에는 해묵은 산삼 두 뿌리가 들어있었다.

"그렇다마다. 어제 낯선 젊은이가 다리를 절면서 이 귀한 산삼을 주고는 휑하니 사라져 버렸어."

송계는 직감적으로 절간에 두고 온 총상을 입은 젊은이를 떠올렸다.

다쳐 누운 그 청년을 스님에게 맡겨 놓고 뒤돌아섰던 송계는 이미 그 일을 잊고 온통 산삼을 구하지 못한 허탈감과 죄책감에 빠져있었다. 거기에 더하여 집을 비운 사이에 아버지의 병이 더 깊어지지나 않았나 하는 걱정에 빠져있었다.

그사이 스님은 성심껏 청년을 보살피며 치료하였고 이름이 김상구라는 것도 알게 되었다. 보혈재인 주치를 달여 먹이고 느릅나무 속껍질로 상처를 보듬었으며 지성껏 돌보니 점점 몸이 좋아지기 시작하였다. 그러자 하루는 아침 공양을 물린 스님이 처음으로 상구에게 말을 붙였다.

"여보게, 자네는 은인을 만났기에 살았네. 천운이야 천운!"

"저는 저간의 사정을 알지 못합니다. 총을 맞고 굴러떨어지면서 실신했던 저를 스님께서 구해주셨군요."

"아닐세. 자네를 구한 은인은 따로 있네."

상구는 스님에게 그날 이후의 사정을 자세하게 듣고는 총상을 입기 전에 매복 지역에서 우연히 발견한 산삼을 남몰래 바위틈에 숨겨 두었던 걸 떠올리며 사람도 산삼도 인연은 따로 있구나 하는 생각에 신비감마저 들었다.

그러나 송계의 지극한 효심도 어렵사리 구한 상구의 산삼도 소송거사의 지병을 완전하게 치료할 수는 없었다. 그해 겨울을 보낸 이른 봄, 밤새 기침을 내쏟고 신음 소리를 멈추지 않던 날 소송거사는 끝내 세상을 떠났다. 송계를 따뜻하게 품어주던 할머니가 먼저 세상을 떠나고 그 보름 뒤 아버지가 뒤따라 가셨다. 송계는 환갑을 누리지 못하고 세상을 떠난 아버지가 너무나 안타깝고 서러워 시를 지어 애절함을 달랬다.

> 비범한 자질 울 아버지 큰 인물을 꿈꿨건만
> 곤궁한 일 안팎 겹겹이 가로막히고 또 막혀
> 끝끝내 꿈 하나 제대로 펼치지 못했네.
> 붓끝엔 먹물 멎지 아니하고 옷깃 곱게 여며
> 뭇사람들 모범이 되고자 하였건만
> 몹쓸 병고 오래 시달리다 한 남기고 하직하셨네.

소송을 보낸 송계는 아무것도 손에 잡히지 않았다. 삶이 무망했다. 명줄 같은 끈을 잃은 송계는 실의와 혼미함에 빠져있었다. 그러던 어느 날 언젠가 할머니가 들려준 말이 떠올랐다.

'군자는 죽고 사는 문제 앞에서 오로지 예절로 할 뿐이다.'

송계는 번쩍 정신이 들면서 슬픔을 삭이고 자신을 추스르려 애썼다. 그리고 두 분의 삼년상을 지내면서 새로운 미래를 위해 자신을 성찰하고 바른 방향을 찾는데 심지를 굳혀가리라 다짐했다.

그간 지나온 터널이 너무나도 길고 어두웠다. 그렇다고 송계는 지난날들을 후회하지는 않았다. 다만 동굴 같은 그 어둠으로부터 벗어나 이젠 조금씩 자신의 앞길을 보려고 애썼다. 그렇다고 앞날이 가을 하늘빛처럼 티 없이 맑게 트인 것 같지는 않지만 미래로 나아갈 방향에 대하여 무언가 꿈틀대는 자기 의지를 조금씩 느낄 수 있었다.

송계는 스무 살을 넘어서면서 이미 학문의 즐거움을 알았다. 아버지로부터 가르침을 받은 가학과 독서와 자기 질문을 통하여 지적 기반을 단단하게 쌓아나갔다.

신녕 고을의 한빈한 가정에서 자란 송계는 달리 스승을 얻을 기회가 주어지지도 않았고 일상의 평범을 넘어선 별다른 경험 세계도 없었다. 다만 호학자인 아버지 소송거사로부터 학문하는 법을 배웠을 뿐이다. 시문과 경학에 깊은 식견을 가진 아버지의 가학이 송계에게는 더없는 스승이었고 독서의 바른 길잡이였다. 가학의 확실한 도제가 되었으니 독실하게 읽고, 묻고, 사색하면서 앎을 실천해 나갔다.

송계는 학구적인 궁금증이 많은 어린 시절을 보냈다. 그때마다 물어볼 상대는 당연히 아버지였다.

"보통 사람이 성인이 될 수 있는 건가요?"

"그럼, 되고말고. 유학 공부의 근본은 곧 사람됨에 있다. 그 공부를 통하여 사람 중의 사람이 되고자 하려는 것이다."

"아버지의 말씀이 선명하게 와닿지 않습니다. 사람 중의 사람이 따로 있나요?"

소송은 뜻밖의 질문을 한 아들 송계를 유심히 내려다보았다. 기특하였다. 어린아이답지 않은 성숙한 질문을 한 아들 녀석이 참 대견스럽기도 하고 또한 그 궁금증을 풀어주고 싶었다. 소송은 아들의 머리를 따뜻하게 쓰다듬어 주면서 말했다.

"그럼, 있지. 예를 들어 볼까. 우선 사람은 세 가지로 구분할 수 있단다. 보통 학식이 있는 사람을 선비라 한다면 그보다 더 인품이 닦아진 현인이 있고 또 그보다 더 닦아진 높은 경지에 이른 성인이 있지. 여기서 선비는 현인이 되기를 원하고 현인은 성인이 되기를 바란단다."

소송은 사람됨을 염계*의 말에 근거하여 아들에게 쉽게 설명해 주었다.

"아버지, 그럼 성인은 더 바라는 것이 없습니까?"

소송은 은근히 아들의 질문을 기대하고 있었다. 아니나 다를까 어린 송계는 거기서 궁금증이 다 풀리지 않았다.

"성인은 하늘이 되기를 바라지. 말하자면 성인도 같은 사람이지만 하늘과 같은 존재로 이해하는 것이야. 덕련아!"

"예, 아버지."

---

* ── 중국 북송의 유학자 주돈의 호. 염계는 『통서』를 저작하였으며 그의 학문은 주자에게 영향을 주었다.

"너도 독실하게 공부하고 쉬지 않고 마음을 닦으면 성인이 될
수 있단다. 그 공부가 곧 도학이고 유학이며 성학이란다."

송계는 집안의 어려움을 감당하면서 넘어선 20대의 시절을 성장
통이라 여겼다. 그 사이에 세상은 참으로 많이 변화했다. 마치 아침
저녁으로 다른 옷을 갈아입듯이 하루가 다르게 눈앞의 물정이 달
라졌다. 범람하는 강물처럼 변화의 모습이 눈에 보이고 그 소리가
귀에 들리는 것만 같았다. 그 핵심은 일본이 삶의 현장 깊숙하게 들
어와 송계 자신은 물론 이웃을 강제로 끌고 가고 있다는 것이었다.
러일전쟁에 승리한 일본은 본격적으로 조선을 옥죄기 시작하였
다. 일본은 자신의 중개 없이 대한제국이 어떠한 국제적인 관계도
맺을 수 없도록 강제력을 행사했다. 1905년 동짓달에 이뤄진 을사
늑약이 그것이다.
을사늑약이 체결되자 전국적으로 반일의 열기가 고조되었다. 시
대를 걱정한 신지식인들이 나서서 궐기를 하고 유생들도 을사5적
의 참수를 주청하고 나섰으며 충신들은 스스로 목숨을 끊거나 낙
향하고 말았다. 참다못한 지역의 뜻있는 선비들은 스스로 창의하
여 무력으로 일본에 항전했고 상인들과 학생들도 거리로 뛰쳐나와
조약을 반대하는 소리를 외쳤다. 그리고 이어 고종이 강제로 퇴위
되었다. 일본은 그들의 야욕대로 조선을 능멸하고 있었다. 치욕의
경술년을 맞아 대한제국은 사라지고 그 땅에 일본의 압제가 들어
섰다.

삼십을 넘어 집 밖으로 나온 송계는 거센 파도처럼 밀려드는 세상과 마주쳤다. 혼란스럽고 어지러웠다.

'내가 그간 배우고 또 이 땅을 위하여 사용하여야 할 것으로 믿어온 성학은 어떻게 되는 것인가.'

송계는 참으로 혼란스러웠다. 자신이 사는 신녕에도 일본뿐만 아니라 낯선 서양문물이 들어오고 신식 교육체계가 들어서고 있었다.

송계는 옷을 갖춰 입고 집 앞의 향교로 걸음을 옮겼다. 마을 앞 신작로에 말로만 들어왔던 목탄차가 지나갔다. 바윗덩이가 굴러내리는 것 같은 굉음을 지르면서 남쪽으로 달려갔다. 갑현을 넘어들어와 대구 방향으로 나가는 화물차였다.

신녕은 비교적 번잡한 지역이다. 경북의 동남부에서 북으로 향하는 길과 서쪽 선산 구미로 가는 길 그리고 남서쪽 대구와 하양으로 갈라지는 길 등 네 갈래의 길이 교차되는 요충지다. 여러 갈림길의 중심 지역인 신녕은 지난 갑오개혁 때까지 큰 역참 장수도가 있었거니와 시장 거리도 언제나 시끌벅적했다.

"장수도역을 문 닫고 몇 해 지나 신녕 객사를 없애더니만 이제는 현청조차 철거해버렸어!"

"몹쓸 놈들……!"

지역 주민들이 술렁거렸지만 그들의 힘으로는 아무것도 할 수가 없었다. 그리고 이어 독립적인 행정단위체이던 신녕현이 영천군으로 통합되었다. 고려시대 이래 오랜 세월동안 현으로 불려오던 신녕 땅이 지난 1914년 영천군의 일개 면으로 바뀌었다. 신녕은 화산을 주산으로 하고 팔공산을 바라보며 지역문화의 정체성을 지켜온 땅이다. 신녕이 문화적인 고유성을 갖는 데는 여러 가지 요인들이 있을 수 있지만 환벽정을 그 하나에서 빼놓을 수가 없다.

송계는 울적하면 곧잘 옛 객사 뒤편의 환벽정에 올랐다. 낡은 기둥에 기대어 마을이 변모해 가는 모습과 어디론가 걸음을 재촉하는 사람들의 표정을 보곤 하였다. 환벽정은 조선 중종 때 신녕 현감으로 와있던 이고가 관아의 부속 누정으로 세운 것이다. 당시에는 비벽정이라 했으나 그 후 여러 차례 중수와 중건을 거듭하면서 이름도 따라 바뀌었다. 외형이야 비록 낡고 초라하지만 단아한 그 태가 찾는 이들에게 안식을 안겨주는 누각이다.

그리고 또 신녕천 서쪽에 있는 장수도는 하양, 청통, 아불역 등 14곳의 작은 역참을 거느린 영남 지역의 큰 역도였다. 이런 공간에서 당시대의 민초들과 지식인들이 머물러 갔다. 신녕은 물길이 흘러가는 남쪽이 탁 트여있는 반면에 동서북은 높은 산으로 가려져 있어 움막처럼 안온한 지역이다. 자연재해가 거의 없거니와 부산에서 한양으로 오르내리는 사람들이 쉬어가는 곳이라 활력이 있는 마을이다.

그날도 송계는 바람을 쐬고자 향교를 지나 환벽정으로 걸음을 옮겨갔다.

'뭐 이렇게 아침부터 소란스럽지?'

화산을 붉게 달군 아침 햇살이 서서히 신녕보통학교 마당을 물들였다. 송계는 발걸음을 멈추고 향교 아랫녘에 있는 학교 건물을 내려다보았다. 그동안 그리 눈여겨보지 않았는데 오늘따라 신녕보통학교가 송계의 눈에 선명하게 들어왔다.

'아니 향교에서 분가한 보통학교가 저렇게도 번듯한 신식 건물로 세워졌단 말이지……. 몇 해 동안 향교에서 공부를 하던 아이들이 이젠 저곳에서 신식 공부를 하는구나.'

송계는 묘한 배신감이 솟아올랐다. 울컥 적대감마저 생겨났다.

'왜놈들이 풀무질을 해대는구먼! 서당과 향교도 문 닫힐 날이 머잖았군.'

송계에게 신녕보통학교의 겉모습과 아이들의 활동 모습은 곧 사회 변화의 계측기가 되어 주었다. 자신이 문밖출입을 하지 못하고 집 울타리 안에 갇혀 살아왔던 지난날에 비하여 세상이 얼마나 급속하게 변하고 있는지를 우뚝 솟은 신녕보통학교를 통해 한눈에 알 수 있었다. 송계는 두려웠다.

신녕 장터도 달라졌다. 가게마다 낯선 물건들이 가득 쌓여있고 청나라와 일본에서 들여왔다는 처음 보는 물건들이 값비싸게 팔려나갔다.

나라 안은 야소교를 따라 미국의 문물도 들어왔다. 어쩌다 대구나 한양으로 나들이를 하고 온 지인들에게 귀동냥을 할라치면 세상이 얼마나 빠르게 달라지는지 듣는 귀를 의심해야 했다.

송계는 그동안 변화와 무관하게 살아왔다. 관심을 둘 시간적 정신적 여유도 없었다. 보지 않고 듣지 못한 사이에 세상이 저만큼 무섭도록 낯설게 변화하고 만 것이다. 같은 방향으로 흐르던 강물이 새로운 물길을 내고 있는 것 같아 혼란스러웠다.

송계의 느릿한 걸음 뒤로 자신이 중얼거리는 소리가 조심스럽게 따라온다.

'내가 문을 열고 외부세계로 눈을 돌리면 밖이 보인다. 그러나 내가 무관심하면 문을 열어도 밖의 변화는 여전히 내 눈에 의미가 없거니와 보이지 않는 법이다. 세상이 변화하고 요동치고 있지만 나는 세상사에 무관심한 사람처럼 그 변화의 끝이 어디를 향하고 있는지에 대해 둔감했다. 아니, 굳이 눈여겨보려는 생각을 하지 않았다.'

사실이었다. 송계는 이제 겨우 마치 동면을 깨고 세상 밖으로 나온 산짐승처럼 뒤뚱거렸다. 그동안 세상사에 너무나 둔감했다는 것을 알았다. 송계는 내부의 변화는 외부의 변화에 종속된다고 믿었다. 송계는 비로소 그 변화 앞에서 자기를 반추하고 스스로의 위치를 찾고자 고민하기 시작하였다.

지난 가을, 만학의 김상구가 신녕보통학교를 월반하여 졸업했다. 학교에서는 신식 공부를 하겠다고 들어온 그를 나이가 많다는 이유로 쫓아내지 못했다. 스물다섯의 김상구는 어린 아동들과 같은 책상에 앉아 일본어를 익히고 일본 역사를 공부했다. 양잠을 비롯한 농업기술 과목도 뗐다. 그런 과정을 지켜본 송계는 상구가 자신과 다른 기질과 용기를 가진 친구라고 여겼다.

3년여 전에 온전치 않은 몸으로 산삼을 갖다 놓고는 말없이 사라졌던, 바로 그 상구가 불현듯 송계를 찾아왔다.

"선비님을 스승으로 모시고 공부하고 싶습니다."

그는 다짜고짜 간청했다. 너무 뜻밖의 일이라 송계는 한참 말을 잇지 못했다. 그렇다고 자신을 찾아온, 더군다나 배움을 청하는 그를 문전박대하듯 내칠 수가 없었다. 그러나 송계는 상구에게 간곡하게 생각을 바꾸라고 권면했다.

"귀공은 기초적인 문자 능력을 갖추었다 하더라도 그것에 매달릴 사람이 아니오. 일본을 알도록 하시오."

"선비님은 지난날 내 생명의 은인입니다. 곁에 있으면서 은혜를 갚고자 하니 나를 받아 주십시오."

"귀공은 이미 스물이 훌쩍 넘었소. 이 어지러운 시기에 유학 공부로 일본을 맞서기는 너무 늦었소."

송계는 상구가 그리고 있는 미래상과 포부를 이미 알고 있는 사람처럼 말해주었다.

"일다시피 나는 일본에 맞서고 싶습니다. 그러기 위해서 힘을 길러야겠습니다."

상구가 공부하겠다는 목적은 명확했다. 단순하기까지 하였다. 송계가 알고 있는 그대로였다. 송계는 상구가 말하는 힘은 전통의 의리학이 아니라 일본을 아는 현실학이라고 판단했다.

상구는 자신의 몸을 돌봐주던 암자의 스님이 송계를 칭찬하던 것을 늘 염두에 두고 있었다.

"산삼을 구하려다가 의사의 생명을 지켜준 그 젊은이는 장차 큰 선비가 될 유학자였네."

"그걸 어떻게 아십니까."

"불과 이삼일 머물던 터이지만 그 젊은이의 언행이 예사롭지 않았고 거기다 그의 손에서 경서가 떠나는 걸 보지 못했네."

"효심에 지혜까지 겸했군요."

"결기를 밖으로 표출하기보다 먼저 마음공부로 내공을 쌓아가는 선비로 보였어."

그 이후 상구는 공부를 더 해야겠다며 기회를 엿보고 있었다. 상구는 산남의진이 3~4년 동안 지속되다가 자연스럽게 소멸되자 딱히 마음 붙일 데를 찾지 못하고 이런저런 항일 단체 주변에 있었다. 여전히 신분적인 한계와 부족한 지식이 늘 걸림돌이 되었다.

상구의 태생은 역노다. 상구의 윗대는 장수도역의 역노로 대를 이어 살았다. 그러다 갑오개혁으로 장수도역이 없어지게 되자 대부분의 역졸들이 자유로운 몸이 되어 동서남북으로 뿔뿔이 흩어지고 말았다. 마치 민들레 씨앗처럼 바람에 날아가 앉는 곳에서 뿌리를 내려야 했다. 상구 아버지도 예외가 아니었다. 상구가 예닐곱 살이 될 무렵 상구 아버지는 식구들을 데리고 영천의 원곡으로 이사했다. 원곡은 경주 땅과 경계 지역이다. 야트막한 대낭산 고개자락 동쪽에 아불역이 있고 서쪽은 제법 넓은 토지가 열려있다. 아불역은 상구 아버지에게 그리 생경스럽지 않은 곳이고 또한 원곡 땅은 상구 어머니의 친정이 있는 곳이었다. 그런 까닭에 상구 아버지는 역노에서 벗어나자 처가를 따라 몇 마지기 소작농으로 새로운 삶을 시작하였다.

장터에 나서면 단발머리를 한 남정네들이 눈에 띄게 늘어났다. 앞서가는 사람은 구습을 마치 악덕인 양 취급하는 이들도 있었다. 그 변화하는 속도가 피부로 느껴졌다. 반상의 신분이 해체되어 나갔다. 양반이 따로 없고 상놈이 달리 있지 않았다. 누구든지 자기 능력에 따라 사는 세상으로 바뀌고 있었다. 저마다 각자의 역량으로 노동의 대가를 받아 수익을 올렸고 상민들도 토지를 소유할 수 있게 되었다. 소작으로 돈을 모은 사람들은 자신의 소유로 농토를 살 수가 있었다.

그런 변동 속에서 상구는 아버지의 삶과 다른 길을 선택하기로 하였다. 그것은 다만 상구의 뜻 이상으로 아버지의 한을 씻어내는 일이기도 하였다. 역노 출신의 아버지는 대대로 벗어던지지 못한 여한이 있었다. 상놈이라는 짐이었다.

상구가 성장해 가는 만큼 아버지도 꽤나 늙은 노인이 되어가고 있었다. 하루는 저녁 밥상을 물린 상구 아버지가 아들에게 마치 유언이라도 하듯이 맘속 이야기를 꺼내놓았다.

"상구야, 너도 이제 소년의 때를 벗고 청년이 된 모습이 역력하구나. 대견하다."

"예, 저도 벌써 열여덟의 나이에 이르렀습니다."

"그래 그렇지. 신녕을 떠난 지가 벌써 십여 년이 흘렀으니 말이다."

"세월이 한참 흘렀군요."

"무상하구나. 세상이 하루가 다르게 변화한다. 양반과 상놈의 구분이 없어졌고 누구든 사람이면 모두 사람대접을 받는 세상이 왔다. 너도 이제 아버지 품에서 벗어나 너의 포부와 희망을 펼쳐 보아라. 오로지 글을 배워서 이 세상의 흐름에 맞게 살아라. 아버지와 달리 너는 달라진 세상에 맞게 살아야 한다."

상구 아버지는 회한이 적지 않았다. 한평생 아니 누대에 걸쳐 역노로 살아온 그의 가슴 밑에는 씻을 수 없는 한이 얼음조각처럼 도사리고 있었다. 변화하는 세상이야말로 자신의 천한 신분을 자식들에게 대물림하지 않고 단절시켜 줄 것으로 믿었다.

상구는 비록 부모를 따라 원곡으로 이사를 하였지만 스스로 낯선 이방인처럼 여겼다. 유년시절을 보냈던 신녕의 장수도가 그립고 궁금했다. 마을 앞을 흐르는 개울가의 얼음치기 놀이며 여름날 송사리 떼를 쫓던 추억이 어슴푸레 떠올랐다. 그럴 적마다 마을의 쇠돌이나 윤바우와 같은 소꿉친구들이 그리웠다. 역참 마구간에서 입을 오물거리며 쉬던 말들의 모습이 궁금하기도 하였다.

그러던 중에 우연히 이웃 마을의 이형 어른을 만났다. 이형은 총을 잘 다루는 포수이자 너그러운 선비였다. 그렇다 하여 주변의 사람들이 그를 포수라 하지는 않았다. 상구는 이형을 따라 두어 해를 보내다가 그와 함께 산남의진에 참여하였다. 그리고 일본 경찰과 전투를 벌이다 부상을 입고 입암 산골에 낙오되었으나 송계를 만나 구사일생으로 살아났다. 상구는 비록 나이는 젊지만 남달리

굴곡진 삶을 겪었다. 모진 현실과 부딪치고 경험하는 사이에 자신도 모르게 안목이 트이게 되었다. 상구는 때때로 자신을 학대하듯이 자기를 반추하는 데 게으르지 않았다. 자신을 끊임없이 풀무질했다.

'내 속에는 종의 피가 흐른다. 종의 피란 무엇인가. 못나고 무지하고 의지가 나약한 사람이 아닌가. 그런 나의 피를 넘어서는 일은 곧 나를 알고 나를 벼리는 것이다. 보다 강한 나, 아는 나, 힘 있는 나로 변화해야 한다.'

많은 생각 끝에 결국 상구는 송계를 찾아 나섰다. 그것은 배움의 길이자 자신의 고향을 찾아가는 길이기에 설레임까지 더하였다. 그곳에 가면 자신의 미래를 바로 다듬어낼 수 있을 것만 같았다. 생각할수록 상구에게 신녕은 더없이 따뜻하고 생명 기운이 넘치는 곳으로 다가섰다.

'서둘러 신녕으로 떠날 것이다. 나의 은인이자 선비인 그를 만나 몽매한 나를 깨우치는 학문을 배우리라. 그것이 곧 나의 생명을 다시 얻는 일이 될 테니까.'

상구는 자신의 가슴을 쓰다듬어 내렸다. 자기 안에 무엇인가가 꿈틀거리고 있었다. 힘줄이 뻗치는 것처럼 뿌듯했다.

상구는 송계에 비하여 사회 변화를 훨씬 민감하게 인식하였다. 눈을 부릅뜨고 현실을 바라보았다. 어린 날부터 마당 밖으로 내동댕이쳐 살아온 상구는 그만큼 내성이 강했다. 시대의 거센 바람을 몸으로 맞섰고 침략자의 칼날이 얼마나 무서운지 죽음의 공포마저 체험했다. 그런 상구에 비하면 송계는 닫힌 방 안에서 세상을 바라보고 앉아서 고뇌하는 사람이었다. 그런 두 사람이지만 변화에 대응하는 능동적인 의지만은 분명 다르지 않았다. 설혹 방법은 극명한 차이를 보인다 할지라도 각기 분명한 자아의식에서 출발한 것이기에 존중되어야 했다.

노비의 자식이라는 사회적 통념을 스스로 깨고 공부하겠다는 상구의 결심은 섣불리 흉내 낼 수 없는 엄청난 생각의 전환이었다. 농사를 더 잘 지어보겠다거나 저잣거리에 나가 장사를 해보겠다는 것과 생각의 결이 달랐다. 상구는 학문의 근간인 공맹을 좇는 서당 공부를 하고 싶어 했다. 더 나아가 세상의 변화와 일본의 문물에도 궁금증을 가졌다. 상구는 특별한 안내자에게 의탁해서가 아니라 자기 스스로 세상을 들여다보는 힘을 갖고 싶었던 것이다.

할머니와 아버지의 상사를 모두 마치고 겨우 마음을 추스른 송계는 처음으로 서당을 열었다. 향교 앞 자신의 집 사랑채를 말끔하게 꾸며 독서방을 겸한 강학당을 냈는데 마을의 아이들이 배우고자 쉼 없이 찾아들었다. 그러던 어느 날, 뜻하지 않게 김상구가 찾아와 가르침을 받고자 했다. 삼촌뻘이 되는 상구가 어린 학동들 속에 섞여 공부하겠다는 것이다.

송계의 생각은 달랐다. 송계는 상구를 말리듯이 다른 길로 권유하였다. 그것은 여건이 아니라 상구가 지향하는 가치관에 주목한 까닭이었다. 송계는 상구가 원하는 공부는 자신과 달리 이(利)와

실을 추구하는 것이라 판단하였다. 상구의 이력이 그것을 말해주고 있다고 믿었다.

끝내 상구는 송계의 권면에 따르기로 하였지만 송계는 다른 한편 섭섭한 감정도 없지 않았다. 비록 자신의 조언에 따라 상구가 새로운 신문물을 익히고자 자기 곁을 떠난다지만 마치 무슨 큰 보물을 놓친 것만 같았다.

송계는 한 이틀 상구와 함께 머물면서 많은 대화를 나누었다. 바깥세상을 바라보는 각자의 생각과 진로에 관한 이야기는 물론 서로의 집안 내력과 자란 환경에 이르기까지 서로의 내밀한 감정을 털어놓았다. 출렁거리고 변화하는 사회적인 물결 앞에서 자기 정체성을 어떻게 다듬고 지켜나갈 것인가에 관한 동시대인으로서 서로의 고민을 솔직하게 토로하였다. 결국 서로는 허교를 망설이지 않는 동지가 되었다.

그날의 대화는 상구가 송계의 자존감을 흔드는 듯한 냉정한 말 한마디를 덧붙이면서 끝이 났다.

"나는 일제에 맞서는 힘을 길러낼 것입니다. 형도 시절에 순응하는 힘을 찾으세요. 깊이 있는 유학의 초석 위에 기술 기둥을 세우는 공부 말입니다. 일제는 대구에 농업기술전수학교까지 열었어요."

"……"

송계는 상구의 견해를 인정하였다. 그러나 동시에 나아갈 방향이 서로 다르다는 점도 알았다. 사그라들고 있지만 도학에 매달리겠다는 자신과 사회 변화와 일본의 압제에 물리적으로 맞서겠다는 상구는 엄청난 생각의 차이가 있었다. 각자가 선택하고 나아가는 앞길은 누구도 예단할 수 없다. 그 모두가 자기 입신은 물론 민족과 나라를 사랑하는 길이라고 믿었다.

송계는 자신의 미래를 설계하고 결정하는 데 상구의 조언을 곰곰이 생각하였으나 그리 큰 무게를 두지는 않았다. 다만 송계는 자신이 추구하는 미래의 가닥을 찾아가는 데 상구의 의견이 오히려 그 길을 선명하게 해주었다고 믿었다.

송계는 상구를 떠나보내면서 한동안 말없이 부둥켜안았다. 순간순간 서로의 뜨거운 숨결이 교환되었다.

"상구야, 네가 내 선생이다."

"아니요, 형은 진정 내 영원한 스승이요."

송계는 상구의 체온을 털어내지 못했다. 자신에게 많은 생각거리를 던져주고 가는 상구의 뒷모습을 끝까지 지켜보았다. 두 사람의 관계는 서로가 서로를 알아주고 이해해 주는 벗이었고 또한 스승이었다.

하루는 송계가 화북면 횡계동의 옥간정을 다녀왔다. 이백 수십 년 전 그 정자에서 우수한 인재를 길러냈던 훈지수 형제의 강학법을 알아보기 위한 걸음이었다.

송계는 맑게 흐르는 자을아천을 거슬러 한 걸음씩 동쪽으로 나아가다 무성한 숲길이 길게 조성된 오리장림에서 잠깐 쉬어갔다.

바윗돌에 기대어 물소리를 들으면서 나뭇잎 향기에 취하고 싶었다. 그런데 그 순간 아주 당황스러운 일이 송계 앞에서 벌어졌다. 키가 큰 양인이 자기 앞으로 다가서서 말을 건넸기 때문이다.

"안녕하세요. 선비님."

"……"

"놀라셨지요. 나는 미국 야소교 선교사 아담스입니다."

"아, 예."

듣기만 했던 야소교 선교사였다. 머릿결이 노랗고 동공이 파란 서양 사람이 송계에게 말을 걸어왔다. 송계는 천천히 당혹감을 감추면서 그 양인을 꼼꼼히 살폈다.

"나 같은 사람 처음 봤지요."

"그렇소만……."

그러자 아담스는 개울 건너 북쪽의 십자가가 세워진 지붕을 가리키면서 자신이 일하는 야소교 예배당이라고 했다. 자천교회다. 아담스는 어색했는지 주머니 속에서 작은 종이봉지를 한 개 꺼냈다.

"이것, 드세요. 초콜릿입니다."

송계는 외국인이 내미는 호의를 엉겁결에 받아들고는 통성명까지 했다. 아담스가 건네준 팥색의 초콜릿은 그야말로 조청보다 달았다. 송계는 그날 이후 우리가 공자를 모시는 향교가 있듯 서양에는 야소를 모시는 예배당이 있다는 것과 우리 지역에도 이미 서양인들이 들어와 서학 교육을 매우 활발하게 한다는 것을 알게 되었다.

송계는 생각이 더욱 복잡해졌다. 헝클어진 실패처럼 마구 뒤엉켰다. 지금까지 자신을 꽁꽁 묶고 있는, 고루하고 낡은 것에 더 이상 머물고 싶지 않았다. 세상이 일본에 의하여 지배되고 우리의 주권과 언어가 없어졌다는 것, 우리의 인륜적인 도리가 일본식으로 바뀌고 있다는 것에 분노가 치밀었다. 오리장 숲길에서 만났던 눈이 파란 서양인에 대한 기억까지 너무나 선연하여 충격의 나날을 보내고 있었다. 송계의 귓전으로 하늘과 땅이 무너지는 것 같은 소리가 들려왔다. 그간 자신을 지키고 있던 인륜 도덕이 무너지는 소리가 들려왔다. 이명이 아니었다.

'진정 강상이 무너지는 소리로다.'

이런 생각에 골똘히 빠져 있던 어느 날 자신의 공부방 바로 지척에서 예리한 목소리가 들려왔다.

"송계, 자네는 그리도 세상 변화에 눈이 어두운가!"

송계는 자신을 찾는 소리에 문을 열었으나 아무도 보이지 않았다. 다시 문을 닫는데 또 한마디가 더 들렸다.

"귀공은 『해유록』을 읽었다 하지 않았나?"

정신이 바짝 들었다.

송계는 기억을 더듬어보았다. 송계가 『해유록』을 읽었노라고 말해 준 상대는 상구 이외는 없었다. 송계는 산남의진 전투에서 일군과 맞섰던 상구의 무용담을 듣고 난 뒤 2백 년 전 일본 무사들의 사나운 한 일면을 이야기했던 내용이 뇌리를 스쳤다.

"내가 몇 년 전에 심심해서 『해유록』을 읽었네. 숙종 임금 후기에 일본으로 갔던 제술관 신유한이 남긴 일본 견문록이라네. 저자는 일본은 철저하게 무력을 숭상하는 나라라고 적고 있는데 한 가지 곱씹어 볼 예화가 있었지."

"그게 뭡니까?"

"우리로선 도저히 이해하기 어려운 일본 무사들의 사회적인 통념이라고 할까. 얼굴에 칼이나 창을 맞은 상처 자국이 있으면 용감한 사나이라 하여 녹봉을 받고 상처가 귀 뒤에 있으면 잘 도망치는 사람으로 몰려 배척받는다고 했어."

"참 고얀 민족이군요. 우리네 골목의 한량 패거리와 다름없네요."

"암, 그렇고말고. 그래서 그들은 사납기가 형언할 수가 없어. 적병을 보면 등불을 보고 달려드는 나방과 같고 수레바퀴를 막아서는 사마귀처럼 무모하다고 했네."

송계의 말을 듣고 있던 상구는 입만 딱 벌릴 뿐 말이 없었다. 송계가 계속하여 말했다.

"여보게, 상구! 그 사납고 악독한 피를 이어받은 것이 오늘날 일본군이고 경찰일 것이네. 그래도 자네는 일본이 만만하게 보이는 겐가?"

"겁난다고 도망치면 어디까지 달아나야 한단 말이오. 맞서야지! 죽기로 맞서야지요."

송계는 다급하게 마당으로 나가 소리내어 상구를 불렀다.

"상구, 김 의사!"

아무 대답이 없었다. 송계는 상구를 의사라 불렀다. 존중의 표현이었다.

송계는 다시 자신을 불러 세웠다.

'과연 내가 잘하고 있는 것인가. 온통 일본 경찰이 날뛰고 있는 세상, 우리의 윤리가 무너져 내린 지금, 내가 낡은 경전에 매달려 아이들을 훈도하는 것이 바른 일인가. 아니 쓸모 있는 가르침인가? 그렇다면 재만이를 어떻게 이해하여야 하는가. 내가 무슨 명분으로 학당을 열고 학생을 독려할 수 있는가? 나는 도대체 이 낡은 유학에 매달려 어떤 생산성을 얻으려 하는가? 도도하게 흘러가는 물줄기 같은 세상의 흐름을 어리석게도 역류하려 드는 것은 아닌가?'

일전에 재만이는 자신의 아버지가 무고하게 일본 경찰에 끌려가자 서당을 그만두었다. 송계는 재만이를 도와줄 방법이 없었다.

송계는 자기 위치를 생각할수록 혼란만 더할 뿐 명징한 대답을 얻어내지 못했다. 송계는 다시 자리에 누워보지만 더 이상 잠을 이룰 수가 없었다. 자신에게 던져 준 상구의 말이 꼬리에 꼬리를 물고 이어갔다.

일본군과 맞서 죽음을 경험한 상구는 아는 것이 힘이라 했다. 일본을 앞서는 힘을 알고 그것을 육성하는 공부야말로 진정한 공부라고 믿었다. 그렇지만 마음 저변에는 송계가 추구하는 인간됨의 공부를 선모하고 있었다.

"형, 나는 불행하게도 체(體)를 놓고 용(用)에 매달려 살고 있습니다."

"상구, 체와 용이 어디 구분이 있는가. 체가 용을 이끌어가고 또한 용이 새로운 체를 발현시켜 나가는 것이지."

"나는 형이 추구하는 체 공부를 하고 싶은데 왜 형은 나를 군이 용으로 가라 하는거요?"

"체를 사물의 본원이라고 한다면 용은 그 작용 또는 그로부터 파생되는 현상이라고 해야 할 것이네. 다시 말하면 마음을 통제하는 것이 체인 반면에 마음의 실천을 용이라고 할 수 있네. 그러니 체용을 구분하기보다 하나의 통합으로 보아야 할 것이네. 이(理)를 체라 한다면 기(氣)는 용이라 할 것인데 사람의 마음은 이와 기로 이루어질 뿐 이를 어찌 구분하겠는가."

송계는 다른 한편 상구를 붙들어 잡아놓을 걸 하고 후회도 해보았다. 그러나 잠시뿐이었다.

'그래, 내가 상구가 될 수 없듯이 상구 또한 내가 될 수 없어. 서로 다른 길에서 다른 모습의 힘을 길러내면 되는 것이야.'

송계는 한결 마음이 안정되었다. 아울러 자신의 공부 또한 현실 문제를 해결하는 기술 공부가 아니라 나를 성찰하고 나아가 남을 제도하고자 하는 위기지학의 핵심임을 알았다. 그 또한 힘을 기르는 공부라고 확신했다.

'그래, 내가 네 몫까지 공부하리라.'

송계는 다시 독백을 하듯 자기 질문을 이어나갔다.

'수기가 나 자신의 것이라면 치인은 빼앗긴 나라를 되찾는 독립이 아닌가. 내 안에 흐르는 힘의 밑바탕은 무엇인가. 덕이 아닌가. 덕을 갖춘 사람이야말로 백성을 위해 희생할 수 있는 삶을 사는 것 아닌가. 그것이 가치 있는 삶이고 의리심의 표출이 아닌가?'

송계는 지금 일본은 그 옛날 사나운 무사들이 부활한 것이나 다름없다고 생각했다. 그 간악한 기질로 우리들을 옥죄이고 있다고 믿었다. 그것에 대응하는 길은 물리적으로 맞서는 것과 도덕적 능력으로 교화하는 두 방법이 있다고 생각했다.

'도덕적 능력을 갖추는 것이야말로 확실한 미래를 보장한다. 언젠가 내가 그 일을 '상구 너의 몫까지 했다'고 말해주리라.'

서너 해가 지나도록 상구는 아무 소식이 없었다. 세상은 더욱 급속하게 변화의 물결로 달음질치고 있었다. 송계는 답답한 심정을 해소하지 못한 채 서당 일에 매달렸다. 그와 아랑곳없이 며칠 사이 학동이 둘이나 빠져 나갔다. 아무 소리 없이 결석하고 사라져 버렸다.

"오늘도 두 명이나 나오지 않았네 그만...... 배우는 아이들의 수가 늘어나기는커녕 점점 줄어드니 어쩌면 좋겠소?"

송계는 부인 정 씨 앞에서 서당의 사정을 처음으로 꺼냈다.

"어쩔 수 없는 일이지요. 이 개화 세상에 일본식 학교를 다니고 일본 말을 배워야 살아가지 누가 자식에게 낡은 한문 공부를 시키려 하겠어요."

송계가 고민하고 있는 가운데 시간은 여전히 흘렀다. 날마다 다른 세상으로 바뀌어 가는데 송계 자신만 멈추고 있는 듯하여 불안했다. 그 불안은 송계에게 다른 방법을 찾으라고 채근하는 소리로 들렸다.

여름날의 매미 소리가 한낮을 더 뜨겁게 했다. 몸이 나른했다. 미물들이 송계의 마음을 알아줄 리 없었다. 송계는 땀을 식혀 줄 청량한 바람결이 아니라 자신의 고개를 주억거리게 할 희망적인 소리가 듣고 싶었다. 누군가로부터 '너는 너를 확신하고 너의 길로 가거라' 하는 소리를 듣고 싶었다. 그런 확신의 철학에서 자존감을 찾고 싶었다.

사람들은 저마다 삶의 자존감이 충만해 있을 때는 다른 사람들의 말을 오해하거나 곡해하는 일이 없다. 아니 적다. 다른 사람들이 자신을 어떻게 보는지는 중요하지 않고 다른 사람들의 말을 자신이 듣고 싶은 대로 들을 수가 있다.

'지금 나는 나를 위로해 줄 사람이 필요한 것이 아니라 냉정한 조언자가 필요하다. 내가 겪지 못했던 삶을 들려줄 성숙한 사람을 만나고 싶다.'

윤리와 문물이 바뀌고 변화하는 세상 속에서 송계는 자신의 고뇌와 고민을 귀 기울여 들어줄 사람이 필요했다. 송계는 그에게 자신의 길을 묻고 싶었다. 송계는 안으로 움츠러드는 자신을 과감하게 밖으로 끌어내 줄 누군가가 필요했다. 그것은 변화를 예견하여 주는 성숙한 사람이거나 성현의 논변이었다.

'내 안에서 길을 찾자. 그 길을 찾으러 떠나리라!'

송계는 얼마간 서당을 뒤로하고 여행을 떠나기로 마음먹었다. 여행을 통하여 자기 정체성을 좀 더 공고하게 하고 싶었다. 아름다운 산과 강을 찾아 나서는 유람의 길이 아니라 자신을 발견하고 깨닫는 순례의 길을 나서기로 한 것이다.

'공부가 어디 서책에만 있을 뿐이랴. 선현들의 흔적과 체취를 호흡하는 것 그리고 살아있는 거유들과 문답을 즐기는 것 또한 크나큰 배움이 아닐런가.'

송계는 진실로 선현들의 흔적을 찾아 묵상하고 현존하는 선비들을 만나 담론을 나누고 싶었다.

2부

선유의 향기

1

한가위 명절을 갓 보냈다. 아버지가 떠난 집안의 크고 작은 일들은 모두 송계가 주관해 나갔다. 쓸쓸한 추석을 보내면서 순간순간 마음을 흔들고 가는 추억의 그림자에 가을 안개 같은 그리움이 밀려들었다. 그때마다 송계는 자신의 나이와 무관하게 아버지의 그늘이 얼마나 크고 넓었던가를 곱씹어보곤 했다. 거기엔 아버지에 대한 감사와 회한과 상실감이 혼재되어 있었다. 송계는 그 빈자리를 채우기 위해서라도 공부에 몰두했다.

'덕련아, 털고 일어나 너를 찾는 일에 매진하거라.'

그는 스스로에게 채근했다.

그렇게 보내던 어느 날 흔들리는 자신을 채찍질하기 위해 서책을 밀어둔 채 깊은 묵상에 젖었다. 하루 종일 꼿꼿이 앉아 조석도 마다하고 깊은 상념에 빠져 혼미한 상태가 되었던지 순간 헛것이 보이기도 했다.

"송계야! 송계야!"

어디서 자신을 부르는 소리가 들렸다.

"계화도로 오너라. 어서 오너라!"

"예, 아니 간재 선생님! 선생님!"

마루에 있던 부인 정 씨가 깜짝 놀라 방문을 벌컥 열었다.

"이녁, 이녁어른, 무슨 일이신지?"

"내가 무슨 실언이라도 한 거요?"

"누굴 애타게 부르던데요."

"허허, 내가 잠시 꿈을 꾼 모양이요."

송계는 정신이 번쩍 들었다. 다시 꿈을 떠올려보니 계화도라면 간재 전우 선생이 분명했다. 송계는 아버지로부터 종종 간재의 학덕과 인물됨에 대해 들어온 바가 있으나 여태 그를 만난 적이 없다. 지역적으로 멀리 떨어져 있고 특별한 연이 없었지만 때가 되면 반드시 간재를 만나 문도가 되기를 간청하고자 마음속 깊이 새기고 있었다.

간재는 을사늑약을 반대하면서 매국대신을 참수하라는 강경한 상소를 낸 유학자로 나라 안의 모든 지식인들의 인구에 자주 오르내렸다. 소송거사도 그 내용을 알고 감동했던 나머지 간재의 인물됨을 자나 깨나 칭송해 마지않았다.

소송거사가 자신이 읽던 간재의 글을 송계에게 건네면서 말했다.

"아들아, 호남에 이런 선비가 있단다. 결기가 대단한 분이지."

"의리심과 목숨을 바꾸겠다는 그 어른 말씀이시지요."

"암, 너도 이런 스승을 만나야 할 텐데. 지역과 학맥을 넘어 반드시 청강이라도 할 수 있으면 좋으련만."

"예, 아버지, 반드시 기회가 있을 겁니다."

간재의 목소리는 너무나 생생하여 아직도 귓가에 쟁쟁하였다. 송계는 마당에 나가 하늘을 쳐다보았다. 오늘따라 유난히 별이 빛나는 푸른 하늘은 구름 한 점 없이 맑았다. 향교 밖 환성산에서 부엉새 울음소리가 간혹 들려왔다. 솔바람이 청량감을 더했다. 송계는 서재로 자리를 옮겼지만 쉬이 책이 잡히지 않았다.

'간재 선생을 꿈속에서 뵙다니……. 생면부지한 그분을!'

비록 꿈이지만 송계는 한동안 가슴 한편에 묻어두었던 간재 선생이 자신을 부르는 것에 감동했다.

'나의 흠모가 이토록 가슴 깊숙한데 그분을 서둘러 만나보는 것이 도리가 아니겠는가. 그래 옳다! 어른 삼년상을 모신 지도 1년이 지났으니 이번에는 청주의 시조 묘를 참배할 겸 내 직접 계화도로 찾아가야겠다!'

그간 많은 날 동안 자신이 나아갈 방향을 고심하던 송계는 꿈속에서마저 그 한 가닥을 놓지 못하고 갈구하고 있었던 것이다. 더 이상 자학하고 갈등하는 자신으로 내버려 둘 수 없었다. 행동이 필요했다. 번민을 떨쳐내고 일어서기로 결심하였다.

송계는 책을 덮고 벌떡 일어나 다시 마당으로 나갔다. 그새 땅거미가 걷히고 총총 빛나던 그 많은 별들을 감춘 하늘은 찬란한 여명을 준비하고 있었다. 화산이 눈앞으로 성큼 다가섰다. 서쪽 팔공산이 팔을 벌려 자신을 꼭 껴안아 줄 것처럼 산곡을 활짝 열어 보였다.

1915년 추분을 며칠 앞두고 있었다. 송계는 영호남의 선유지를 두루 주유할 채비를 서둘렀다. 군데군데 벗들이 있어 인편으로 전갈은 해두었지만 막상 떠나려 하니 막막하였다.

"임자, 내 다녀오리다. 아이들과 한철 잘 지내시오."

송계는 아침상을 받으면서 한마디 겨우 건네고는 얼른 문간 쪽으로 고개를 돌렸다.

"어디로 가시려는지……."

부인도 막연한지 무심히 말한다.

정 씨 부인은 남편의 나들이 계획을 전혀 모르지는 않았다. 지난봄 어른들의 삼년상을 치른 뒤부터 송계가 부쩍 자신의 미래에 대해 고민을 한다는 것도 알았다. 일전의 잠꼬대를 들어서도 이미 눈치는 챘다. 송계가 길게 말할 수가 없었던 것처럼 정 씨 부인도 달리 대꾸할 말이 없었다. 잠시 침묵이 흘렀다.

상을 끌어당기는 부인의 무릎 앞으로 큰 아이가 끼어들자 송계가 끌어안았다. 순간 눈시울이 촉촉하게 적셔져 내렸다. 염치없다는 생각을 할 겨를도 없이 감정이 앞섰다.

그러자 부인이 앉은 자리를 곧추세우면서 다부지게 말했다.

"집안 걱정은 마시고 기왕 작정한 일이니 귀한 분들 잘 만나고 오세요."

"꽤 장기간이 될 텐데……."

송계는 고맙다는 말 대신에 말끝을 흐렸다.

아직은 본 추수 때가 아니지만 오나락으로 지어낸 찐쌀밥이 그

롯 턱을 넘어설 만큼 수북이 담겨있었다. 늦둥이 애호박을 지지고 고춧잎을 무친 나물이 아침 입맛을 돋우었다. 남편의 결행을 짐작했던 부인 정 씨가 새벽부터 정성껏 지은 아침밥상이 따뜻했다.

송계는 부인이 한없이 고맙기만 하였다.

"청주 선릉을 찾아 참배하고 전라도를 거쳐 돌아오리다."

그리고는 옷을 주섬주섬 챙겨 입으며 행장을 꾸렸다.

"집 걱정은 하지 마세요."

이것저것 챙기는 아내는 오히려 의연했다.

송계는 선현의 유적을 살피고 현존하는 인사들을 만나 성학을 담론하는 데 여행의 목적을 두었다. 선유들의 향기를 체감하는 순례의 길이다. 송계는 30여 년이 넘도록 화산을 떠난 적이 없으니 이제껏 낯선 지리 풍경과 풍물을 견문할 기회가 없었다. 초행의 송계에게 이번 걸음은 아주 낯설면서도 특별하게 다가왔다. 많은 선비들이 그랬던 것처럼 선현의 유적을 탐방하고 또한 오고가는 길과 산천의 아름다움을 감상하는 구도의 유람 길이 될 것이다. 단순히 유람이라면 너무 호사스럽고, 그렇다고 선현을 만나는 일에만 치우치면 딱딱하고 짐스러워질 것만 같았다. 송계는 평생에 첫 여행 기회인지라 호기심과 두려움이 교차했다.

송계가 생각하는 여행의 기간이나 여행으로 얻고 싶은 무게감에 비하여 채비는 매우 소박하고 단순했다. 옛 선비들의 유람 길은 종자는 말할 것도 없고 마꾼을 앞세웠다. 또한 동행한 벗들도 적지 않았다. 예로부터 지역마다 명산을 주유하고 유람한 선비들은 의

외로 많았으니 청량산을 유람한 주세붕이나 퇴계가 그러했고 남명
도 두류산을 찾아 구도의 유람을 즐겼다.

영천 지역의 선비들도 유람 후 유산록을 남겼는데 기룡산을 유
람했던 정호신*과『입암유산록』을 남긴 병와 이형상**이 그 대표적
인 인물이다. 그들은 한결같이 명산대천을 찾아 포용의 품과 견문
의 폭을 넓히려 하였다.

송계는 지도와 몇 권의 책과 지필묵을 챙겼다. 신발은 좀 여유
있게 준비하였다. 또한 정 씨 부인이 마련해준 꿀과 참마 분말을
섞어 만든 미숫가루 봉지도 바랑에 넣었다. 그리고 빼놓지 않은 것
이 베개다.

송계는 먹는 음식은 가리지 않더라도 지친 몸을 쉬게 하는 잠자
리는 편안해야 한다고 늘 생각했다. 그 편한 잠자리의 첫 번째가
뒷머리와 고개 목에 익은 베개이기에 메밀 베개를 챙겨 넣었던 것
이다.

그리고 이번 여행길에 가장 소중하게 여긴 것이 평소 아껴 보던
대동여지도첩이다. 송계는 오랫동안 만지고 손때 묻은 낡은 영인
본 지도첩이 자신의 여행길을 안내해 주리라 믿었다.

송계는 지난 밤 지도 위에 자신이 여행할 지역을 가는 붓으로
동그라미 표시를 하였고, 심지어 실선으로 그려진 지도 길을 따라

* —— 17세기 초 영천의 선비로 호는 삼휴정이다.
** —— 18세기 초 영천의 선비로 호연정에서 〈탐라순력도〉 등 많은 저술을 남겼다.

가는 상상까지 해 보았다. 지도는 송계에게 소곤거리듯 조곤조곤 이야기를 들려주었다. 산곡에서 흐르는 물소리며 솔 바람소리 그리고 산새 우짖는 소리를 따라 고갯마루에 오르는 상상만 하여도 상쾌한 기분이 들면서 천하를 얻는 듯했다.

지도를 펴들고만 있어도 송계는 이미 큰 고개와 넓은 강나루를 몇 개 건너가는 기분이었다.

비록 산행을 나서려 한 것은 아니지만 그 옛날의 퇴계 선생이나 병와가 집을 떠나 산천을 찾아 나섰던 그 느낌을 알 것도 같았다.

송계는 스스로 이 여행이 자연을 바라보는 구도의 여행이자 순례의 길이 될 것이라고 생각했다.

송계는 집을 나와 갑현을 넘었다. 마을 뒷산인 화산 자락으로 돌아 북쪽으로 향하는 길이었다. 낯설지 않았다. 굽어진 고개를 넘고 고로 마을에 도착하자 화산에서 내려오는 맑은 물길이 동무가 된 듯이 앞서 흘러내렸다. 송계는 의흥을 거쳐 병수리에 도착했다. 유속이 느린 의흥의 물길과 팔공산에서 북류하는 빠른 물길이 서로 만나 위천을 이루는 곳이 병수리다. 두물이 된 위천은 폭이 넓었다. 창자처럼 굽어 흐르는 위천을 따라 한나절 걸어 의성 비안에 도착하니 이미 해가 뉘엿뉘엿 지고 있었다. 송계는 비안 옥연동에 사는 지암 김재경 어른 댁을 찾아들어 갔다. 아버지와 두터운 교분을 가진 어른이었다.

"어르신, 평강하신지요?"

"어서 오시게, 한 군."

지암 김재경이 노구를 일으키면서 반가이 맞이해 주었다.

"기별은 받았네만 어찌 이렇게 먼 걸음을 하였나?"

"어르신을 뵐 겸하여 두루 선현의 유적지를 탐례할 생각입니다."

"좋은 생각을 했네 그려."

"그래 선고의 삼년상은 잘 모셨는가?"

"예, 정성을 다하여 빈소를 모셨습니다만 불효한 마음을 어찌 다 씻을 수가 있겠습니까."

"자네의 효심은 내가 알지. 알고 말고."

"사실 이번 걸음을 매우 어렵사리 결정했습니다. 그런 만큼 우선 어르신을 뵙고 내킨 길에 영남 여러 지역에 있는 고현들의 발자취를 탐색하고 생존한 몇몇 어른들과도 대화를 나눌 생각입니다."

"큰 뜻을 품었구만. 아주 유익한 걸음이 되길 바라네. 그래 결심의 동기가 무엇인고?"

송계는 얼른 몸가짐을 바로하면서 다부지게 말을 이었다.

"굳이 이유를 말씀드리자면 매우 단순합니다. 선현들의 유적지에서 그분들이 남긴 정신세계와 교감하면서 저의 공부에 큰 가르침과 깨달음을 얻고자 합니다. 나아가 제가 자란 환경과 다른 물색과 풍속을 견문하는 유람이 되었으면 합니다. 전자는 도학 공부의 연장이고 후자는 호연지기를 얻고자 하는 수양이라고 여깁니다만."

"자네는 선친으로부터 탄탄하게 가학을 받지 않았는가. 경사와 더불어 시부에 능하니 이제 그만하면 공부가 거의 다 된 셈이지."

"과찬을 해주시니 몸 둘 바를 모르겠습니다. 어르신께서 아시다시피 저는 특별한 스승을 만나지 못했습니다. 다행스럽게 가학으로 독서의 끈을 놓지 않아 선현들의 이론과 바른 언사를 좇고 있습니다만 학문의 단계와 방법론에 대한 공부가 많이 모자랍니다."

"이해하네. 스스로 질문하는 가운데 내면이 성장하는 법이지. 자네는 이미 대성할 기운을 지녔네. 내가 알기로 학문의 성숙 단계는 그리 복잡한 게 아니야."

"예, 가르침을 주십시오."

"선유들도 학문의 단계를 중요하게 여겼어. 먼저 유년기에는 가정에서 소양과 기초 학문을 수학하고 청소년기에 접어들어서는 스승을 정하여 그 문하에서 학문을 탐구하도록 하였지. 그리고 나아가 장년이 되면 학문을 완성하고 제자를 육성하면서 연구하는 일에 몸을 바친다네. 이러한 학문적 성숙 단계에 비춰 볼 때 자네는 비록 스승을 만나지는 못했으나 끊임없이 많은 독서로 스승을 대신하고 있지 않은가. 나는 자네의 도학적 역량을 믿네."

"과찬이십니다. 부족하지만 부단히 노력해 나가겠습니다."

"율곡 선생은 '학교 모범'에서 선비의 공부하는 모습을 잘 말씀하고 있는데 한번 들어보겠는가."

"예, 마음에 새기겠습니다."

"학자는 몸을 바로한 후 독서와 강학으로 의리를 밝히고 학문하는 과정에 나아가서는 자신이 추구할 바를 잊지 말아야 한다고 했네. 또한 배우는 것을 폭넓게 하고 질문은 깊이 살펴 하도록 하였으며, 생각은 신중하게 하고 판단은 반드시 명확하게 하여 마음으로부터 체화되도록 하라고 하였다네."

"제가 새기건대 독서로 먼저 자신의 뜻을 세우고 그 입지의 자세로 흔들림 없이 생활하되 일상과 학문을 연결시켜 나가야 한다는 말씀이군요."

"그렇다네. 학문과 삶의 일체화라고 말할 수 있지."

"어르신 말씀을 듣고 보니 학행이 결코 분리될 수 없다는 생각이 듭니다."

지암은 영남 지역의 큰 선비일 뿐만 아니라 소송거사와 각별한 교분을 가진 분이다. 지암은 스무 살로 접어들자 출사에 뜻을 접고 경학에 몰두하다가 마침 갑오개혁에 이어 을사늑약이 일어나자 아예 고향으로 내려왔다. 지암은 시절을 원망하고 한탄해 보았지만 소용이 없었다. 세상은 자꾸 지암의 생각과 거리가 멀어져갔다. 점점 더 암울해지자 지암은 고향에 은거하여 오로지 후진을 가르치면서 선비의 전범대로 살고 있었다.

송계는 아버지가 지암의 삶을 존경하고 교유하기를 즐거워했던 만큼 자신의 학문적 진도에 관하여 솔직하게 토로하였다. 순례의 동기가 더 명징하게 드러났다. 송계는 송계대로 지암은 또한 지암대로 서로에게 따뜻한 호의를 안겨주었다.

지난날 나의 아버지께서 병중에 찾아갔었는데

보통 사람들의 반김과 달리

서명의 뜻 깨달은 어르신은

형제우애로 어질고 사랑하는 정을 다 주셨네

말과 뜻 서로 통하여 시를 주고 받았네

작은 주머니에 담아 길 잃은 아이에게 부치니

완연히 모난 거울 못 같은데

무엇 때문에 바람 밀쳐내고 달 닦는 일하랴

昔我先君病裏行　一般流俗小歡迎

丈人最得西名義　洽盡同胞仁愛情

言志相酬贈以詩　小囊收拾寄迷兒

宛然如對方塘鏡　何用批風抹月爲

　헤어져 돌아선 길에 읽어 내려간 지암이 준 글 속에 아버지 소송이 어른거렸다. 송계는 순간 반가우면서도 울적한 마음을 추스르기 어려웠다.

　송계는 비안 초입의 동구 밖 언덕 병산에 올랐다. 세종 때의 명신 박 서생의 사당과 유적을 잠깐 살펴보기로 하였다. 처음 조선통신사로 일본으로 간 박 서생은 수차와 농경, 화폐 그리고 도로 정비 등 조선보다 앞선 산업기술 상황에 주목했다. 그는 실사구시적인 눈으로 견문하고 그 실상을 여과 없이 조정에 소개하였다. 모두 시대를 앞서가는 시무책들이었다.

　위천을 앞으로 끼고 있는 비안은 물길이 좋은 만큼 경작지도 넓었다. 비옥한 그 땅 위로 익어가는 나락 패기가 갈바람에 넘실거렸다.

　송계는 비안을 벗어나 낙동강을 따라 하회마을에 들렀다. 만년의 서애가 머물면서 『징비록』을 집필하였던 옥연정사가 궁금했던 까닭이다.

　'물돌이의 땅, 하회는 서애의 유년과 만년이 묻어있지 않은가. 전쟁을 반성하고 예방하고자 쓴 명작, 『징비록』을 태동시킨 유서 깊은 곳을 살펴보리라.'

송계는 풍산 들녘이 시작하는 마을 어귀, 노송이 우거진 야트막한 언덕배기에서 잠시 멈추었다. 웅장한 바위 산 부용대 아래, 화천서원과 몇 채의 민가가 들어서 있었다. 단애 아래로 푸른 화천이 유유히 느린 유속으로 흘러내렸다. 강 건너 남쪽으로 눈을 돌렸다. 낙동강의 상류 안동을 거쳐 병산으로 굽어든 화천과 강둑 너머로 까만 기와집과 회빛 초가들이 처마를 맞대고 옹기종기 모여 있는 마을이 하회다. 마치 크고 작은 거북이 떼가 모여 햇살을 받으면서 낮잠을 자는 듯한 조용한 마을이다.

옥연정사의 나지막한 대문은 열려 있었다. 주인은 어디 가고 가을 햇살이 마당가를 가득 달구고 있었다. 송계는 완락재 마루에 앉았다. 솔바람이 한차례 지나갔다. 바람 소리 따라 서쪽으로 난 간죽문이 삐거덕거리는 소리를 냈다. 열린 문틈으로 부용대 층길이 살짝 살을 내보였다.

'겸암이 머물던 서쪽의 겸암정사를 향하여 아침마다 서애가 다녔던 좁은 층층 길이 아닌가.'

순간 송계는 트인 서쪽 흙담 사이의 간죽문을 열고 성큼 들어서는 서애의 환영을 본다. 역사 속의 인물이 아니라 지금 자신 곁에 서있는 현실 속의 서애와 마주보고 있다. 그리고 그를 뒤따르는 젊은 선비도 보인다. 노장의 그 둘은 참담한 나라 상황과 맞서 위기를 극복해 나갔던 자신들의 가슴 절절한 이야기를 들려주는 듯했다. 한동안 그 환영에 젖은 송계는 자신도 모르게 그들에게 말을 붙인다.

"영상 어른!"

송계는 서애의 환영 앞에서 읍하고는 간절하게 불렀다.

"마당가의 해묵은 소나무에 앉아 계셨군요."

대답을 듣는 대신 송계는 서애의 애제자 우복의 허상에도 말을 걸었다. 서애가 옥연정사에 머물러 있을 때 그의 고제자 우복 정경세가 경상도 관찰사로 내정되자 서애를 찾아와 수수한 스승의 마음을 달래주었던 일이 머릿속에 강하게 남아있었던 탓인가 보다. 마루에 앉은 송계는 그런 사제 간의 아름다운 모습을 상상하니 더없이 맘이 훈훈해지면서 슬며시 부럽기까지 하였다.

'나에게도 저 같은 제자가 있는가. 아니 내게 제자를 길러낼 만한 학덕이 있는 걸까?'

생각에 젖은 송계는 서애가 남긴 역사적 유산과 학덕을 더듬어 보았다.

임란이 끝나고 서애는 오히려 서인계의 정적들에게 몰린다. 그 또한 고난이었다. 1598년 동짓달, 명나라 군의 참모 정응태가 '조선이 축성을 굳건하게 하고 명나라를 배반한다. 또한 왜를 끌어들여 명나라를 공격하려 한다'는 등 무고 사건을 일으켰다. 그러자 조정에서는 이 사건의 진상을 해명할 진주사(변무사)를 서애에게 맡겼으나 서애가 이를 거절하자 북인파의 비난이 쏟아졌다. 국난을 극복했던 노재상은 그해 섣달 관직을 삭탈당하고 옥연정사로 낙향해야 했다.

서애가 젊은 날 하회마을 가운데 원지정사를 세웠으나 소란스럽고 번거로워 독서하기에 적절하지 않자 다시 조용한 글방을 마련한 것이 옥연정사다. 부용대 아래로 화천이 굽어 흐르고 멀리 원지산과 문필봉 그리고 서쪽 언덕(서애)이 아련하게 내려다보이는 따뜻한 햇살 자락 끝이 옥연정사 터다. 마당 남쪽 단애 아래로 흐르는 물여울이 마치 옥빛 같다 하여 정자 이름을 옥연정사라 하였다. 그리 넓지 않은 집이지만 서애는 별채인 세심재를 서당으로 하고 사랑채인 원락재에서 『징비록』을 집필하였다.

처절했던 그 7년 전쟁은 생각만 해도 뼈에 사무치고 몸서리쳐졌기에 서애는 다시는 이 땅에 전쟁이 없어야 한다는 생각으로 그간의 경험을 기초로 하여 『징비록』을 쓰기 시작했다. 임진왜란의 참상을 현장에서 목격하고 체험한 서애는 고향마을에 머물러 전쟁의 반성기를 저술한 것이다.

원고를 쓰고 정리하는 동안 서애는 다시 전쟁을 겪고 있는 사람처럼 물물이 가슴이 북받쳐 올랐다. 왜군의 조총과 긴 칼 앞에서 풀잎처럼 쓰러져 간 백성들과 장수들의 신음 소리가 들려오는 것만 같았다. 오만한 명군 앞에서 갖은 수모를 겪어야 했던 순간순간을 떠올리고는 한없이 초라하고 부끄러운 마음에 주체할 수 없이 흘러내리는 슬픔의 눈물로 원고가 찢겨 나가기도 하였다. 서애는 왜군으로부터 내침을 받은 조선의 전쟁 상황을 자세히, 빠짐없이 기록하고 싶었다. 비겁하게 도망친 관군과 수령들의 무책임을 고발하고 용감하게 싸운 이순신과 의병들의 충정을 대변해 주고 싶었다. 또 왜와의 강화를 주장한다고 자신을 음해한 정적들에게 그 오해를 풀어주고 싶기도 하였다.

그렇게 3년여 세월을 보내고 난 서애는 자신의 나이 63세 되던 1604년에 마침내 『징비록』을 마무리하였다.

서애의 숨결이 감도는 원락재 마루 깊숙이 가을 햇살을 따라 선선한 바람이 불어왔다. 청량하다. 마당 앞 언덕바지에는 서애가 무척이나 고와라 하던 복숭아나무 꽃이 만발하여 있고, 꽃이 진 가지마다 아기 주먹만 한 열매가 달콤하게 익어가고 있었다.

낙동강이 울타리가 되어 하회를 둘러싸고 유유히 굽어 흐르고 마을 동남쪽의 넓은 벌은 온통 황금빛 물결에 출렁거렸다. 가운데가 도톰한 언덕으로 형성된 하회는 한 송이 활짝 핀 연꽃이 고요한 물 위로 떠 있는 형상 그대로였다.

'흔히들 하회를 산태극 수태극에다 연화부수형이라 하지 않던가. 이것도 부족한 듯 호사가들은 하회는 마치 보옥을 가득 실은 배가 떠나는 행주형이라 하니 말이다. 과연 명당이다.'

눈앞으로 조망되는 하회의 풍광이 송계를 더없이 호사스럽게 해주고 있었다. 마을의 서쪽에서 햇살이 길게 무지개처럼 비췄다. 서쪽을 바라보던 송계는 문득 '젊은 날의 서애도 이 아름다움을 보았을까. 그래서 고향을 다녀간 유성룡은 자신의 아호를 '서애(西厓)'라 불러주기를 기꺼워하였던가 보다'라고 생각하면서 다시 병산서원 존덕사로 걸음을 옮겼다.

마을에서 동남쪽의 병산으로 굽어드는 강가에 갯버들이 가을빛에 물들어가고 있었다. 맑은 물빛으로 채 친 듯 고운 모래밭이 길게 펼쳐졌다. 강물 위로 하늘이 어른거리는 것이 아니라 하얀 모래밭 위로 하늘이 그림자처럼 드리워져 있는 것만 같았다. 서원으로 들어가는 한적한 길섶에는 구절초가 푸르스름하게 피어나고 하회의 주산인 화산의 남쪽 솔밭 자락에 안온하게 자리 잡은 병산서원이 모습을 드러냈다. 송계는 서원의 외삼면, 복례문 앞에서 걸음을 멈추었다.

'복례문이라. 올바른 인의 수행법을 강조한 문이구나. 인이란 예로 돌아간다는 뜻인데 그 어찌 단순하다 하랴.'

송계는 논어의 한 구절을 떠올렸다.

하루는 공자가 인(仁)에 대하여 설명하고 있는데 제자 안연이 질문을 했다. 안연은 매우 단도직입적으로 물었다.

"선생님, 인이란 무엇입니까."

공자는 한마디로 대답해주었다.

"극기복례(克己復禮)다. 나를 이기고 예로 돌아가는 것을 말하는 게야."

송계는 공자의 설명을 들은 안연의 표정이 어땠을까를 상상해 보았다. 명석한 안연은 스승의 대답에 만족하였을지 모르지만 송계 자신은 더 궁금하기만 하였다.

'예로 돌아가는 것이 인이라면 그 구현 수단으로서 예는 뭔가. 예가 뭐기에 공자가 그토록 논구하려 했던 인을 예로 돌아가는 것이라고까지 했을까.'

"복례란 겉모양의 형식적인 예로 돌아가는 것이 아니라 분수와 격식을 말하는 것이지. 형식으로서 격식이 아니라 자신을 낮추는 일이다. 겸손이다. 남을 존중하고 배려하는 행위를 말한다."

송계는 다시 공자가 안연에게 말해준 복례의 실천방법을 생각해 보았다. 예가 아니면 보지도 말고 듣지도 말고, 말하지도 말고 행동하지도 말라고 했던 것을.

복례문을 지난 송계는 가볍게 읍을 하고 서원 안으로 들어섰다. 서원은 마당을 가운데 두고 외삼문과 누각-강당-사당으로 이어지는 남북의 축을 두고 동서 양재를 마주보도록 하였다. 서원의 가장 뒤편이자 북쪽에 있는 사당은 별도의 담장을 두르고 내삼문을 두었다.

모든 서원이 그렇듯이 병산서원 역시 선현을 제사 지내는 공간인 사당(존덕사)과 선현의 뜻을 받들어 교육하는 강당(입교당)으로 이원화되어 있다. 말하자면 전학후묘의 정형화된 공간배치 구조일 뿐만 아니라 대칭미를 발현하고 있다.

강당을 비롯한 건축물들은 비교적 장식성이 없고 단순한 모습이다. 반면에 누각인 만대루는 달랐다. 송계는 두드러지게 돋보이는 만대루 처마 밑에 섰다.

'이야, 준수하다. 정말 빼어나구나.'

송계는 젊은 날 경주의 옥산서원과 고령의 도동서원을 다녀온 적이 있지만 그 어디서든 누각의 위용과 아름다움에 이토록 찬탄을 자아냈던 기억이 없다.

2백 명이 족히 앉을 수 있는 만대루는 벽과 창의 가림이 없다. 사방이 탁 트여있다. 그 빈 공간을 하늘과 산과 물과 바람결이 채워주고 있었다. 측면 여덟 개의 기둥으로 만들어진 일곱 칸의 누마루 안에 들어선 송계는 '내가 마치 여덟 폭짜리 병풍도의 주인이 된 듯하구나.' 하면서 감탄을 금치 못했다.

송계는 남쪽으로 눈을 돌렸다. 가을빛으로 채색되어 가는 병산과 그 아래로 굽어 도는 강물이 마루 안으로 밀려드는 것만 같았다. 산 빛과 하늘빛을 가득 담은 여울이 지고 있었다.

눈길은 여전히 병산의 기암 끝 벼랑에서 벗어날 줄을 몰랐다. 노송과 갈대숲과 갯버들이 한눈에 들어왔다. 군데군데 늙은 소나무가 서 있는 하얀 모래밭, 그 사이로 느릿느릿 흘러가는 낙동강 물, 오랜 세월의 이끼가 그림처럼 묻어 있는 절벽, 그 틈 사이로 어렵사리 뿌리를 내려 애절하기까지 한 관목들, 그 너머 푸른 하늘. 그 아름다운 자연을 만대루 위에 올라서면 마음 가는 대로 끌어들일수가 있었다.

'선인들도 나처럼 이 누각에 올라 앞산과 흐르는 물 바라보기를 즐겼을 테지. 산과 물을 바라보며 요산요수의 깊은 뜻을 터득하였으리라.'

그랬다. 산은 늘 변화 없이 항상 제자리에서 계절의 변화를 끌어들인다. 그래서 인자의 몫으로 돌렸다. 반면에 물은 정지된 채로 가만있지 않고 어디론가 흐르다가 부딪치고 출렁거리고 요란하기까지 하니 그런 동태적인 물은 지자의 몫이었다.

송계는 눈길을 만대루 현판으로 옮겼다. 휘호의 필선이 부드러운 듯 기운찼다. 그보다도 송계는 '만대(晚對)'라는 시적인 어구에 반색하였다.

'그 유명한 시, 백제성루(白帝城樓)가 아닌가!'

그리곤 이내 두보의 시를 읊조렸다.

푸른 병풍처럼 둘러쳐진 산수는 해질녘을 대하는 것 같고

군데군데 모여든 흰 바위 골짝은 더욱 깊어 즐기기 좋구나.

翠屏宜晚對　白谷會深遊

'누각과 병산의 조화로움을 절묘하게 표현하였구나.'

만대루는 병산이 있어 그 이름이 돋보이고 병산은 또한 만대루가 있어 그 아름다운 산세를 유감없이 뽐내는가 싶어졌다. 송계는 누각의 미려함을 다시 한번 감탄하면서 속삭였다.

'만대루는 서원의 엄숙한 분위기를 살짝 풀어주는 시적 혹은 미적 공간이라 할 수 있겠구나. 마당이 확장된 여유 공간이자 소통의 장으로 아주 훌륭하군.'

복례문에서 문을 활짝 열고 북쪽으로 들여다보노라면 시선은 만대루 아래를 관통하여 입교당의 마루 안에 걸린 강당 현판까지 맞닿는다. 일직선상에 가지런히 배열해 놓은 것이다.

송계는 입교당으로 옮겨 앉았다. 중심에 자리 잡은 입교당은 정형화된 학습공간이지만 시선 앞의 만대루가 그 틈새를 살짝 열어

주었다. 마치 잘 차려입고 홀연히 나타나 긴장된 여행객의 앞을 가로막는 여인 같았다.

송계는 서애를 모신 사당, 존덕사 마당에 들어섰다. 한창 붉게 늘어진 배롱나무 꽃들이 꽃 담장을 만들었다. 세 칸짜리 맞배집의 존덕사는 서원의 다른 건축물들과 달리 고요와 적막이 흘렀다. 어느 사당의 모양과 별 다를 바 없지만 담장 너머로 서애의 어진 말소리가 들려오는 것만 같았다. 송계는 서애를 학행이 으뜸가는 선비로 흠모해 왔던 만큼 서애의 위패 앞에서 숨을 죽이고 묵상하면서 절을 올렸다.

병산을 뒤로하고 송계는 도산으로 걸음을 재촉하였다. 그러나 풍산읍을 벗어나려는데 이미 해가 저만큼 서산으로 기울었다. 소산 마을을 지나던 송계는 마을 초입의 솔밭에 서 있는 삼귀정을 지나칠 수가 없었다. 아름답고 단정한 그 정자를 바라보는 순간 송계의 뇌리를 스쳐가는 인물이 있었다. 청음 김상헌이다. 송계는 병자호란기에 청의 볼모가 되어 가던 청음이 읊었던 시를 흥얼거려 본다.

가노라 삼각산아 다시 보자 한강수야
고국산천을 떠나고자 하랴마는
시절이 하 수상하니 올똥말똥하여라

정자 안으로 풍산 들녘을 붉게 달구다 넘어가는 저녁노을이 길게 들어왔다. 넓고 풍요로운 풍산 들녘을 앞에 두고 풍산 류씨가 하회로 입촌하였고 서쪽에는 안동 권씨가 가일마을을 만들었다. 그런가 하면 예안 이씨, 안동 김씨 또한 풍산들을 태반으로 하여 씨족 사회를 넓히고 문사를 번성시켜 나갔다. 송계는 곡식이 익어가는 풍산들이 한없이 부럽기만 하였다.

'예나 지금이나 명문가를 형성하기 위하여서는 재력의 기반이 단단해야 하는구먼. 여기서 하루 묵어가야겠다.'

마침 한 일꾼이 기별을 해왔다.

"갈 길이 멀지요? 해가 저물었는데 청원루에서 쉬었다 가시지요."

"……?"

"청음 선생의 사랑채가 비었습니다."

"아, 예, 하루 신세를 지겠소만."

마침 날도 저물어가는 참이라 생광스럽다는 생각까지 들었다.

그러면서도 송계는 미심쩍은 듯이 다시 한번 그 일꾼에게 말을 붙였다.

"나는 그 댁의 누구에게도 쉬어가겠다고 기별한 적이 없는데?"

"하루 편히 유할 잠자리를 준비해 두었습니다. 청음 선생의 시를 읊으시는 걸 들은 주인어른의 당부이십니다."

공손한 일꾼은 송계를 청원루로 안내하였다. 집은 단소하게 지어졌지만 높은 기개가 있어 보였다. 그 옛날 청음 김상헌이 청나라에서 돌아와 '청나라를 멀리한다'는 뜻으로 '청원루'라 당호를 내

걸고 머물렀던 집이다. 훗날을 기약하면서 절치부심하던 청음의 내음이 배어났다.

송계는 여장을 풀었다. 그리고 아침 해가 밝도록 자신을 청한 이를 볼 수 없었다. 그렇다고 누굴 찾아가 감사의 인사를 건네야 할 사람도 보이지 않았다. 송계는 청음의 공덕이려니 생각하며 정갈하게 차린 아침상을 맛깔스럽게 먹고 집을 나섰다. 청원루를 다시 뒤돌아보면서 주인의 후덕한 인심을 가슴에 안고 서후 쪽으로 나섰다. 학봉 김성일 선생을 모신 임천서원으로 가는 참이다.

소산에서 서후까지는 한나절이 족히 걸렸다. 송계는 임천서원에서 학봉을 참배한 뒤 예안까지 갈 계획으로 풍산 안교역에서 말 한 필을 빌렸다. 역참이 없어진 지 십여 년이 흘렀지만 그때까지도 영남 북부 지방 군데군데는 말이 교통수단으로 요긴하게 활용되고 있었다. 임천서원에서 예안까지는 강 길과 산길이 장장 80리나 되었다. 말을 빌리고 난 송계는 한결 맘이 편했다.

임천서원에 당도하여 학봉을 추모하던 송계는 서애와 학봉을 동시에 떠올렸다. 퇴계의 애제자이자 절친한 벗인 그 둘은 나란히 관도로 나아갔다. 그리고 임진왜란을 맞아 하나같이 국난극복에 몸을 바쳤다. 서애가 7년간의 전쟁을 지도한 명승으로 이름을 남겼다면 학봉은 임란 전 일본 사신으로 갔다 온 후 일본 정세를 올바르게 보고하지 못한 죗값을 스스로 짊어지고 전장을 누비다 순직하였다.

1607년에 건립한 임천서원은 학봉을 주향으로 모셨지만 곡절이 많았다. 그 10여 년 뒤에 학봉의 위패를 퇴계 이황을 모신 여강서원으로 옮기게 되자 주향이 없어진 임천서원은 자연 퇴락할 수밖에 없었다. 그 후 근 3백 년의 세월이 흘렀다.

송계가 임천서원을 방문하기 7, 8년 전쯤 숭정사와 홍교당을 복원하고 학봉의 위패를 다시 봉안하였던 것이다. 송계는 평소 학봉이 남긴 공에 무게를 두었다. 과가 없지 않지만 그의 삶에서 보여준 남다른 의로움은 칭송받을 만했다. 송계는 이왕의 걸음이라 서원과 멀지 않는 가수동의 학봉 묘소를 참배하고 학봉이 통신사로 떠났던 여정과 임란 초기 전장을 독려하던 참되고 충성스러운 학봉의 모습을 떠올려보았다. 그중에서도 학봉이 전국의 사민들에게 거병을 독려한 초유문은 행간마다 눈물 없이 읽을 수 없었던 충신의 문장으로 송계는 기억하고 있었다.

…… 왜적이 불과 열흘 사이에 험한 관문과 높은 고개를 넘어 곧바로 서울을 점령하였다. 임금은 서울을 떠나 파천하고 온 나라 사람들은 도망치고 숨어버렸다. 우리나라가 생긴 이후로 오랑캐의 환란이 오늘날처럼 참혹한 적은 일찍이 없었다. …… 왜적들이 미처 이르지 않았는데도 선비와 백성들은 앞다투어 먼저 산속으로 도망치고 숨어 들어가 구차스럽게 목숨을 부지하려고 하였다. 이렇듯 수령에겐 백성이 없고 장수에겐 군졸이 없게 되었으니 장차 누구와 더불어 왜적을 막을 수 있겠는가. ……

오랑캐의 풍습을 가진 왜적들은 우리 땅에 한번 들어오자…. …… 우리의 부녀자들을 잡아가서 처첩으로 삼고 우리의 장정들을 마구 죽여 씨를 남기지 않았으며, 즐비한 민가를 모두 불태워 잿더미로 만들고 공사의 재물을 모두 차지하였다. 이에 독기는 사방에 가득 차고 죽은 사람의 피가 천 리 강산에 흘러내리고 있다. 백성들이 당한 그 참혹상을 어찌 다 말할 수 있겠는가. …… 이 땅에 살아가고 있는 사람으로서 임금이 피난하고 종묘사직이 무너지며 만백성들이 다 죽을 판인데도 정말 아무런 관심도 없는가? 마음이 움직이지 않는다면 천지간에 영원히 변치 않는 도리에 대해서 어떻게 하겠는가.

지금, 부모가 왜적의 칼날에 맞아 죽고 형제와 처자식이 서로 보전하지 못하는 환란이 극에 달한 위급한 처지이다. 그런데도 자식이 되고 동생이 된 자가 머리를 감싸 쥐고 쥐새끼처럼 숨기만 하겠는가? 죽을 각오로 함께 보전할 생각을 하지 않는다면 어찌 자식된 도리에 맞겠는가. ……

돌아보건대, 우리 영남 지방은…. …… 아름다운 절의와 순후한 풍습이 우리나라에서 으뜸이 된다. …… 퇴계와 남명 두 선생이 한 시대에 나란히 나서 도학을 처음으로 강명하면서 인심을 순화시키고 윤기를 바로잡았다. 많은 선비들이 두 선생의 교육에 감화되고 흥기하여 본받고 있다. …… 그런데 하루아침에 왜변을 만나서는 오로지 살기만을 구하고 죽기를 피하는 데 급급하여 스스로 군주를 버리고 어버이를 뒤로하는 죄악에 빠지고 말았다. 그러니 구차스럽게 한 목숨을 부지한다고 하더라도 장차 어떻게 한 하늘 아래에서 살 수가 있겠으며 죽어 지하에 들어가서는 또한 무슨 낯으로 우리 선현들을 뵐 수 있겠는가. ……

진실로 원하노라! 이 격문이 도착하는 날 수령은 한 고을을 분명하게 효유하고 변장은 사졸들을 격려하라. 그리고 문무의 조정 관원들과 부로, 유생 등 모든 사람들은 서로서로 유시하라. …… 집집마다 사람마다 각자가 싸우면서 일시에 함께 일어나면 군사의 위용을 크게 떨칠 것이다. 용기가 백배 되어 괭이나 고무래도 튼튼한 갑옷과 날카로운 무기로 변할 것이다. 그러니 비록 큰 칼과 긴 창이 앞에 닥치더라도 무엇이 두렵겠는가. ……

송계는 기나긴 초유문을 다시금 상기하며 작은 말 등에 올라 안기를 거쳐 예안의 역참이던 선안으로 말을 이끌었다. 마을 동쪽으로 맑은 물이 굽이도는 낙동강이 유유히 흘러내렸다. 물길 따라 비옥한 들녘이 펼쳐져 있었다. 스쳐가는 풍경들을 바라보던 송계는 넉넉한 웃음을 지으며 사람이 아닌 자연에게 말을 건넸다.

"그래 참으로 선비들이 살 만한 땅일세."

그럴만한 이유가 있었다. 송계는 『택리지』에서 말한 '계거(溪居)'를 떠올렸기 때문이다.

'이중환은 선비들이 살 곳은 해거도 강거도 아닌 계거라 하지 않았던가.'

도산은 지난해까지만 하여도 안동부와 다른 예산현 땅이었다.

행정구역이 통합되어 안동으로 불리고 있지만 지역민들의 정서는 한 고장으로 동화되기까지 좀 더 시간이 필요하였다.

송계는 지도첩을 꺼내고 지도정치를 해보았다. 도산은 낙동강의 주류가 흘러내리는 강촌이다. 눈앞의 풍경이나 지도 속의 모습이 틀리지 않았다. 도산은 전형적인 계거지역임이 분명했다.『택리지』를 빌리지 않더라도 물이 풍부하고 들이 넓은 지역, 바라만 보아도 선비가 살기에 부족함이 없는 땅이었다.

안기역에 이르니 마을 동쪽으로 강폭이 넓은 낙동강이 출렁거리며 흘러내렸다. 물길은 영호루 앞에서 여울을 이루다 다시 삼강으로 흘러 흘러 그 끝을 알 수가 없었다.

'낙동강은 우리 영남의 젖줄이야. 영남 지방의 대동맥이자 지역의 고유한 문화를 발흥시킨 원동력이지.'

태백 천의봉 동쪽 계곡에서 발원한 낙동강의 본류가 봉화를 거쳐 안동에 이르면 영양에서 흘러드는 반변천을 만난다. 그리고 나서 삼강에 이르면 내성천과 금천을 만나 비로소 낙동강은 제 모습을 띤다. 낙동강은 쉼 없이 남으로 남으로 유유히 흘러 상주에서 위천을, 그리고 대구에서 금호강을 만나 강역을 넓혀나간다. 창녕 영산에서 남강을 만나 김해로 흐르다가 밀양강과 합수하여 마침내 김해-부산 앞바다로 이르게 되니 드디어 7백 리 장강이 바다와 합류한다.

낙동강은 유장한 그 길이만큼 크고 작은 지류가 발달되어 있다. 이름 또한 여러 가지로 불렸다. 신라대에는 황산하라 불렀고 고려

대에는 낙동강 또는 낙수 혹은 가야진 등으로 불렸다. 『동국여지승람』에는 낙수로, 『택리지』에는 낙동강으로 기록되어 있는데 이는 가락의 동쪽이라는 데서 유래하였다. 말하자면 낙동강은 가락국의 땅, 상주의 동쪽으로 흐르는 강이란 뜻이다.

송계는 안기에서 나와 예안의 선안역으로 향했다. 예안 고을은 봉화와 경계를 이루는 청량산으로 둘러싸인 땅이다. 선안에 이르자 안기에서 보던 낙동강이 바로 눈앞에 다다랐다. 낙동강 상류를 거슬러 오르는 강변길을 따라 도산벌이 이어져 있다. 물은 하늘빛과 견줄 듯이 푸르러 맑기 그지없고 유속 또한 빨랐다. 송계는 강변길을 따라 도산서원 길로 들어섰다. 소쿠리 모양의 산자락에 선 도산서원의 처마 끝이 살짝 내보였다.

맑은 물 내음과 익어가는 나락 냄새가 엷은 강바람에 실려 왔다. 들녘에는 일손이 바쁜 농부들이 분주하게 나다녔다. 산자락의 사리가 긴 밭 언저리에는 하얀 무 살이 한 뼘이나 드러나 있었고 단 햇살에 익은 콩깍지는 금방이라도 터져 나올 듯 영글어 있었다. 산곡에는 가을빛이 한창이다.

송계는 우선 시사단으로 발길을 향했다. 서원 앞 강 건너의 자그마한 섬같이 생긴 백사장 솔밭, 1790년 정조가 별시를 보던 시사단이다. 서인에 편중된 당쟁에서 벗어나고자 했던 정조는 소외된 영남 선비들에게 등용의 기회를 주고자 특별 과거 시험을 보게 했다. 평평한 강변의 모래밭, 청솔 우거진 솔밭에서 유생들이 지필묵을 앞에 놓고 도산별시를 치르던 시사단은 그야말로 자연의 일부에 불과한 노천 시험장이었다.

송계는 시사단에서 강 건너 도산서원의 원경을 바라다보았다. 갯버들이 성글게 서원 앞을 가렸다. 강을 거슬러 높은 단애의 허리춤에 도산서원이 자리해 있다. 청량한 가을바람이 머물러 있는 솔밭 속의 서원 풍경이 송계의 품 안으로 안겨드는 순간 가슴이 뛰었다. 설레는 가슴을 안고 송계는 도산서원 진도문 앞에 도착했다. 목이 탔다. 마당 한쪽에 '열정(冽井)'이라는 표지석이 있는 우물에서 맑은 물 한 바가지를 떠마셨다. 샘물이 맑고 달았다.

"음, 이게 바로 그 유명한 도산서당의 석정감열(石井甘冽)이 아닙니까?"

"예, 그렇지요. 지금도 사용하고 있는 서원의 식수용 우물입니다. 그 옛날 퇴계 선조님께서 직접 이름을 붙인 그 샘입니다."

송계를 맞아 퇴계의 유문을 열람하도록 배려해 주었고 또한 서원 내부를 안내해 주고자 함께한 하정의 말이다. 퇴계의 13세손 하정 이충호 공은 다시 석정의 내력을 자세하게 설명해 주었다.

"이 샘의 이름인 열정은 『역경』에 나오는 '정열한천식(井冽寒泉食)'이라는 의미를 담고 있는 이름이지요. 말하자면 마을이 퇴락하여 살던 사람들이 떠난다 하여도 우물은 옮겨가지 못하고, 물은 퍼내도 줄지 않는다는 뜻이지요. 두레박으로 퍼마셔도 샘물은 그 끝이 없듯이 지식의 샘 역시 자신의 노력으로 깊게 만들어야 한다는 경구입니다."

"부단하게 자기 심신을 수양하라는 뜻이 담겼군요. 참으로 의미

심장합니다. 아무리 보잘것없는 것도 하나의 의미를 붙일 때 비로소 공부의 대상이 되고 또한 그 자체가 살아있는 생명체가 되는 것이니까요."

"그렇고말고요."

송계는 우물 앞에서 대학자 퇴옹이 추구했던 면학 태도를 떠올려 보았다. 석정은 단순한 물이 아니었다. 지식의 샘이었다. 끝없이 솟아올라 샘물로 가득 고여야 비로소 두레박으로 퍼 올려 마실 수가 있듯이 지식의 샘도 그렇게 만들어내야 하지 않겠는가.

진도문은 3층 계단 위에 주춧돌을 놓고 문기둥을 세웠다. 서원과 도산서당의 경계에 있는 작은 문이지만 쉬이 범접할 수가 없는 권위를 지녔다. 단풍나무와 매화나무로 둘러싸인 세 칸짜리 아주 작은 도산서당이 진도문 오른쪽에 자리하고 있다. 도산서원은 퇴계 사후 4년이 지난 1574년에 제자와 유림들이 모여 퇴계의 위패를 모시고자 세웠으나 도산서당은 생전의 퇴계가 직접 학생을 가르친 곳이다.

진도문에 들어선 송계는 퇴계 생전의 향기와 사후의 학덕을 동시에 체감하고 있었다. 문간에서 머뭇거리듯 침묵하고 있는 송계에게 하정이 말을 붙였다.

"한공, 도산서원을 그려 놓은 옛 그림이 있소만."

"저는 그림에 그리 밝지 못합니다만 옛 모습이 궁금하군요."

하정은 영인된 옛 그림 한 장을 꺼내 보이면서 조곤조곤 말을 이어나갔다.

"혹시 한공은 화가 강세황을 들어 보셨는지요?"

"성호와 교분을 두텁게 지낸 표암을 말씀하시는 겁니까?"

"예 그렇습니다. 이것은 표암이 그린 〈도산서원도〉입니다."

도산으로 낙향하여 작은 서당을 열고, 학동들을 가르치고 연구하던 퇴계의 모습을 표암이 상상하여 그린 그림이다.

병상에 누워있던 성호 이익이 절친 강세황에게 간곡히 부탁하였다.

"표암, 내가 일어나면 먼저 도산서원에 가보고 싶네. 그러나 형편이 이러하니 퇴계를 흠모하는 내 마음까지 담아 그림으로 남겨주게."

간곡한 당부를 들은 강세황이 곧바로 붓을 잡아 도산서원과 그주변 풍경을 조감법으로 그리기 시작했다. 풍경화의 중앙에 도산서원을 놓고 왼쪽으로 굽이 흐르는 낙동강을 그려 넣었으며 그 위쪽으로 분천서원과 애일당*에 이어 분강촌까지 넣어 한 장의 사진처럼 〈도산서원도〉를 그렸던 것이다.

"성호 선생이 〈도산서원도〉를 감상하면서 많은 위로를 얻었겠습니다."

"사실, 이보다 앞서 도산서당을 그린 그림이 있었어요."

"그건 또 어떤 그림인지요?"

* —— 안동 도산에 있는 정자. 16세기 초 농암 이현보가 노부모를 모신 곳이다.

"겸재 정선이 그린 〈계상정거도(溪上靜居圖)〉입니다. 퇴계가 관직에서 물러나 『주자서절요』를 집필하던 모습을 담고 있는 그림입니다만 저는 그 영인본조차 아직 구하지 못했습니다."

"그렇다면 그림 속의 계상서당은 도산서당 이전에 퇴계가 처음 강학하던 장소를 말하는 거로군요."

"예, 그렇습니다."

"두 그림 모두 퇴계의 문향을 그윽하고 아름답게 담아낸 것으로 이해합니다. 아울러 그림 속의 주체가 된 도산서당과 도산서원이 곧 우리나라 유학의 본산임을 의미한다고 봐야지요."

"당연한 말씀입니다."

송계는 250여 년 전에 살다간 선비들이 시대를 뛰어넘어 그 전 세대와 교감하는 모습을 상상했다. 그는 서당 누마루에 앉았다. 한 평 남짓한 좁은 공간이지만 먼 남쪽이 환하게 드러나 눈앞으로 안겨들었다. 강 건너 시사단의 솔밭과 하얀 모래밭도 마루 안으로 들어앉았다. 죽담 아래, 주황빛으로 물든 매화밭은 이른 겨울 채비를 하고 있었다.

"퇴계 선생은 매화를 좋아했다지요?"

송계는 문득 생전의 퇴계가 좋아라 읊던 〈도산으로 매화를 찾다(陶山訪梅)〉라는 시가 떠올랐다.

묻노니 산속의 두 개의 옥 같은 신선이여

늦봄까지 머물러 어찌하여 온갖 꽃 피는 철까지 이르렀나
서로 만남 다른 것 같네 예천의 객관에서와는
한 번 웃으며 추위 우습게 여기고 내 앞으로 다가왔네
爲問山中兩玉仙　留春何到百花天
相逢不似襄陽館　一笑凌寒向我前

　소소한 갈바람이 스치고 간 마루 위로 퇴계의 향기가 시공을 넘
나들었다. 송계는 더욱 감흥이 일어 차운을 하듯이 한 수의 시를
연이어 읊었다.

완락재와 암서헌의 손때 새롭고
장여와 형옥 간직한 보배 참되네
남겨놓은 기풍 3백여 년 뒤에도
새벽마다 꿇어앉은 선생 생각나네
玩樂巖棲手澤新　杖藜衡玉寶藏眞
遺風三百餘年後　尙記先生跪坐晨

　퇴계 이황은 경학적인 동시에 문학적인 삶도 가벼이 하지 않았다.
성리론의 논구에 못지않은 수많은 시문을 남겨 후학들의 가슴을 더
훈훈하게 데워주었다. 후세인들은 그런 퇴계를 두고 이성과 감성이
균형 잡힌 인간상이라 칭송하는데 송계도 그 예외가 아니었다.
　퇴계는 이와 기의 관계 속에서 사단칠정을 논구한 조선 성리학

의 직조자이다. 그의 주리적 논변 이면에는 그것과 전혀 결이 다른, 상상을 초월하는 수많은 한시와 편지글이 가득하다.

송계는 지난 어둠의 시간 속에서도 퇴계의 시문을 손에서 멀리 하지 않았다. 그중 『계산잡영』과 『도산잡영』은 특별히 즐겨 읽었다. 전자에서 퇴계의 인간미와 감성을 엿볼 수 있었다면 후자에서는 사유 깊은 퇴계의 지성과 이성을 좇을 수 있었다. 퇴계는 시 한 편의 음률에서도 경전에 근거하고 강학에 의지를 두었다. 그러고 보면 퇴계는 도학자이면서도 긴수작과 한수작, 이문의 경계를 초월하는 자기 세계를 즐겼던 것 같다. 도연명과 주자를 넘나드는, 그러면서도 철저히 계산된 자신의 호학적인 삶을 유감없이 살았던 대학자이다.

도산 문중에는 퇴계가 『고문진보』를 2백 번이나 읽고 암송했다는 일화가 전해 내려왔다. 『고문진보』야말로 두말할 나위 없이 시문의 교과서가 아닌가?

퇴계는 계상서당에서 도산서당으로 옮기면서 땅을 구한 내력까지도 시 〈개복서당득지어도산남동(改卜書堂得地於陶山南東)〉에 담아 놓았다.

비바람에 침상조차 가려주지 못하는 계상서당을
옮겨 지으려고 빼어난 곳 찾아 숲과 언덕을 누볐네
어찌 알았으랴 백년토록 마음 두고 학문 닦을 땅이
바로 평소에 나무를 베고 고기를 낚던 곳 곁에 있을 줄이야

꽃이 사람을 보고 웃는데 정의가 얕지 않고

새는 벗 구하면서 지저귀는데 뜻이 심장하다네

세 갈래 오솔길 옮겨와 거처하고자 다짐하니

즐거운 곳 누구와 더불어 향기 맡으리

風雨溪堂不庇床　卜遷求勝徧林岡

那知百歲藏脩地　只在平生采釣傍

花笑向人情不淺　鳥鳴求友意偏長

誓移三逕來栖息　樂處何人共襲芳

참으로 감성이 뛰어난 분이셨다.

송계는 하정의 안내를 받으면서 서원 안으로 들어섰다. 서당 맞은편의 독서실인 광명재를 지나자 입교당에 이르렀다. 입교당 처마에 걸린 한석봉의 필적이 눈에 들어왔다. 송계는 순간 한석봉이 쓴 '陶山書院(도산서원)'이라는 편액에 얽힌 일화를 떠올렸다.

도산서원을 사액서원으로 결정한 선조는 명필가 한석봉을 불렀다. 한석봉은 임금의 부름에 서둘러 어전에 들렸는데 선조는 석봉에게 붓을 건네면서 자신이 부르는 글자를 쓰라고 명한다.

"네, 분부대로 하겠나이다."

석봉이 엎드려 선조 앞에서 부복했다. 그러자 선조는 도산서원의 편액 글자를 한 자씩 부르기 시작하였다. 종잡을 수 없는 긴장감이 하명 속에 섞여 나왔다.

"원."

선조는 한석봉이 눈치채지 못하게 원 자부터 역순으로 불렀다.

"서."

한석봉은 고개를 갸우뚱거렸다. 그러나 임금 앞에서 감히 미동을 보일 수는 없었다. 이어 세 번째 글자를 내리는 선조의 목소리가 근엄하게 들렸다.

"산."

산 자를 쓰고 난 한석봉은 '이제야 알았다'는 듯이 자신이 도산서원의 현판을 쓰고 있다고 확신했다. 석봉은 스스로 아는 체하기도 전에 선조는 네 번째 글자를 불렀다.

"마지막이다. 도 자를 써라."

웬일일까. 석봉은 더 긴장되었다. 석봉은 자신이 도산서원 현판 글씨를 쓰고 있다는 것을 인지하는 순간 몸이 얼어붙기라도 하는 것 같았다. 차라리 몰랐으면 좋았을 것을, 한석봉은 맘을 집중하고 마지막 陶 자를 그림처럼 상상하며 먹물을 찍은 붓을 종이 위로 옮겼다. 손이 가늘게 떨렸다. 호흡을 가다듬은 석봉은 陶 자를 운필하였다. 그러나 앞의 세 글자만큼 의지대로 되지 않았다. 석봉이 쓴 도 자는 다른 글자에 비하여 크기가 약간 작거니와 삐뚤하고 획의 균형감도 떨어졌다. 거기다가 가는 떨림이 있는 필선을 숨길 수 없었다.

석봉은 손에 땀을 쥐고 선조를 쳐다보았다.

"애썼네. 겸손이 배인 명필일세. 만세에 길이 남을 도산서원 현판이 될 것이네."

긴장한 사람은 한석봉뿐만 아니었다. 남달리 퇴계를 존숭하던 선조 역시 한 치의 실수도 없는 명필의 편액을 만들어 하사하고 싶었다.

송계는 다시 편액의 글씨를 쳐다보았다.

'그래, 도자가 조금 야윈 듯하나 다른 글자들과 어울려 예술일세.'

동재와 서재, 집의 구조는 소박하고 자그마하지만 당호가 지닌 의미는 묵직하게 다가왔다. 송계는 박약재 앞에 섰다. 재호는 넓게 배우고 익히며 배운 대로 실천하라는 뜻을 담았다. 또한 서재 홍의재는 넓고 굳센 마음과 뜻을 지니라고 말하고 있다. 전자가 학문하는 태도를 말한 것이라면 후자는 선비의 마음가짐을 말해주고 있었다.

송계는 잠시 입교당 마루에 앉았다. 그리고 마음을 정숙하게 한 뒤에 상덕사의 문을 열었다. 도산서원에서 가장 높은 곳에 있는 상덕사는 퇴계의 신위를 봉안한 사당이다. 송계는 위패 앞에서 공수를 크게 올리고 두 번 절을 올렸다. 생시의 퇴계 모습을 보는 듯하였다.

사당 안에서 알 수 없는 기운이 흘러내렸다. 햇살이 여울이 되어 파장을 일으키면서 사방으로 울려 퍼지는 여운이 마치 송계 자신을 부양하고 있는 것 같았다. 송계는 완락재에 앉아 퇴계가 읽던 『심경(心經)』* 소리를 받아 읽었다.

---

* —— 여기서는 『심경부주』를 뜻한다. 중국 송대의 진덕수가 지은 『심경』을 명대의 정민정이 주석하여 『심경부주』라 하였다.

마음을 길러냄에 욕심이나 욕망을 줄이는 것보다 좋은 것은 없다. 그 사람됨이 욕심이나 욕망이 적다면 비록 그 본래의 마음을 보존하지 못하는 일이 있다 하더라도 결과적으로 그 보존하지 못하는 바가 적을 것이다. 반면에 그 사람됨이 욕심이나 욕망이 많다면 비록 그 본래의 마음을 보존한다 하더라도 결과적으로 그 보존하는 바가 적다 할 것이다.

孟子曰 養心莫善於寡慾 其爲人也寡慾 雖有不存焉者

寡矣 其爲人也多慾 雖有存焉者 寡矣

그새 산그늘이 서원 마당가로 내려앉았다. 강바람을 실은 저녁나절의 바람결이 산곡을 더 청량하게 해주었다. 송계는 하늘을 쳐다보았다. 하나 둘… 별들이 고요한 하늘 어디론가 나들이를 하는 듯 금빛으로 반짝거리기 시작하였다. 송계는 별들에게 말을 걸었다.

"별들아! 너희들은 분강에서 하얗게 몸을 씻고 승천한 모래알이더냐?"

별들은 금방이라도 쏟아져 내릴 것만 같았다. 서원 앞 강물에 떨어진 별빛이 다시 초롱불이 되어 서원 마당 안으로 성큼성큼 걸어 들어오고 있었다.

밤이 더 깊어지기 전에 송계는 분촌에서 쉬어가기로 마음먹었다.

2

송계는 도산의 향기를 품에 안고 북동부 지역으로 나설 채비를 서둘렀다. 그런데 뭔지 모를 감정의 진동이 자신을 *끈끈하게* 잡아당겼다. 도산서원을 방문하기 전에 먼저 하정의 도움으로 열람할 수 있었던 퇴계의 유문이 준 감격과 기쁨의 여운이 못내 가시지 않았던 까닭이었다. 송계는 퇴계를 사모하는 자신의 가슴을 쓰다듬었다. 자신을 돌아보고 일깨우게 한 퇴계의 말씀이 뇌리에서 떠나지 않았다. 천천히 걸음을 옮겨놓자 송계는 자신도 모르게 찬송의 시가 낙수처럼 쏟아져 나왔다.

용두산 기운 참된 원기 기르고
우리나라 예와 의의 문 활짝 열었네
궐리의 당당하고 바른 길을 좇았고
무이의 시내 맑은 근원 얻었네
평생 순한 덕으로 겸손과 물러남을 지키고
영원토록 높은 풍도 게으르고 어리석음을 일깨웠네
남긴 글 꿇어앉아 읽노라니 공경하여 밤새 잠 못 이루고 끝없는 그 넓음 다 말하기가 어렵네.

龍頭山氣毓眞元　大闢吾東禮義門

闕里堂明由正路　武夷溪活得淸風

一生順得持謙退　百世高風起惰昏

跪讀遺文欽不寐　浩然無際正難言

　분촌을 지나는 강나루에 아침 안개가 뽀얗게 피어올랐다. '보아
도 또 보고 싶은 낙동강 물길을 뒤로하고 가송리를 빠져나가니 청
량산 자락이 모습을 드러낸다'고 노래하던 그 청량산이 멀리 안개
속으로 보였다. 송계는 햇살이 일어나기도 전에 이공과 헤어져 제
법 높은 대현고개를 넘어섰다.

　어느새 봉화의 유곡, 충재 권벌의 영혼이 깃들어 있는 닭실마을
이 눈앞에 들어선다.

　'이 시대의 올바른 선비로 인구에 회자되고 있는 성재 권상익 공
을 만나 진언을 청해 들어야지. 그리고 그의 선조 권충재 선생을 배
향하고 삼계서원을 방문하리라.'

　옛사람과 현존하는 사람들을 만나 이런저런 담론을 나눌 생각에
송계의 발걸음이 점점 빨라졌다.

　성재는 퇴계의 학통을 이은 서산 김흥락의 문하에서 공부하였
다. 학봉의 주손인 서산은 『곤학론』을 냈는데 송계는 어느 해인가
그 책을 읽고 적잖게 감명을 받았다. 『곤학론』은 서산이 스승과 동
학으로부터 듣고 배운 것과 스스로 체험하면서 깨치고 터득한 내

용을 묶은 학문의 방법론이다. 공자는 인간 유형을 생이지지, 학이지지, 곤이지지 등 세 가지로 구분하였다. 그러면서 자신은 분명 타고나면서 다 알고 있는 생이지지자가 아니라고 말했다. 공자는 제자의 물음에 자신은 타고난 천재가 아님을 분명하게 함으로써 모두에게 스스로 노력하면 성현의 경지에 도달할 수 있다는 가능성을 열어주었다.

송계는 서산의 『곤학론』에 크게 공감했다.

'지금 나는 그 길을 가고 있는 것이야. 곤학의 길을 걷고 또 걷고 있는 중이야.'

성재는 을사늑약에 이어 경술국치의 상실감을 안고 고향에서 후학을 지도하는 데 전념했다. 실력을 기르면서 다음 날을 기다리는 무실역행에 중심을 두고 은둔하고 있는 선비였다. 성재의 일상은 단순하였으며 독서와 손님맞이 그리고 강학이 그 전부였다. 그날도 성재는 사랑채에서 책을 읽고 있었다.

서탁 옆에 놓인 찻잔에서 산도라지 우려낸 하얀 김이 낮게 피어올랐다. 해묵은 탱자 나뭇가지에 앉았던 참새 떼가 후두둑 나래를 털고 날아가자 성재는 누군가 손이 오려나 하며 걸음 소리에 귀를 기울이다 문밖을 내다보았다. 수려한 모습의 젊은 선비가 자신을 찾아 마당으로 성큼 들어서고 있었다. 낯선 얼굴이었다.

"선비는 뉘시오?"

"신녕에 사는 청주 한덕련이라 합니다."

"어인 일로 이 산중까지 오셨소?"

"소생은 가학으로 성현의 학을 조금씩 깨쳐가고 있던 중 몇 해 전 선생님의 학덕을 알게 된 뒤 한번 만나 뵙는 기쁨을 얻고자 찾아왔습니다."

"별 가당치 않은 찬사를. 나는 선비라는 소리를 듣기가 부끄러운 사람이요. 더구나 이 시국에 울분을 참지 못하는 지사 흉내조차도 내지 못하고 사는 사람이요."

"참으로 겸양의 말씀을 하십니다. 제가 알기로 선생님은 이 시대 마지막 선비요 지사이며 우리 영남의 자존심입니다."

"허허, 젊은이의 말이 곱기도 하네 그려."

"소생은 선생님의 옥고를 몇 편 열람한 적이 있습니다. 그중 하나가 『주자여남헌논인서오자증변』입니다. 『주자집』이나 『주서절요』의 오자와 궐자를 하나하나 『주자대전』과 대조하여 바로잡아놓으셨더군요. 공부는 그렇듯 꼼꼼하게 해야 한다는 가르침이었습니다. 놀라움이 지나쳐 순간순간 소름이 끼치도록 섬뜩했답니다."

"허허. 한공이라 했던가?"

"예, 그렇습니다."

"기왕 먼 걸음하여 왔으니 쉬다 가시오."

"많은 가르침을 주시기 바랍니다."

"이번 걸음의 목적이나 여정을 물어봐도 되겠소?"

성재는 이미 송계의 마음을 읽을 수 있었지만 넌지시 그 속내를 물어보았다.

"소생은 공부의 방향과 정체성을 다잡기 위해서 선현을 찾아 순례의 길에 나섰습니다. 청주의 시조 묘를 참배할 겸 나섰습니다만 그 여정 속에 영남과 호남의 선학들을 만나 조언을 들으려 합니다. 이미 집을 나선지 몇 날이 되었지요. 병산과 도산서원을 참배하고 왔습니다. 앞으로 만동묘를 거쳐 노성의 공자묘를 참배한 다음 계화도의 간재 전우 선생을 만나 담론을 나눌 생각입니다."

"그래요. 참 놀라운 생각이요. 이 걸음만으로도 한공은 이미 큰 공부를 이룬 것이요. 선현의 영혼과 삶의 흔적을 만나고 또한 현존하는 선비들과 대화를 나눈다는 것, 그것이 살아있는 참 공부지요. 책장 속의 글자 해독만이 공부의 다가 아닙니다. 뜻을 이룬 분의 족적을 더듬어 알게 되는 지혜와 의기가 있는 분들과 소통하며 얻는 깨우침은 실로 문자에 비교할 바가 아니지요."

"그렇게 가르쳐 주시니 더할 나위 없이 힘이 납니다. 그리 되고자 애쓰고 있지만 원체 아둔하여 깨우침이 늦습니다. 귀한 말씀으로 채찍질하여 주십시오."

"이번 걸음에 우도를 경유할 계획은 없소?"

"아직 미정입니다만 시간은 충분히 유여합니다."

"잘 되었구려. 그러면 거창의 면우 곽종석 공을 찾아 대화를 청하시오. 내가 존경하고 교유하는 이 시대의 올곧은 선비 중 한 분이지요."

"예, 그리하지요. 저에게 더 없는 가르침이 될 듯합니다."

성재 권상익은 경학과 예학에 대한 학문적 깊이가 남달랐다. 찻상을 물린 성재는 송계의 손을 잡고 청암정으로 나섰다.

"가을빛이 은근히 찾아들어 정자에 무지개가 내린 것 같습니다."

"기막힌 표현이요. 한공의 미감이 대단합니다. 이 정자는 충재 선조께서 애써 이루셨는데 우리 후손들이 호사를 누립니다."

"사람들은 곧잘 청암정을 담양의 소쇄원과 비교를 하곤 하지요."

"나도 그 이야기를 듣긴 했습니다만 호사가들의 말을 어찌 다 귀에 담겠습니까. 우리 청암정은 소쇄원에 비하면 규모나 공간미가 그에 미치지 못합니다."

흔히들 호남에 소쇄원이 있다면 영남에 청암정이 있다고들 했다. 공교롭게도 두 곳 모두 기묘사화 때 각기 자기 고향으로 낙향한 선비가 세웠다. 권벌은 1526년에 낙향하여 청암정을 세웠고 그리고 그 6년 후인 1532년에 양산보는 담양에 소쇄원을 건축했다. 사실 청암정은 소쇄원에 비하여 공간이 협소하고 소박하지만 계절마다 갖가지 다른 풍경을 안겨주는 멋이 있다.

송계는 성재공과 나란히 정자 마루에 올라앉았다. 정자는 가을바람에 흔들리는 돛배인 양 우뚝 솟아있었다. 돛배에 올라탄 두 사람은 연못의 물결이 일렁거릴 때마다 지기를 만난 듯 마음까지 일렁거렸다.

"청암정은 거북이를 타고 호소 속으로 헤엄치고 다니는 돛배 형상입니다."

"그리 보입니까?"

"예, 정자를 떠안고 있는 자연 바위의 형상이 영락없는 거북이

상입니다. 거북바위를 주춧돌로 삼은 듯하네요."

소슬한 바람결이 정자 기둥을 스치고 지나갔다. 그 바람결에 차운이라도 하듯이 성재가 잔잔하게 목청을 다듬었다.

내가 알기로 공이 깊은 뜻을 품었는데

좋고 나쁜 운수가 번개처럼 지나가 버렸네

지금 정자가 기이한 바위 위에 서 있는데

못에서 피고 있는 연꽃은 옛 모습일세

가득하게 보이는 연화는 본래의 즐거움이요

뜰에 자란 아름다운 난초가 남긴 바람이 향기로워

나같이 못난 사람으로 공의 거둬줌에 힘입어서

흰머리 날리며 글을 읽으니 그 회포 한이 없어라

我公平昔抱深裏　倚伏茫茫一電空

至今亭在奇巖上　依舊荷生古沼中

滿目烟雲懷素樂　一庭蘭玉見遺風

鰥生幾誤蒙知獎　白首吟詩意不窮

낭랑한 음률이 바람에 실려 나갔다. 송계는 성재공의 또 다른 면모를 보며 한결 친근한 마음이 들었다.

"그 옛날 우리 청암정을 찾아 남긴 퇴계 선생의 시입니다."

"충재 선생을 사모한 노래군요. 두 분의 모습이 상상됩니다."

중종의 신임을 받던 충재는 영남사림으로 조광조의 개혁정치에 동참하였다. 그러나 훈구파에 밀린 사림파는 비운을 피할 수가 없었다. 그때 파직당한 충재는 어머니의 묘소가 있던 유곡으로 낙향하여 자리를 잡았는데 결국 유곡은 그의 세거지가 되었다.

성재는 송계를 청하여 삼계서원으로 자리를 옮기면서 말을 이었다.

"한공이 알다시피 충재를 모시던 삼계서원은 없어진 지 오랩니다. 그 주춧돌만 남았지요."

지난날, 서원철폐령에 따라 삼계서원은 없어졌다. 그러나 송계는 삼계서원에서 영남 유생들이 의거한 만인소를 기억하고 있었다.

"만인소 발의가 이곳에서 있었다지요."

"그랬지요. 이우를 소두(疏頭)로 한 영남 유생들이 삼계서원에 모여 사도세자의 신원을 되찾자고 논의하고 지역 유림들에게 보낼 통문을 준비했지요."

"역사적인 의리가 숨어 있는 곳이군요."

1792년 윤사월 스무이렛날, 정조 앞에 만 명이 넘는 영남 선비들의 이름으로 된 상소가 올라왔다. 사도세자는 부왕 영조에게 충성했을 뿐 아무런 죄가 없다는 내용과 왕권의 강화와 개혁정치를 주창한 상소였다. 전례 없는 만 명의 유림이 연대 서명한 집단 상소였다. 영남 선비들은 죽음을 무릅쓰고 직간하였다. 밤새워 듣던 정조는 끝내 눈물로 말을 잇지 못했다.

유서 깊은 삼계서원 터의 잔영이 더욱 쓸쓸해 보였다. 마당의 늙은 배롱나무는 발갛게 꽃을 피우고 있건만 서원에 배향되었던 충재도, 결기를 다졌던 이우마저도 서원의 옛일을 말해주지 않았다.

유곡을 돌아서는 송계의 발걸음 앞에 청암정의 맑은 바람소리와 삼계서원이 안겨준 쓸쓸함이 교차되었다. 송계는 성재와 하직인사를 나눈 뒤 무거운 발걸음을 영주로 향했다.

영주 풍기 땅에는 영혼을 일깨우는 기운이 골골이 묻혀있다. 송계는 자신이 흠모하는 인물들의 혼이 뻗어 있는 풍기 땅에 발을 들여놓는 순간부터 사뭇 잔잔한 감정 속으로 유영하고 있었다. 풍기는 피로 얼룩지게 한 비극적이고 애련한 역사의 기억이 묻혀 있는 곳인가 하면 진취적인 지식인들의 모습을 보여주는 땅이기도 하다.

이곳 풍기에는 까마득한 옛날 단종을 복위하려다 피를 뿌리고 간 충신들의 의로운 기운이 남아있다. 그런가 하면 풍기 고을 수령이 되어 조선의 학문을 처음 일으켰던 주세붕의 학문적 향기가 스며있는 곳이요, 또한 현재는 덕망을 한몸에 안고 시대를 고민하는 정산 김동진이 살고 있는 곳이다. 송계는 옛날과 현시대의 인물을 만날 수 있는 풍기 땅을 오래전부터 여행하고 싶었지만 좀체 기회가 주어지지 않았다.

'먼저 정산 김동진 선생을 찾아뵈야겠다.'

송계는 정산이 쓴 『소수서원거재절목』을 읽은 적이 있어 그분이 생경스럽지 않았다. 정산은 소수서원 재건에 많은 힘을 기울였던 영남 북부 지역의 명망이 높은 선비다. 『소수서원거재절목』은

서원 교육에서 지켜야 할 아홉 가지의 내용을 담고 있다. 교육 목표를 비롯하여 독서 과목, 입학 자격, 독서 방법, 독서의 단계, 교육 과정, 예의와 경신, 출입 제한, 벌칙, 초하루와 열흘의 강회, 빈객 접대 규약에 이르기까지 매우 구체적인 사항을 자세히 설명하고 있다.

송계는 그것을 전통 있는 서원의 세부 운영 규칙이라 믿었다. 그래서 장차 자신이 학당을 운영할 때 지침으로 삼고 싶었다. 한편 송계는 정산의 그러한 노력이 서세동점의 변화 시기에 정말 필요한 것인가를 반문해 보기도 하였지만 또 달리 구학이라고 내쫓기고 있는 서원 공부가 우리의 미래를 건설하는 초석이 될 것이라는 정산의 신념에 공감했다. 그래서 정산을 만나 그의 교육관에 대해 이야기를 나누고 싶었는데 이제 그 기회가 온 것이다.

송계는 정산이 사는 곳을 묻고 물어 마침내 부석사가 자리한 상석마을을 찾았다. 정산은 서산 김흥락의 고제자다. 정산은 변화하는 시절에 교육으로 힘을 기르고, 그 힘으로 구국에 앞서겠다는 생각을 하였다. 올곧은 정산의 신념이 지역 사회에 널리 알려지자 젊은이들이 정산을 찾아와 배움을 청원하였다.

그 후 정산은 소수서원의 원장직을 수행하였을 뿐만 아니라 지금은 향리 뒷산에 작은 도강서당을 열고 오랫동안 제자를 훈도하고 있는 중이었다.

정산은 일면식이 없는 송계를 조금도 거리낌 없이 정중하게 맞이해 주었다.

"불쑥 찾아든 소학인을 반겨 주어서 고맙습니다."

정산은 송계의 손을 이끌고 자신이 기거하는 서당으로 갔다. 세 칸짜리 팔작집의 동강서당은 가운데 칸을 강당 겸 마루로 사용하는 작은 집으로 꾸밈조차 없는 아주 소박한 글방이었다. 서당 마루 안으로 청량한 솔바람이 들어왔다. 제법 가을이 익어가는 바람결이다. 나그네의 귀를 의심하게 하는 낮 부엉새 소리가 서원을 둘러싼 솔밭에서 들려왔다.

쉰을 갓 넘어선 정산은 온화하면서도 엄격한 몸가짐을 하고 있었다. 그러나 사람을 대하는 모습이 참으로 소탈하고 진실하였다. 준수한 학행의 향기가 물씬 풍겨나는가 하면 강직한 기운도 느껴졌다. 정산은 송계에게 찬찬히 자기 삶의 내력을 꺼냈다.

"나도 젊은 날, 귀공과 다름없이 의욕이 넘쳤지요. 안동으로 찾아가서 서산 선생을 만나 배움을 청한 뒤 내 안의 나를 조금씩 알아가게 되었답니다."

"어떻게 이처럼 외진 곳에 학당을 열었습니까?"

"보다시피 산바람 소리 밖에 들리지 않는 오지입니다. 그런데 달리 피할 도리가 없었지요."

"무슨 말씀이신지?"

"서산의 문도가 되어 독서에 매달리고 있는데 자꾸 나를 찾아오는 학도들을 감당할 수 없어 여기에 먼저 관선재를 짓고 아이들을 가르쳤지요. 그러다 아무래도 이곳이 너무 외지고 비좁아서 생각 끝에 학생들을 모두 데리고 소수서원으로 옮겼습니다. 아예 거기서 학생들과 같이 숙식을 하고 살았습니다.”

“그러셨군요. 선생님 덕분에 이 고을의 훈기는 결코 마르지 않을 것입니다.”

“나는 나라 잃은 슬픔을 참아내기 위해서라도 후학 교육에 힘껏 내 한 몸을 던지려 합니다.”

“열정이 대단하십니다.”

“허허허.”

정산의 다짐을 듣던 송계는 숙연해졌다. 언뜻 미래의 자신을 상상해 보기도 하였다. 새삼 자신에게 부여된 숙명도 그와 다르지 않다는 생각에 점차 확신이 생겼다.

“지난 두 해 전에 나는 동지들과 함께 ‘대한독립의군부’를 설립했습니다. 아, 귀공에게 자랑한다거나 동참을 권면하는 말이 아니니 괘념 마시오. 나는 내가 살아가는 방식이 따로 있다는 이야기를 하는 것입니다. 내 몸 안에는 나라와 나라의 미래에 대한 내 스승(서산)의 의식이 깊숙하게 배어있으니까요.”

“사실 선생님을 칭송하는 말씀을 많이 들었습니다. 의로운 일에 앞장서고 계신다고.”

“허허… 별말씀을.”

서산 김흥락은 퇴계 뒤의 학봉과 장흥효를 거쳐 갈암과 대산 그리고 정재 유치명을 잇는 걸출한 영남의 선비다. 의리의 실천에 삶의 가치를 둔 서산은 예를 회복하고 인의를 바로 세우고자 하였다.

나라의 기강을 허물어지게 하는 부패와 무능을 배격하고 외세를 물리치려 하였다. 현실을 직시한 서산은 일본 세력을 배격하고 국권을 찾자는 참여적인 행동을 강조했다. 지난날, 을미사변과 단발령에 분노한 안동 유림들을 대표하여 의병을 일으키는 데 주저하지 않았던 인물이다.

스승의 나라 사랑 정신을 이어받은 정산이 항일 척사적 실천행동을 하는 것은 당연한 의리였다.

상석마을 중앙으로 낙화양천이 흘렀다. 강변은 하얀 모래밭과 갈대숲으로 울타리를 둘렀다. 강을 바라보는 정산의 집 앞으로 물여울이 쉬어 흘렀다.

정산은 천천히 송계가 듣고 싶어하는 이야기를 이어나갔다.

"『소수서원거재절목』에 대한 세간의 이야기들은 구구했어요."

정산은 시세의 변화에 허물어져 가는 서원 공부의 기강을 바로잡고 도학 교육의 재건을 위하여 절목을 만들었다고 했다.

"사람들의 입에 적잖게 오르내렸다는 말씀인가요?"

"그럼요. 나더러 시대감이 둔하다며 비꼬는 인사들도 적지 않았지요."

"그런 세평이 나올 법도 하지요. 사실, 변화하는 이 시대에 서원 교육이 가당한 것인가 하는 자문을 해보기도 합니다. 제가 사는 신녕에는 일본식 교육을 하는 보통학교가 문을 연 지 몇 해 되었습니다."

"어디 거기뿐이던가요. 안동 읍성에도 야소교 예배당이 들어서고 벽안의 서양선교사들이 신학문을 가르친답니다."

"지금 우리는 선택의 기로에 서 있습니다. 구학이라 할 도학을 좇을 것인가. 아니면 신학문에 우리의 자리를 내어줄 것인가."

"나는 의지가 단호합니다. 유학을 끝까지 지켜야 합니다."

"왜 그러신지 여쭈어도 되겠습니까?"

"유학은 인간학입니다. 사람됨의 학문이지요. 시부에 매달리고 시절에 맞지 않는 예를 논쟁하는 학문을 유학으로 알면 큰 오해입니다. 사람은 결코 혼자 사는 존재가 아닙니다. 더불어 사는 공동체적 존재임을 망각해서는 안 됩니다. 그런 관계 속에서 우리는 군군 신신 부부 자자의 관계와 질서가 있는 법이지요. 알다시피 유학은 자연 질서를 이해하는 공부인 동시에 인간관계의 질서를 깨닫고 실천하는 공부가 아닌가요."

"그 중심에 완전 인격체를 지향하는 자기성찰의 과정이 있다고 보시는 겁니까?"

"그렇지요. 성찰이 없는 성장은 거짓, 허상에 불과합니다."

"우리는 성현이 되기를 희망합니다. 그것이 목표지점이라면 그 과정에서 자기성찰이 요구되지요. 현대적으로 해석하면 다중으로부터 존경과 흠모를 받는 지도자가 된다는 것을 외왕이라 할 수 있지요. 그 도정의 자기 수신이 곧 내성이 아닌가요. 그러니까 유학은 내성학이자 곧 외왕학입니다."

송계의 깊이 있는 맞장구에 정산이 결론을 내린다.

"그래서 지금도 미래에도 유학 교육이 꼭 필요하다는 것이 나의 생각입니다. 설령 후세대에 서양학이나 일본학 중심으로 학제가 바뀐다 하더라도 인간학으로서 유학을 도외시해서는 아니 될 것입니다. 신학은 기술을 찾는 공부인 데 비하여 유학은 인간을 인간답게 정위시키는 정신학으로 존재할 것이니까요."

정산의 확신에 찬 언변이 송계의 막힌 가슴 한 곳을 펑 뚫어주었다. 후련하였다. 세상이 하루가 다르게 변화하고 있다. 가시적으로 신작로가 생기고 기차가 생겼으며 목탄차가 탈것을 대신하였다. 머잖아 집과 의복에 이르기까지 점차 서양식으로 변화되어 갈 것임은 불 보듯 뻔했다. 분명 국민들의 의식체계도 변화할 것이고 사람 관계의 예의범절도 달라질 것으로 예견되었다. 송계의 머릿속으로 변화해 나갈 미래의 모습이 편편이 스치고 지나갔다.

정산은 종전과 다른 정치 사회 교육 체제가 자신 앞에 다가서고 있음을 정확하게 인지하였다. 그럼에도 성현을 지향하는 유학 교육이 필요하다는 자신의 주견을 분명하게 표명하였다. 유학을 다만 구학이라 하여 내칠 낡은 대상이 아니라 인간 삶의 지혜를 여는 공부임을 확신에 차서 말했다.

정산은 송계보다 한 세대 앞에 태어나 유학적인 사회 환경 속에서 성장하였고 당대 명문가의 스승을 만나 학문을 다졌다. 나라가 외세의 힘으로 변화를 강제당하고 있는 현실에 분노하고 그것에 맞서면서 노년을 살고 있었다. 그 선상에서 자신의 길을 스스로 선택하고 향학을 재건하고자 노력하는 중이었다. 은둔한 선비로 세상의 변화를 관망하고 사는 무위적 위인이 아니라 선각자로서 지식인으로서 변화의 현장에 뛰어들어 사회적 책임을 스스로 감당하여 살고 있는 것이다.

송계는 정산의 삶에 공감하였다. 최초의 서원인 소수서원의 원장을 여러 차례 수임한 분답게 그의 교육관은 분명했다. 송계는 정산과의 만남으로 송계 자신이 나아갈 방향과 목표를 설정하는 데 준거가 선명해졌다. 송계는 자기도 모르는 사이에 구도의 길에 들어선 순례자가 되어가고 있었다.

소수서원은 처음 백운동서원으로 시작했다. 중종 때 풍기 군수로 온 주세붕이 회현 안향을 모시는 사당과 학문을 닦는 재를 갖추고 백운동서원을 열었다. 그리고 그 뒤를 이어 풍기 군수로 온 퇴계의 노력으로 '소수서원'으로 하사받았다. 조선에서 처음으로 서원 교육의 씨앗 한 알이 심어진 계기가 되었다.

소수서원으로 들어선 송계는 조선 유학의 뿌리가 된 회현과 서원 교육의 주춧돌이 되어준 주세붕의 위패 앞에서 한참 동안 묵상을 하였다. 특히 송계는 주세붕의 청량산 유람기라 할『무릉잡고』를 떠올렸다. 풍기 군수 시절의 주세붕이 지인들과 함께 청량산에 오르면서 체감한 소소한 즐거움을 모아놓은 글이다. 이 글은 자연을 찬미하고 여행지에서 만난 다양한 인물들과 어떻게 교유하고 교감하는지를 알게 해주고 있다. 아울러 선비라 하여 갇힌 독서에만 몰두할 것이 아니라 지우들과 어울려 신체적 고락과 숙식을 함께하는 유람의 즐거움을 나누는 것이 무엇보다 열린 삶이라고 강조했다. 송계는 자연과 더불어 즐기는 여유란 시간을 비우는 것이 아니라 또 하나의 시간을 채우는 과정임을 일깨워주는 것이라고 이해하였다.

송계는 지금 자신이 걷고 있는 선유를 찾아 나선 여행길은 비록 유산(遊山)이 아닐지라도 여유 속에서 실을 취하는 과정이 아닌가 하고 자위해 보았다.

나오는 길에 강학당과 마주쳤다. 기단을 높게 쌓고 그 위에 겹처마 집으로 웅장하게 앉은 강학당에선 수많은 문사들의 소리가 들려오는 듯했다. 스승의 강론과 학생들의 독경 소리, 담론을 주고받는 문객들의 이야기 소리가 끊이지 않고 서원의 긴 역사를 들려주는 것 같았다.

송계는 서원에 남긴 두곡의 시에 마음을 얹었다. 두곡 홍우정은 병자호란이 일어나자 척화를 주장하면서 태백산자락 봉화로 몸을 숨겼다가 우울하고 수수한 세상을 시로 달래고 살았지만 모든 사람들은 그를 숭정처사로 칭송하였다. 송계 또한 그의 절의를 모르지 않았다.

만 리 산하에 눈 내려 덮였는데
하늘에는 서북풍 한바탕 휘몰아치네
오가는 사람마저 끊긴 석양 길을
홀로 지친 나귀를 몰고 동으로 가네

地負山河萬里雪　天噓西北一箕風

行人己盡斜陽外　獨策玄黃猶向東

소수서원을 벗어난 송계는 슬픔의 땅, 순흥으로 갔다. 거기엔 충신의 서기가 어린 금성단이 있었다. 금성단은 단종 복위를 도모하다가 화를 당한 금성대군을 비롯하여 영천 출신의 이보흠 등 수많은 충신 의사들의 넋이 묻힌 곳이다.

제단 앞에서 큰 절을 하고 일어서던 송계는 자신도 모르게 가슴이 더워지면서 핑그르르 눈물이 돌았다. 피로 얼룩져 흘렀다는 죽계천이 말없이 물소리를 내면서 피끝 마을로 흘러내렸다. 골골이 슬픔을 지닌 풍기의 석양이 여느 때보다 붉게 물들자 송계는 걷잡을 수 없는 쓸쓸함에 짓눌렸다.

송계는 순흥에서 조금 떨어진 금양정사에서 하루 쉬어가기로 하였다. 『정감록』에서 십승지 가운데 가장 으뜸지역이라고 했던 금계마을로 발걸음을 옮겼다. 피난처로서 적지라고 했던 만큼 금계마을은 주변의 민가와 열린 듯하면서도 겹겹이 산과 산으로 가려져 있었다. 굽은 길 뒤로 또 굽은 길이 계속 이어졌다.

송계는 마을 뒷산 길을 따라 한참 걸어 올라갔다. 석양이 길게 몰려든 골짝에는 서늘한 가을 기운이 감돌았다. 형형색색의 수목들은 산자락을 마치 조각보처럼 수를 놓고 있었다. 분홍빛의 몸색을 한 국숫대 나무가 제법 살이 단단하게 여물었고 싸리나무는 보랏빛 꽃을 탐스럽게 내밀었다. 산밤나무는 바람이 일렁일 때마다 마르고 빈 껍질을 떨어뜨리면서 소리만 요란했다. 알밤 떨어지는 소린가 하고 지켜보던 다람쥐 한 마리가 그만 실망하고 고개를 돌려 쪼르르 내달린다.

산골에 어둠이 내리자 소쩍새가 깊은 산중의 적막을 깰 듯이 구성지게 우짖었다. 차츰 정사의 지붕이 보이고 고사의 굴뚝에서 하얀 연기가 길손을 맞아 한가롭게 피어올랐다. 연기 속으로 금계 황준량의 초상이 어른거렸다.

화전을 갈고 정사를 보살피면서 살아가는 중년의 부부가 불을 지피던 부젓가락을 든 채 송계를 맞이하였다.

"어디서 오셨습니까? 아무도 찾지 않는 이 산중에?"

"나는 신녕에서 온 학인입니다."

"그렇습니까. 이미 해가 지고 있는데 어디서 유하시려는지?"

"귀댁이 허락한다면 재에서 하루 쉬어갈까 합니다만……."

송계는 말끝을 흐렸다. 그러다 다시 말을 덧붙였다.

"아니, 금계 선생을 사모하는 마음에 여기까지 왔습니다."

"네, 누추합니다만 그리 하십시오. 소인이 곧 방을 쓸고 닦겠습니다."

집주인은 몸이 재발랐다. 정자의 아궁이에 장작개비를 밀어 넣고 마른 솔가리로 불씨를 댕겼다. 세 칸짜리 소박한 정사에 뉘엿뉘엿 어둠이 찾아들고 산새 소리가 밤이 이슥토록 울부짖었다. 처마 위로 피어오르는 하얀 연기 꼬리가 나른한 송계의 마음을 편안하게 해주었다. 문틈으로 솔가리 타는 향내가 진하게 새어들었다.

생전의 금계가 금방이라도 문을 열고 들어설 것만 같았다.

"한공, 신녕은 내 고향과 같은 곳이야."

"참 그러시지요. 오죽 선정을 베푸셨나요. 삼백 수십 년이 지난 지금도 선생님을 기억하고 존숭하는 말을 하니까요."

"죽각이며 백학서원은 비바람에 젖지 않았소?"

"죽각은 환벽정으로 이름을 바꾸어 다시 세워졌지만 백학서원은 세월이 흐르면서 그만 백학산에서 허물어지고 말았답니다."

그러자 금계가 죽각에 써 붙인 자신의 시 한 편을 낭랑하게 읊조리기 시작했다. 송계는 퍽 익숙한 그 음률에 젖어지다 그만 잠이 들고 말았다.

　　　금빛처럼 빛나는 집 구리인가 의심스럽고

　　　하늘 아래 우뚝 중천에 솟았네

　　　지나온 길 비단을 펼친 듯 후손이 있고

　　　시편은 대그릇에 비단실 담은 듯 빈 벽이 없네

　　　시내가 폭포 소리 요란하고

　　　대숲의 성근 울림 청풍을 위로 하네

　　　지난날 노닐며 지은 시 모두 기쁘게 버렸으니

　　　괴로운 읊음 모사하는 공을 업신여기지 마소.

　　　華構耀金質疑銅　斗南高出半天中

　　　過如開錦雲仍在　題遍籠紗壁不空

溪水飛湍暄急瀑　竹林疎韻曉淸風
前游述作盡陶謝　莫謾苦吟摹寫工

　금계를 흠모하는 송계의 마음은 젊은 날부터 시작되었다. 송계
에게 소풍지나 다름없던 집 앞의 환벽정에 오를 때면 옛 지리지 속
의 백학서원을 상상하며 금계를 떠올리곤 했었다.
　환벽정에는 준걸한 문사들이 오가면서 아름다운 시문을 남겨
놓았다. 서거정과 이황은 물론 황준량도 시를 남겼다. 황준량은 신
녕 현감을 살면서 고을 동쪽 백학산에 백학서원을 열고 문풍을 북
돋우었다. 또 퇴락한 비벽정을 헐고 그 자리에 '죽각'이라는 이름
의 작은 집을 새로 지었는데 그 죽각마저 임진왜란 때 불타버리자
다시 세워놓은 것이 환벽정이다. 신녕 고을 곳곳에 금계가 남긴 선
정의 흔적들은 송계의 성장에 한 그릇 맑은 생수가 되어 주었다.

　송계는 주인보다 먼저 일어났다. 아침 마당은 그림을 그려놓은
듯이 알록달록했다. 간밤에 떨어진 단풍잎들로 마당은 꽃방석 보
다 더 아름다웠다. 마당 아래 네모반듯한 연못, 금선정에서 맑은
아침 안개가 모락모락 피어올라 소요자적을 더해주고 있었다.
　마루에 앉은 송계는 간밤에 미처 살펴보지 못한 정사의 기문과
눈이 마주쳤다. 퇴계가 쓴 '금계정사완문'이 마루 위에 반듯하게
걸려있었다.

금양정사는 일찍 세상을 뜬 나의 벗, 금계 주인 황준량이 만년에 학문을 닦고 도를 강론하는 장소로 삼고자 했다. 그런데 애석하게도 정사를 채 짓기도 전에 주인이 세상을 떠났다. 아들 황행사가 선친의 뜻을 받들어 공사를 완성하고 정성껏 지켜왔으니 그 얼마나 가상한 일인가.

혹시 세월이 흘러 관청에서 이곳의 내력을 잊고 여느 절집처럼 생각해서 주인(중)에게 온갖 부역을 시킨다면 주인(중)은 결코 이곳에 몸담고 있지 못할 것이다. 그러면 결국 금계정사를 지키고 돌볼 사람이 없어 황폐하게 되고 말 것이다. 바라건대 특별한 마음으로 정사의 유래를 기록하여 책자를 만들고 해당 관서에 내렸다. 이 뒤로 이 정사를 지키는 주인(중)에게 영구히 부역을 면제하고 정사를 지키고 관리하는 데만 힘쓰게 해야 할 것이다. 나아가 금계의 자제들이 왕래하고 거기서 독서할 수 있도록 하여 뜻을 이루지 못한 금계의 한을 풀게 해 준다면 그 어찌 다행스러운 일이 아니겠는가.

정사의 주인과 교분이 남다른 나는 그의 옛 마을을 지나다 서글픈 심회를 달랠 수가 없다. 진정 정사가 길이길이 보전되기를 바라는 마음과 그를 생각하는 정을 곁들여 감히 이렇게 부탁하려는데 나 이황은 오직 두려운 마음이 들 뿐이다.

제자이자 벗을 생각하는 퇴계의 절절한 마음을 아로새긴 문장이다. 송계의 가슴까지 쿵쾅거렸다. 황준량은 퇴계의 초기 제자이다. 퇴계는 학문적인 뜻을 다 이루지 못하고 일찍 세상을 떠난 애제자를 그리워하면서 정사의 내력을 꼼꼼하게 기록했다. 퇴계는 금계의 행장을 썼을 만큼 그를 무척이나 아꼈다.

송계는 금양정사를 뒤로하고 다음 여정을 따라 호남으로 나섰다.

3

송계는 지도첩을 폈다. 지도 위에 검고 선명하게 표시된 태백 줄기가 동북에서 동남으로 내달리듯 굵직하게 그어져 있었다. 동시에 산맥은 그 기세를 멈추어 숨을 고르고 쉬어갈 듯이 두 몸으로 나뉜다. 한 줄기는 서쪽으로 튼 소백산이다. 산은 천혜의 비경을 잉태하고 영월과 단양 청풍으로 남한강의 물길을 이어낸다. 정맥은 태백의 줄기를 작별한 뒤 기호의 넓은 땅을 품어내고 묵묵히 제 길을 가던 태백은 동남을 따라 달리면서 영남을 만들어 낸다. 그리고는 장강 낙동강을 만들고 천천히 남으로 남으로 바다를 향해 내닫는다.

태백과 소백은 마치 산경의 자웅 같다. 두 산이 서로 만나 산산수수 온갖 모양의 다양한 자락을 만들어 내니 사람들은 고을마다 고유한 이름을 붙여놓았다. 산남과 호남 그리고 기호…….

소백산을 넘어 호남으로 가는 길은 그동안 자신에게 익숙했던 것과 전혀 다른 물길과 산길이어서 송계에게 참으로 낯설었다. 송계는 땅과 물은 하나라고 믿고 그 물이 곧 사람살이의 풍속을 만들어 간다고 늘 생각해왔다. 낙동강이 영남의 기질을 만든다면 남한강은 기호 지방의 풍속을 만든다고 말이다.

송계는 징신으로 갈아 신었다. 징이 촘촘 박힌 신발은 아니지만 걸어서 죽령을 넘어야 하기에 발이 편한 신발을 택했다. 풍기의 옛 찰방역인 평은에서 소백산을 넘어 청풍까지 가자면 해가 넘도록 진종일 걸어야 하는 먼 길이다. 구름에 가린 높은 소백산이 눈앞을 가렸다.

'음. 오늘 저 산을 걸어서 넘어가리라.'

송계는 다시 신발을 조였다. 신녕에서 의성을 거치고 안동에 머물다 영주를 지나기까지는 그리 힘든 여정이 아니었다. 걷기도 하였지만 더러는 말을 빌려 몸을 기탁하기도 하였고 난생처음 목탄차에 올라타기도 하였다. 비호처럼 달리는 목탄차에 송계는 그저 놀랄 수밖에 없었다.

'세상은 빠르게 변하고 있구나. 나에게 주어진 시간을 이렇게 압축시켜 주다니.'

송계는 세태의 변화를 몸으로 느꼈다. 앞으로 어떤 새로운 것들이 평범한 우리 일상을 지배할지 두렵기도 했다.

송계는 순흥을 지나 죽령 고갯길로 들어섰다. 한 굽이 돌아서면 길 넘어 바윗돌이 망부석처럼 앞을 가로막았고 또 한 걸음 돌아가면 하늘을 찌를 듯한 고목들이 우거져있어 앞길이 보이지도 않았다.

'밝은 대낮이건만 깊은 산길이라 으스스하구나.'

적막감을 달래느라 송계는 혼자 중얼거리면서 쉼 없이 산길을 걸었다. 의외로 고갯길은 그 옛길을 근간으로 하여 제법 닦아놓았다. 어쩌다 봇짐을 지고 고개를 오르내리는 사람과 마주치면 그렇게 반가울 수가 없었다. 높은 소백산 곡을 돌아가는 죽령은 언제 정상에 오를는지 끝이 보이지 않았다.

산곡의 붉은 나무는 가지 끝마다 이른 가을빛이 빨갛게 내렸다. 송계는 잠시 길섶의 바위에 몸을 기대고 앉았다. 엷은 구름 한 조각이 가오리연처럼 솔가지 끝에 걸려 하늘거리고 있었다. 송계는 구름 사이로 파란 우물인 양 뻥 뚫린 하늘을 쳐다보며 '단양에 이어 풍기에서 군수로 살았던 퇴계도 이 고갯길을 넘나들었으리라.' 하며 퇴계의 젊은 날을 상상해보기도 했다.

송계는 퇴계의 냄새가 묻어나는 죽령 고갯길을 퇴계와 함께 걷는 듯 천천히 걸었다. 흰 구름과 파란 하늘빛 그리고 산새 소리가 청량감을 더해 주어 한결 걸음이 가벼워졌다.

겨우 고갯마루에 오르자 바람도 쉬어가는 작은 주막이 갈대발 문을 열어놓고 있었다. 청량한 가을바람을 타고 막걸리 익는 냄새가 코를 자극했다. 송계는 주막의 열린 발 안으로 들어섰다.

"주인장! 막걸리 한잔합시다."

젊은 객손과 이미 낮술 한잔을 걸쳤는지 연지볼이 발갛게 달아오른 주인 아낙이 길손들의 흥을 돋운다.

"길손이여, 어서 오라! 길은 먼데 마루터 성황나무 낮달이 걸렸

네. 바람 따라 가는 길, 길 따라 그림자, 그림자 따라 내가 간다. 호
호호……"

주인의 푸념 같은 흥얼거림이 싫지 않았다. 송계가 막걸리로 목
을 축이는데 주인 아낙이 다가왔다. 슬픈 사랑의 그리움이라도 있
는 건지 얼굴에 회한의 그림자가 잔뜩 묻어있다. 송계도 감상에 젖
어 아낙의 노래에 화답을 해주었다.

지난봄이 그리워
서러움 북받쳐 병이 되는데
아름다운 얼굴
시름에 주름살을 지으려 하네
잠깐만의 짬 내어 만나고 싶네
죽지랑이여
그리운 마음의 가는 길
다북쑥 우거진 마을에
함께 잘 밤이 있으리다

답가를 귀 기울여 듣던 아낙이 빈 잔을 가득 채우더니 공손하게
잔을 올렸다. 그리고 취기를 잊은 듯 말을 건넸다.
"선비님, 가객이시오?"
"이다 마다. 허허."
"진짜 선비네. 죽지랑가를 다 아시고?"

"가짜 선비만 보셨소?"

"봇짐이 인삼 보부상 같아서 말이우."

"그리 보이면 그리 보시게나."

송계는 풍기에서 잘 말린 홍삼 몇 뿌리를 자루에 담아 넣어 왔는데 인삼 내음이 났던 건지 아낙은 꽤나 눈치가 빨랐다. 목을 축인 송계는 아낙의 관심을 뒤로하고 슬며시 자리에서 일어나 가던 길을 재촉했다.

죽령에는 죽지랑의 전설이 전해온다. 화랑들의 사표가 된 죽지랑, 죽지랑은 김유신과 함께 백제의 군사를 격파하고 고구려를 정벌하였다. 소백산 산신령의 현몽을 얻어 출생한 죽지에게 소백산은 곧 자신의 태토와 다름없었다. 그런 그를 흠모하던 화랑 득오가 〈모죽지랑가〉를 지어 불렀던 것이 소백산의 전설이 되어 흘러오고 있다.

고개를 넘자 장림역이 멀리 눈 아래 들어왔다. 산을 오르던 때처럼 송계는 기슭을 돌아 돌아 내려갔다. 깊은 계곡의 석간수 흐르는 소리가 새소리처럼 맑고 청아하게 들렸다. 폭포 아래 물보라 같은 운해 속으로 작은 신당이 눈에 띄었다. 죽령 폭포 언저리에서 두 아들을 도적들에게 잃고 외롭게 살아가던 의로운 '다자구 할매'의 전설이 어린 신당이었다.

오랜 옛날 옛적 이야기다. 죽령을 넘어 다니던 장꾼들이 많던 시절, 소백산 중턱에 도둑 떼 소굴이 있었다. 행인들의 봇짐은 말할 것도 없고 공납물조차 털던 뱃심 좋은 도둑들이 떼를 지어 살았다.

단양 군수조차 골머리를 앓고 있던 터에 한 노파가 단양 관아에 당당한 자태로 나섰다.

"군수님, 죽령고개의 도둑 떼를 잡을 수 있는 묘안이 있는데 나를 돕겠소?"

"묘안이라니요. 한번 말씀해 보시오."

"좋습니다. 그러면 내 말을 잘 듣고 그대로 따르시겠습니까?"

"어서 말해보시오."

"내가 도적의 소굴에 들어가 살다가 신호를 보낼 테니 즉시 응대해 주시오. 내가 '다자구야' 하고 외치면 이것은 도둑 떼가 잠을 자는 신호이니 군사를 동원하여 도둑 소굴을 기습 공격하시오. 반면에 '들자구야' 하고 외치면 아직 도둑 떼가 잠들지 않은 상황을 알리는 것이니 군사들을 기다리게 하시오."

"좋소, 그럼 어두운 그믐밤을 틈타서 소탕을 합시다. 내가 군사를 준비하리다."

그믐날이 되자 다자구 할매는 도둑 소굴 부근까지 숨어 들어가서 '다자구야! 들자구야!' 하며 돌아다녔다. 그러다 다자구 할매는 도둑의 부장에게 들키고 말았다.

"이 늙은이 무슨 수작이냐? 여기가 어디라고 숨어 들어왔냐?"

"실은 가출한 두 아들 이름이 다자구야와 들자구야인데……. 그 아들을 찾아 나섰다가 나도 모르게 이 산골까지 왔소이다."

도둑 떼는 아무런 의심을 하지 않고 노파를 자신의 소굴로 데리고 가서 주방일을 거들게 하였다. 다자구 할매는 내심 쾌재를 부르면서 조심조심 도둑 소굴에서 살았다. 그러던 어느 날 도둑 두목의 생일날을 맞아 도둑 떼들은 할매가 손수 빚은 독주를 잔뜩 마시고 모두 취하여 잠에 곯아떨어지고 말았다. 마침 캄캄한 그믐밤이었다. 다자구 할매는 소굴 밖으로 나가 신호를 보냈다.

"다자구야, 다자구야……."

이어서 매복해 있던 관군이 횃불을 쳐들고 들이닥쳐 비틀거리며 도망치는 도둑들을 모두 포박했다. 마침내 도둑들은 일망타진되고 마을 사람들은 안전하게 일상으로 돌아갈 수 있었다. 도둑 소굴을 소탕했다는 미담이 조정에 보고되자 임금이 다자구 할매를 찾았으나 종적을 찾을 길이 없었다. 그런데 어느 날 뜻밖에도 임금이 현몽을 얻게 된다.

"임금님! 굳이 이 할미를 애써 찾으려 하지 마옵소서."

"그러면 사는 곳이라도 알려주시오."

"지금 내가 연을 날릴 터이니 이 연이 날아서 떨어지는 곳이 내집이요."

연이 날아가 떨어진 자리가 바로 오늘날의 저 신당자리이다. 다자구 할매는 마을과 죽령을 지키는 의로운 신이었던 것이다. 그 후부터 지역 사람들은 다자구 할매를 마을의 수호신으로 정중하게 모셨다. 죽령을 오르내리는 나그네들도 신당에 들러 쉬어가면서 여정의 안녕을 빌었다.

산정을 무겁게 덮은 구름 떼를 스쳐 계곡에서 불어오는 바람은 제법 쌀쌀했다. 신당 옆의 죽령 폭포는 산이 무너져 내릴듯 굉음을 지르면서 흘러내렸다. 이미 가을 잎을 떨군 때죽나무와 병꽃나무들이 눈에 띄었다. 소백산과 죽령은 계절에 예민했다. 철철이 제 몸에 맞는 색깔로 옷을 바꾸고 새로운 흔적과 환희로 가득 채워 오가는 사람들의 눈길을 끌어당긴다.

산에 가두어진 듯이 사는 산 아래 마을, 대강마을과 장림 사람들은 산이 곧 사람인 줄 알고 살았다. 산에는 수목만 있는 게 아니라 실핏줄 같은 새암이 있고 바람이 있고 꽃이 있다는 것을 아는 그들은 그 모두가 사람이 살아가는 근본 힘이 되어 준다는 것을 너무나도 잘 알고 있었다. 그들에게 굳이 '어진 이는 산을 좋아라 좇고, 지혜로운 자는 물을 좋아라 좇는다'는 경구를 말할 필요가 없었다. 대강마을 사람들은 자신들이 기대고 사는 소백산이 보여주듯 이웃과 교감하고 의지하면서 살아가고 있었다.

고개를 넘어 내려가 고갯마루를 올려다보니 등 뒤에 품이 넓은 소백산이 떡하니 서 있어 자신은 작은 돌멩이 하나에 불과하다는 생각마저 들게 했다. 가을 해는 산정을 타고 서쪽으로 기울어지고 있었다. 송계는 장림역이 있는 대강마을에서 하루를 쉬고 다음 날 단양에서 청풍으로 가는 돛배를 타야겠다고 마음먹었다. 갑자기 피로가 몰려들었다.

마침 대강마을은 장날이었다. 골골에서 나온 사람들로 온 장터가 시끌벅적했다. 대강마을은 영남좌로의 충청도 끝단에 있다. 서울에서 충주를 거쳐 안동이나 동해 남부 지방으로 가려면 죽령을 넘어야 하는데 나그네들은 대부분 죽령을 넘기 전에 대강마을의 장림역에서 여장을 풀었다. 장림역은 꽤나 번잡한 역촌이었으나 일본이 마로를 없애고 신작로를 만들면서 교통 상황이 달라지고 또 군데군데 중앙선 철도를 새로 만들고 있어 지역 사람들은 대강마을 일원이 곧 퇴락할 것이라고 수군거렸다.

송계도 대강마을에서 여장을 풀고 동네 옆에 있는 사인암으로 초가을 풍경을 보러 갔다. 소백산의 서쪽 자락, 덕절산 운계천 가에 정으로 깎아지른 듯 가파르게 솟은 기암의 절벽이 사인암이다. 사인암은 가로세로 선명한 바둑판무늬를 자랑하는 석벽 위에 푸른 소나무가 뿌리를 내리고 휘늘어진 가지가 구름과 더불어 일렁거리는 승경지다. 자연이 만들어낸 기품이 넘치는 자태, 예부터 회자되어 온 단양팔경 중의 하나이다.

송계는 사인암의 절경에 푹 빠져 오래 머물고 싶은 유혹을 뿌리치고 서둘러 다시 여장을 챙겨 하진에서 청풍으로 가는 돛배를 탔다. 하진에서 시작하여 구담을 돌아 청풍에 이르는 뱃길은 그리 멀지는 않다.

붉은 저녁놀이 단풍잎처럼 섬강에 내리기 시작했다. 몇 사람의 길손이 탄 돛배는 물길 따라 구담으로, 청풍으로 그리고 충주를 향하여 무심히 흘러간다. 푸른 물결을 저어가는 강 위로 갑자기 기암절벽이 눈앞으로 확 들어섰다. 장엄하기 그지없는 구담봉의 눈부신 풍광이다. 송계는 되살아온 겸재가 붓을 들어 한 폭의 실경산수화를 그리고 있는 것 같은 착각에 빠져들었다.

눈앞에서 사라지기도 전에 또 다른 바위군이 기기묘묘한 자태를 드러냈다.

'참으로 묘하구나! 말괄량이 처녀가 천방지축 뛰어가는 뒤태 같구먼.'

송계의 눈에 비친 옥순봉은 선머슴아이였다. 물속에 비친 옥순봉이 금방이라도 송계의 품속에 안겨들 것만 같았다. 돛이 물길을 가르자 배는 출렁거리면서 잔잔한 물방울을 튀겼다. 풍광을 보노라니 한순간에 긴장과 이완을 되풀이하게 되면서 오랜만의 눈 호사에 감탄사가 절로 나온다.

'그야말로 소금강이구나. 조물옹이 지어낸 최고의 걸작이야!'

송계는 빼어난 승경에 홀려버렸다. 예부터 풍류객들이 단양을 금강산과 소상팔경*에 비유하며 즐겨 찾아다녔던 것이 충분히 이해되었다. 송계는 사인암에 오래 머물지 못한 아쉬움조차 잊어버리고 뱃길에서 구담봉과 옥순봉을 만난 것에 크게 만족했다.

송계는 청풍 안음에서 여장을 풀고 한벽루로 나갔다. 고려시대 중후기에 세운 한벽루는 밀양 영남루, 남원 광한루와 함께 조선의 삼대 누각으로 손꼽힐 만큼 풍경과 건축미가 빼어나다. 유량이 풍부하고 맑은 남한강이 인지산과 만나 상쾌하고 부드러운 바람을 일으키고 있었다. 누마루 위로 서서히 어둠이 드리워지기 시작하

---

* —— 중국 호남성의 동정호 남쪽에 있는 명승지. 소수와 상강이 합류하는 지점에 있는 8곳의 아름다운 경치를 통칭하는 말이다.

자 아래로 보이는 섬강 위에 하나둘씩 고기잡이배 등불이 밝혀졌다. 마치 맑은 하늘의 별들이 강으로 떨어져 꽃이 되어 활짝 피어난 것만 같았다.

정면 4칸짜리 팔작집으로 된 중층 누각은 간결하지만 위용이 있었다. 본채 옆에 맞배집 다락 형태의 익랑(翼廊)까지 붙여놓았는데 그것은 일종의 복도 역할을 했다. 먼저 사다리를 타고 바깥 익랑에 오른 다음 다시 안쪽의 익랑을 거쳐 누각으로 들어서던 송계는 편액과 마주쳤다.

'청풍한벽루라, 참으로 독특한 서법이야!'

편액을 본 송계는 단번에 추사의 필적임을 알아보았다.

송계는 서책 속에서 기억하고 싶은 선현의 명귀를 만나면 붓으로 정성껏 옮겨 적으면서 자연스럽게 서법에 특별한 관심을 가지게 되었다. 송계는 예서나 초서에 비하여 해서체에 흥미를 두고 운필을 익혔다. 글씨와 그림이 하나의 뿌리라고 하지만 송계는 그림보다는 유독 글씨에 흥미를 가졌다. 단순히 기억하고 싶은 내용이나 저술하고 싶은 감정을 기록하는 수단 그 이상으로 글씨의 미감에 민감했다.

한번은 공자의 묘당 비문을 읽다가 해서체의 아름다움에 심취한 적이 있었다. 정교하고 반듯한 필선에서 마치 한 장의 사실화를 보는 듯했던 우세남*의 필체에서 받은 감동은 지금 생각해도 짜릿

* —— 당나라 초기의 대명필가다. 흔히들 구양순, 저수량, 우세남을 초당 3대 서예대가라 한다.

했다.

송계는 처마 밑 도리 아래에 걸린 여러 시판들이 눈에 띄었지만 이미 어둠이 밀려드는 시각이라 일일이 다 읽어볼 수가 없었다.

집을 떠난 지 근 한 달이 가까웠다. 짧은 기간이 아니었다. 송계는 난생처음으로 영남을 넘어 타향에서 첫 밤을 맞이하니 객창의 시름이 슬며시 찾아들었다. 부인 정 씨와 아이들이 오늘따라 유난히 그립고 보고 싶었다. 넓지 않은 농토지만 콩을 거두는 일이며 들깨를 터는 일도 걱정이 되었다. 상강이 가까웠는데 보리갈이와 겨울 김장, 월동준비는 잘하고 있을까? 부인이야 집을 나서는 자신 앞에서 집 걱정을 말라 했지만 가장으로서 마냥 홀가분할 수만은 없었다. 그러면서도 영남의 여러 선현의 유적지를 돌아보고 또 명사들과 만난 일은 값으로 매길 수 없이 소중하기 그지없었다.

'이번 걸음, 나서길 참 잘했어. 내 인생의 가장 값진 공부가 되는 탐구의 길이자 구도의 순례길이 될 것이야.'

송계는 지난 한 달간의 여정을 돌이켜 보니 곱씹어 볼수록 값졌다. 유적지에서 만난 시대를 초월한 인물들은 모두 어려운 시기를 살아가고 있는 선각자들로 하나같이 송계 자신을 자극하고 깨닫게 하는 큰 스승들이었다. 그들과 만난 뒤면 언제나 스스로에게 수많은 질문을 던져보게 된다.

'나는 바깥세상을 두루 살피지 못한 우물 안의 개구리 같은 삶을 살고 있지 않았는가? 변화하는 세상의 소리는 물론 다른 사람의 생각과 논변에 얼마나 귀 기울이고 있었던가? 독서가 전부라고 믿고 견문과 관계를 소홀히 하지는 않았는가? 또한 학문적 준거가 불분명한 채로 절문과 근사는 외면하고 박학과 독지에만 스스로 만족하고 있지는 않았는가?'

오늘도 이런저런 반추와 상념의 틈 속에 빠져있다 보니 객창의 밤은 여정의 나른함마저 비집고 들어오지를 못한 채 더디기만 했다. 어둠이 서서히 깊어지자 여관 앞의 강물 철썩거리는 소리는 더 크게 들렸다.

다음 날 일찌감치 송계는 주인을 찾았다.

"주인장, 혹시 한천장이 어디에 있는지 아시오?"

늙수레한 주인이 고개를 갸웃거리며 되물었다.

"그 능강동 한천장 말씀이요?"

"그렇소이다."

"우리 집 마당 건너 강가에 있었다는데 지금은 없어지고 빈터만 남았지요. 오래전에 있었던 아주 아름다운 객관이라 들었습니다만."

송계는 주인의 안내에 따라 강가로 나갔다. 빈터에서 허허로운 마음을 달래며 옥소 권섭을 불러 보았다.

"옥소, 권공, 옥소!"

옥소는 150여 년 전, 청풍과 황강을 사랑하며 살다 간 인물이다. 옥소는 바람 한 점조차 걸림이 없이 살았던 자유인이었다. 당대의 명문 집안에서 성장하였지만 자신의 태생을 뛰어넘어 훨씬 분방하게 살았다. 옥소는 동서남북을 마음껏 유람하면서 발길이 닿는 곳의 미려한 풍경을 그림으로 남기고 때로는 시로 표현하였다.

옥소는 고향 청풍을 떠나 문경에서 오래 살았는데 영남의 승경지는 빠짐없이 고루 여행하였다. 송계는 언양의 반구대를 여행하고 남긴 그의 사실적인 여행기를 읽으면서 두 사람을 떠올렸다. 옥소의 여행기는 '시가 곧 그림'이라고 했던 소동파의 언변을 떠올리게 했고 겸재 정선이 사진을 찍듯 표현한 반구대 그림이 또한 떠올랐던 것이다.

옥소는 유년시절부터 꿈속의 사건조차도 그림으로, 시로, 문장으로 사실처럼 기록했는데 미래에 자신이 살고 싶은 청풍의 한천장과 능강동을 꿈속에서 만나고는 시와 그림으로 옮겨 놓았었다.

송계는 옥소를 부르다 말고 옥소가 그리고 써놓은 '한천장과 능강동'을 읊조렸다.

세속을 벗어날 줄 몰라 세속에 사니

신선의 풍모도 아니고 스님도 아니라네

맑은 강가 누각에서 끼니조차 먹지 못한 채

경서와 시 벗 삼아 등불 아래서 반평생 보냈네.

出俗迂疎處俗應　非仙風骨又非僧

飢無一食江樓淨　經帙詩篇半世燈

이따금 유유히 흐르는 강 바라보니

날마다 해마다 근심이 샘솟네

갈수록 깊어지는 적막한 마을

쓸쓸한 이 내 몸이 쉴 곳이네.

時時忽忽望悠悠　日日年年滾滾愁

去去深深村寂寂　于于落落是休休

내 사는 곳이 그림 같고

붓이 그린 세계가 더욱 그러하니

이게 실재인가 그림인가

꿈속의 나를 분별할 수 없구나.

吾居如畵圖中　更是筆端逼眞

何言逼眞如畵　不辨一夢吾身

한천장도 옥소도 이미 곁에 없는 허상에 불과하지만 옥소의 고향 땅, 청풍에서 그가 남긴 시를 읊조리는 송계의 소회는 특별했다. 송계는 꿈자리에서라도 옥소가 찾아들려나 기다리는 마음으로 잠을 청했다.

송계에게 옥소는 더없이 부러운 인물이었다. 시대 상황이 다르다 하여도 송계는 옥소의 삶을 결코 흉내 낼 수 없다는 것을 알고 있었다. 다만 사람의 타고난 분수는 저마다 각각 다르지만 그 분수를 지켜나가는 수신이 엄밀하게 뒤따를 때 그 분수를 승화시켜 나갈 것이라 생각하면서 다시 베개를 끌어당겼다.

생각해 보면 선비들에게 산천 유람은 흔한 일로 그들은 명산대천을 찾아 유람하고 감상하는 것을 구도의 한 방법으로 인식했다. 퇴계나 남명 시대에 비하여 후대에 이르면서 유람이 보편화되었고 그 바라보는 관점마저 주정적으로 바뀌었다. 구도의 길이 아니라 순수한 유람의 즐거움을 추구하는 경향으로 변화했다. 말하자면 산수를 통한 철학적인 깨달음에서 탐미의 오락으로 변했다.

송계는 반듯하게 누운 채로 미동도 거절하여 보지만 잠자리는 자꾸 뒤척여지기만 하였다. 다시 호흡을 차분하게 하고 마음을 가라앉혀 달아난 잠을 불러 청하였다. 비몽사몽간에 자기에게 조곤조곤 들려주는 말소리가 있었다.

"송계, 귀공은 웬 걱정이 그리 많은가? 순례길 감정에 집중하시게. 행복이란 멀리 있지 않네. 공의 발이 닿는 그 시간과 공간 그리고 만나는 사람과의 감정에 충실한 데서 진실로 기쁨이 얻어지네. 여기에 온갖 다른 부수를 덧칠하면 조금도 행복할 겨를이 없다네. 그 모두가 나를 얽매는 사슬이 될 테니까. 내 생각과 상상의 자유를 제한하는 그 모든 것을 걷어 없애게나. 그래야 비로소 제대로 여행을 할 수 있고 사실을 볼 수가 있는 법이라네. 주막이나 샘이 좋은 마을 앞을 그냥 지나지 말게. 말을 세우고 그 풍경을 내 것으로 소유하고 감상하게. 그것이 행복일세. 거기에 곧 무릉도원이 있으니 말일세. 유람이야말로 정말 운치 있는 일이라네. 숙면을 하시게. 하하!"

송계는 잠결에도 위로를 받으며 스르르 잠에 빠져들었다. 아침에 일어나 생각하니 장황한 환청을 들려준 이가 옥소가 아닐까 생각했으나 옥소만큼 자유롭지 못했다. 꿈속과 달리 청풍의 즐거움은 오히려 뒤로 비켜나 있었다. 송계는 청주와 부안으로 나설 채비를 서둘렀다. 계화의 간재 선생을 만나기 위해서다. 간재에게 올릴 홍삼 보자기를 만져 보았다. 쌉쌀하고 달달한 홍삼 내음이 풍겨 나왔다.

청주 땅이 가까워지자 송계의 마음 한구석이 훈훈해졌다. 자신의 관향이라 낯설지 않은 까닭도 있지만 지우 박매남에게 받은 답글의 정겨움이 송계의 걸음을 더 가볍게 해주었다.

…… 한 편의 시와 같은 한공의 편지를 받고 나니 성큼 가을이 다가섰네.

그 정겨운 편지를 달리 둘 데가 없어 곱게 익은 은행잎처럼 서탁 위에 올려 놓았네. 며칠을 두고 보다 그것도 부족하여 내가 자주 읽는『시경』책갈피 사이에 넣어 두었다네. …… 이제 한공이 내 집 대문으로 들어설 날을 손꼽아 기다리네. 나는 한공을 맞이할 마당을 쓸고 화초들의 마른 잎까지 정리하고 있네. 작은 연못에는 네댓 마리의 잉어가 기운생동하고 울타리 삼아 심어놓은 석류나무에서는 곱게 익은 석류 알이 마치 옥구슬처럼 반짝이네. 모두 귀공을 반길 내 식솔들이지. …… 죽령을 넘고 섬강을 건너오는 걸음 멀고도 먼 길이지만 청주 땅이 어디 낯선 곳인가. 한공에게 청주는 뿌리 깊은 정서가 깃든 추향인 만큼 위 선조들이 기다리는 곳이고 내 또한 벗을 위하여 쉴 방을 마련해 놓았네.

송계는 박매남의 서실에서 수일간 머물기로 하였다. 그와는 멀리 떨어져 살고 있고 특별한 학연이나 혼맥도 없지만 우연한 기회에 서로의 문장을 알게 되어 시로써 교유해온 터였다. 매남은 언젠가 송계에게 '시는 사람'이라고 했다. 송계도 공감하면서 한 가지 덧붙여 시화서가 곧 사람이다'라고 답해주었다.

문장이나 그림은 다름 아닌 그 작자의 정신세계다. 고대 중국, 동진의 고개지는 그림은 형상을 그리되 작가 내면의 정신세계를 그리는 것이라고 했다. 작가는 눈에 보이는 형상이라는 수단을 통하여 자신이 추구하는 내면의 가치를 드러낸다는 뜻이다.

송계는 비록 문인화를 그린다거나 화론을 논구하지 않았지만 선인들의 생각에 공감하고 있었다. 그림과 글과 시가 당연히 작가 자신의 정신세계임은 두말할 나위 없었다. 문장 또한 그렇게 이해하여 오던 송계와 매남은 서로 자주 만나지 못한 사이지만 거리감 없이 교유하고 지냈다.

매남은 송계 자신에 비하면 다정다감한 편이다. 송계는 사람을 대하는 감정을 속으로 감추듯이 은근한 반면 매남은 적극적으로 드러내 표현했다. 송계가 지닌 감정의 샘은 온돌이었고 매남은 화로 같았다. 매남은 자신과 달리 맑고 온화한 송계를 좋아했던 만큼 활짝 반겨 맞았다.

"어서 오시오. 한공! 보내준 편지가 내 마음을 조급하게 했다오."

"번거롭게 하는 줄 알면서도 훌쩍 나섰지요."

"조금도 괘념 마시고 오래 같이 지냅시다. 알다시피 가까이 있는 괴산은 아름다운 풍광이 그저 그만이지요."

"맘 써주어 고맙소."

"무슨 별말씀을……. 가을빛을 함께 보고 즐기는 것이지요."

송계는 매남의 반김을 받으면서 여장을 풀었다. 그리고 둘은 그간의 이야기는 물론 앞으로 함께 머물 동안 화양구곡을 유람하면서 우암 송시열의 흔적을 탐방해 보자는 둥 소소한 정담으로 밤을 지새웠다.

괴산의 화양천은 속리산에서 서류하여 박대천과 합류한다. 기묘하게 생긴 바위들과 푸른 솔숲에 감춰 흐르는 화양천 굽이마다 우암의 학덕이 고스란히 뿌리 내린 곳이다. 우암의 고제자 수암 권상하는 스승의 유명을 받들어 만동묘를 짓고 화양천에서 가장 아름다운 시오리 길 계곡에 화양구곡을 열었다.

"날이 쾌청하군. 귀빈의 맑은 심성을 하늘도 아는가 보이."

"저 연당 속의 하늘빛을 보게나. 물빛은 하늘을 닮고, 하늘은 물빛으로 출렁거리네."

"천고마비 맑은 가을날을 그리 표현하는구려."

"산 주인이 어디 있는지 나서볼까?"

이틀을 쉬었다. 매남이 송계에게 여독이 풀렸을 것이라며 화양천으로 나서자 했다. 송계는 이백*의 〈산중문답〉으로 대답했다.

> 왜 산에서 사느냐기에
> 그저 웃을 뿐
> 복사꽃 물에 실려 떠내려가니
> 여기는 이 세상 아닌 것을
> 問余何事栖碧山　笑而不答心自閑
> 桃花流水杳然去　別有天地非人間

그러자 매남도 질세라 맹호연**을 불러들였다.

> 국화담 벗을 찾아갔더니
> 길 가다 국화담에 이르니
> 그 마을 서쪽에서 해는 저물고
> 벗은 산에 오르고
> 그 집에는 개 한 마리 그리고 닭 몇 마리
> 行至菊花潭　村西日己斜
> 主人登高去　鷄犬空在家

두 친구가 시문답을 하면서 나설 채비를 하고 있는 사이에 한

---

* —— 두보와 함께 이두(李杜)로 알려진 당나라 때의 시인. 흔히들 이태백(李太白)이라고 한다.
** —— 맹호연(孟浩然)은 8세기 초 당나라의 시인이다.

젊은이가 매남의 서실로 찾아들었다. 매남의 친구다. 매남의 사랑채 앞마당에는 그가 몰고 온 당나귀 세 필이 귀를 쫑긋 세우고 입을 오물거리고 있었다. 송계가 젊은이와 수인사를 나누자 매남이 당나귀를 앞세웠다.

"자, 그럼 화양구곡을 찾아 떠날까요."

"만동묘가 참 궁금하네."

"연전에 그곳을 다녀왔습니다만 묘는 옛 모습을 찾아보기 어렵고 구곡과 암서재는 여전하더이다."

"그래. 많은 이야기를 들려주던가?"

"어디 한두 가지라야지 뭐."

"나는 지도 속에서 몇 차례 화양천을 다녀왔어요. 물소리가 어찌나 청아하던지. 허허."

"이제, 그곳을 눈 속에다 꼼꼼하게 그려 놓읍시다. 그 속에서 살다 간 옛 사람들까지."

계곡 초입에서 화양구곡 제1곡 경천벽을 만났다. 경천벽으로 떨어지는 맑은 물길은 주먹만 한 자갈돌로 덮인 마로이다. 산곡은 한 뼘의 공간조차 여유를 주지 않고 푸른 하늘 빛 강물로 넌출져 흘렀다. 강변에는 구름 떼 같은 갈대꽃들이 바람에 일렁거렸다. 강물을 타고 뭉게구름이 소로 흘러내리는가 하면 쌍촛대 같은 기암이 물속에서 어른거렸다. 풍덩 호소 속으로 구름 떼가 날아들고 조각배가 된 구름 떼는 붉게 익은 단풍잎을 실어 나르고 있었다. 아니나 다를까. 수암은 그곳을 운영담이라 이름 붙였었다. 구름이 그림자를 드리우고 노니는 호소란 뜻이다. 한 마장 남짓한 거리마다 새로운 이름을 새긴 계곡은 수원이 깊은 만큼 그 속도 깊었다.

다시 한 마당 더 들어선 송계는 허물어진 화양서원 빈터 앞에서 걸음을 멈추었다. 매남 일행들도 따라 섰다. 망부석처럼 키가 큰 하마비가 길 앞을 가리고 있었다. 시대를 풍비했던 이야기를 지닌 화양서원의 하마비였다. 아무도 그 길을 막아서는 이는 없었다. 송계가 스스로 멈추자 매남이 묘지기 흉내를 내면서 목청을 높였다.

"말에서 내리지 못할꼬!"

"저저저…… 내가 누군지 모르느냐?"

좌중들이 한바탕 웃었다. 모두들 파락호 시절의 이하응을 떠올린 것이다.

한번은 흥선 이하응이 만동묘를 찾았을 때 묘지기가 흥선의 말을 세우고 꼬치꼬치 캐물었다.

"보아하니 시골에서 글줄이나 읽은 듯한데 객은 누구요?"

흥선은 남루한 차림으로 야윈 말 한 필에 얹혀 만동묘로 가던 중이었다. 묘지기의 눈에 그저 가난한 시골 선비려니 싶어 재차 하대하며 불러 세웠다.

"누구냐고 묻지 않았나?"

"……"

이하응은 대꾸하지 않았다. 소문으로 듣던 그 묘지기가 분명했다.

"말에 내려 걸어 들어가지 못할까!"

묘지기는 막무가내였다.

홍선은 별수 없었다. 묘지기의 서슬에 그만 말에서 내려 터덜터덜 자갈밭 길을 걸어 들어가야 했다. 홍선은 만동묘의 횡포를 모르는 바 아니었다. 그는 치미는 노여움을 꾹 눌러 참고 참았다. 그러나 그가 누군가. 이하응 아니던가.

'이놈, 두고 보자! 만동묘가 언제까지 건재하나 두고 봐라!'

그는 속으로 모멸감을 삭이면서 묘당으로 걸어 들어갔다. 만동묘의 하마비조차 이하응의 뒷모습을 조소하듯이 뻘쭘하게 바라보고 있었다.

그 후 화양서원과 만동묘는 대원군의 손에 사라졌지만 그 하마비는 여전히 그 자리를 지키고 있었다. 훗날 대원군이 된 이하응도 굳이 그 비석을 탓하지는 않았다.

다시 매남이 송계를 불렀다.

"한공, 동행한 내 벗 권공은 그림 솜씨가 남다르다네. 권공, 오늘 우리들의 여행을 사진으로 그려두시게나."

매남의 말이 떨어지기도 전에 권공은 지필묵을 꺼내더니만 쓱쓱 그림 한 장을 그렸다. 쉽고도 가벼운 붓놀림이었다. 하마비 앞에서 이야기를 나누고 있는 일행들의 모습을 실경으로 그렸다. 그야말로 아회도다.

만동묘는 이름뿐 묘정비와 묘당의 돌계단만이 뼈처럼 남아있고 서원도 간 데 없었다. 눈에 보이는 겉은 유한하지만 그 안에 숨어서 말해주는 이야기는 무한하게 흘러내린다. 우암과 수암이 서로 손을 맞잡고 세운 만동묘 이야기도 이젠 전설이 되어 이어지고 있다.

송계는 일행들과 묘당이 서 있던 빈터에 올랐다. 허물어진 돌담장과 파편이 된 기왓장 위로 우암과 수암의 초상이 한 권의 화첩이 되어 스쳐 지나갔다. 만감이 교차하는 순간이었다.

유배지에서 스승 우암의 죽음을 지키던 수암은 그 6년 후에 화양동 밖 반경대에 화양서원을 짓고 우암을 주벽으로 모신다. 그 후 우암이 강학을 하던 암서재 앞에 만동묘를 세우게 되자 화양서원을 그 아래로 옮겨놓는다.

만동묘는 임란 때 조선을 도와준 명의 신종과 청에 굴복하지 않고 순절한 숭정제 의종을 추모하기 위하여 세운 사당이다. 죽음을 앞에 둔 우암은 수암에게 만동묘를 세우라는 유명을 남겼다. 스승의 뜻을 어김없이 이어가던 수암은 마침내 화양계곡에 구곡을 경영한다. 점차 화양구곡에는 우암 송시열의 학덕이 뿌리내리면서 또한 친명 사상을 널리 확대하는 본산이 되어갔다. 화양서원의 이름이 '중화를 빛내자'는 의미가 담겼다면 만동묘는 '만절동류(萬折東流)'란 뜻이다. 황허강의 물줄기가 굽이굽이 돌아가지만 결국은 동쪽으로 흐른다는 의미로 철저한 중화사상을 상징하고 있다. 결국 화양계곡은 그 땅 이름조차 '화양'(중국의 햇빛)'이라 불렀듯이 송시열이 추구한 소중화의 꿈을 이루려 했던 곳이다.

송계 일행은 서원 앞의 금사담에 이르렀다. 암서재가 있는 화양

4곡이다. 철저한 친명주의자이던 송시열은 청을 타도하고 배척해야 할 대상, 오랑캐로 간주했다. 우암과 함께 북벌을 지향하던 효종이 죽고 나라 안은 당쟁의 소용돌이 속에 빠져들었다. 그 중심에 있던 우암은 관직에서 물러나 화양계곡으로 찾아들었다. 계곡의 중심이자 마치 금싸라기를 안고 흐르는 듯 찬란한 물빛이 감돌아 흐르는 곳, 금사담 곁에 서재를 열고 독서와 강학에 몰두했다. 물빛을 내려다볼 수 있는 반석 위의 세 칸짜리 작은 집이 암서재다. 암서재에 머물던 송시열은 문득문득 효종을 그리워하며 눈물을 감추지 못했다. 우암은 재실 아래 바위에서 활 모양으로 팔을 펴고 엎드려 통곡했다. 죽은 임금을 사모했던 신하는 사무침을 그렇게 표현했다.

금사담 물가에 선 송계는 바위 군데군데 뚫린 구멍을 내려다보았다. 주먹이 들어갈 만한 구멍들이었다.

"매남, 저 구멍을 보시게. 우암의 눈물 자국이 아닌가?"

"가히 그러하네. 그래서 수암도 스승의 애절했던 모습을 그리면서 읍궁암이라 이름을 붙인 거겠지."

읍궁암은 화양구곡의 제3곡이다.

화강석으로 바닥을 온전히 깔아놓은 화양계곡 시오리 길의 석결은 갓 짜낸 비단같이 매끈하다. 그 빛깔은 달빛에 익은 연옥 같다. 그 위로 미끄러지듯이 맑은 물이 청명한 소리를 내면서 흘렀다. 바위에 부딪치고 자갈돌을 품으면서 물과 물이 만나 조잘거리며 흘러갔다. 송계 일행은 암서재에서 상류를 따라 한 마장 더 깊이 들어갔다. 층층이 쌓은 바위들과 마주쳤다. 눈높이를 훌쩍 뛰어넘는 높은 바위들이 자연스럽게 탑을 이뤘다. 그 모양이 첨성대와 흡사하다. 그래서 제5곡 첨성대라 이름을 새겨 놓았다. 물길은 대 사이로 돌아 흘렀다. 일행들은 신발을 벗어 들었다. 발목이 잠길만한 깊이로 출렁거리면서 흐르는 개울을 건너자 8척 높이의 화강석 암벽이 기다리고 있었다. 바위를 고르게 잘라내고 깊숙하고 은밀한 벽면에 숨겨 놓은 듯이 새겨 넣은 암각서가 보였다. 불그레한 단사 빛으로 음각된 '비례부동(非禮不動)'과 마주했다. 송계는 순간 그 필체에 압도당했다. 소문으로만 들어왔던 숭정제의 친필 암각서를 마주하는 순간이었다. 주련처럼 세로로 새겨놓은 글귀 앞에서 송계가 후- 하고 긴 숨을 내쉬자 매남이 말을 건넸다.

"송계, 비례부동, 참으로 간결하이!"

"송우암의 사상과 충정을 이 네 글자가 다 담고 있지 않은가?"

비례부동이란 예가 아니면 나서지 말라는 뜻이다. 예가 아님이란 사사롭고 사악한 욕심을 말한다. 이것을 이기는 것이 곧 공자가 말하는 극기복례다. 사사로운 욕심을 버리는 일이 수신의 출발점이라는 것이다. 공자는 예가 아니면 보지를 말고 듣지를 말라 하며 말하지도 말고 나서지도 말라고 했다. 그 핵심이 곧 비례부동이다. 송시열은 비례부동을 자신의 수신과 정치적 이념으로 삼았다. 현실과 타협하여 청나라에 굴종하는 것을 비례로 본 것이다.

우암에게는 자신을 지키는 두 가지 무형의 자산이 있었다. 그

하나는 명의 마지막 황제 의종 숭정제의 친필 휘호인 '비례부동'
이라는 석각이요 또 다른 하나는 자신을 따르는 걸출한 제자들이
었다.

하루는 강론을 마친 우암이 권상하를 불렀다. 잔설이 녹아내린
계곡의 물이 푸르스름한 이른 봄날이었다. 우암은 권상하를 자신
의 학통을 이어가라는 뜻으로 수암(遂庵)이라는 아호를 붙여줄 만
큼 아꼈다.

"수암, 개울물 소리나 들으러 나가 볼까?"

"예, 봄빛이 찬란합니다."

"소금강이라 해야지? 화양구곡이라 할 걸 그랬나?"

수암은 스승의 마음을 누구보다 잘 알았다. '비례부동'의 석각이
있는 곳으로 나서자는 뜻이었다.

"예, 스승님. 회암 선생도 꿈길에서나마 쉬다 갈 것입니다."

"암, 남쪽에 이런 산수가 어디 있겠는가. 구곡을 경영해야지."

스승과 제자, 둘은 주거니 받거니 천천히 담소를 즐기면서 '비례
부동' 바위 앞에 이르렀다. 우암은 하루에 몇 번이라도 그 앞에 서
면 흡족한 표정을 고스란히 드러내 보였다. 청에 굴복하지 않은 의
종의 순절은 곧 마땅히 존숭되어야 할 의리심이라 확신했다. 조선
이 누대에 걸쳐 숭앙해온 공자의 정신이 그것이며 나아가 자신이
추구해야 할 일도 만천하에 존주의리(尊周義理)를 드러내는 일이라
고 믿고 있었다.

스승의 얼굴을 쳐다보던 수암이 다시 말을 건넸다.

"민정중이 큰일을 했습니다."

"암, 그렇고말고. 노봉의 충정이 아니었던들 어찌 이루어질 수 있었겠는가."

명 말기에 사신단의 일행으로 연경에 갔던 노봉 민정중이 숭정제가 쓴 '비례부동'을 가져와 송시열에게 건네주었고 우암은 그것을 암석 깊이 새겨 넣었던 것이다. 유교적인 전통과 명에 대한 의리를 확고하게 지키던 우암에게 숭정제가 쓴 비례부동이라는 글귀는 자기 존재의 정신체계로 믿었다.

송시열의 잔영을 뒤로한 송계 일행은 다시 상류로 걸음을 옮겼다. 능운대와 와룡대를 거쳐 구곡의 끝단인 파천에 이르렀다. 화양구곡의 마지막 곡, 전서체로 파천대(巴串臺)라 반듯하게 음각된 바위가 시선을 끌었다. 눈길의 호사는 그것에만 머물지 않았다. 일정한 결을 이루면서 통통 튀는 탄금 소리를 낳고 흐르는 개울물도 기이했다.

물길은 서로를 잡아 끌어당기듯 혹은 도망치듯이 느렸다 빨랐다를 반복하면서 화강석 바위를 타고 형형색색 가을빛 여울을 만들고 있었다. 물은 물결을 이루면서 흐르는 것이 아니라 물비늘을 만들고 사라지기를 반복했다. 연신 물을 안았다 밀어내는 개울 바닥은 그만 물살에 못 이겨 마치 빨래판처럼 일정 간격으로 제 몸에 골을 파냈다. 물 흐름을 흥미롭게 바라보며 송계가 매남에게 말했다.

"매남, 저 물살 보시게. 물줄기가 물비늘을 꿰고 흐르는 듯하네. 파천일세 파천."

"한공의 심미안을 누가 따르겠나. 영락없는 물꼬지야."

"이곳이야말로 화양구곡의 이름값을 제대로 하네 그려."

"파천이 화양구곡의 백미야. 압권이지."

"암, 나도 동의하네. 금사담이 맑고 고운 여울이라면 파천은 생동감과 파격을 주는 맛이 있지 않은가."

"대단한 감상 평가외다."

두 사람과 달리 멀찌감치 선 권공은 파천을 그려내기에 바빴다.

바위를 돌아 자갈돌을 굴리면서 흐르는 파천은 맑게 흐르는 물소리와 자갈 빛이 희다 못해 연푸른 옥빛을 띠었다. 화양구곡은 어딜 가보아도 각기 자연의 기묘하고 아름다운 형상을 함축하고 있어 그 하나하나마다 구곡 주인의 정신을 은근하게 드러낸 이름을 붙여 놓았다. 개울은 옛 일을 잊은 듯 하염없이 흐르지만 나그네는 우암이 지향했던 시대정신을 귀 기울여 듣고 있었다.

멀리 서쪽의 도명산 위로 해가 서서히 기울자 따수운 가을 햇살이 지나간 계곡에는 서늘하고 촉촉한 바람이 찾아들었다. 산자락에 군락을 짓고 뿌리를 내린 싸리나무들이 가는 허리를 드러내고 한들거렸다. 여린 가지마다 가을 하늘빛을 닮은 자잘한 보랏빛 꽃을 피어내고 있었다.

송계는 화양계곡의 물소리가 멎는 하류 마을 삼거리 길에서 매남과 작별 인사를 나누었다. 그제야 송계는 청주로 떠나는 또 다른 마필이 준비되어 있음을 알았다. 매남의 세세한 정이 고마웠다. 송계는 꼭 잡은 매남의 손을 놓고 그가 마련해 준 말 등에 올라 청주로 나섰다. 그리고 마꾼이 이끄는 대로 보리갈이를 하는 들길과 시골 마을을 지나 청주로 향했다.

송계는 매남이 일러준 대로 청주 읍내 무심천 가까이에 있는 광덕사에서 하루를 묵고 아침을 맞았다. 지난 며칠 동안 매남과 함께한 시간들이 아련하게 떠올랐다. 서로의 우정이 한 켜 깊어졌다.

청주 읍내로 들어서자 거리며 도심들의 풍경은 참으로 낯설었다. 익숙해져 있는 신녕에 비하여 청주의 거리는 꿈틀거리고 움직이고 있는 듯했다. 목탄차가 더 빈번하게 다녔고 또 다른 도심 속에서 길고도 요란스러운 기적 소리가 들려왔다. 일경들은 날카로운 호루라기를 불어대며 큰 말을 타고 위협하며 지나갔고 길거리에는 마른 말똥들이 여기저기 나뒹굴고 있다. 다른 한쪽 길에는 완장을 찬 공사관의 감시를 받으면서 흙을 파고 길을 넓히는 일꾼들의 모습도 눈에 띄었다.

송계는 선릉이 있는 보은 쪽을 바라보며 순간 가슴이 뭉클해왔다. 오랫동안 마음속으로 새기고 기다려왔던 걸음이었다. 후손의 한 사람으로 시조 할아버지의 산소와 선정을 베풀었던 무농정을 참배하려는데 어찌 무덤덤할 수가 있겠는가. 송계는 선친으로부터 시조 태위공 한란의 묘소 위치와 생전의 위업은 물론 문중에 내려오는 전설 같은 이야기를 여러 차례 들어왔다. 그런 까닭에 묘지를 찾아가는 송계는 설렘으로 가슴이 두근거렸다.

청주 한씨 시조 한란의 무덤은 가산리 뒷산에 있다고 들었다. 가산리는 멀리 우암산과 상당산성 방향을 바라보고 가야 했다. 십 리 길이 넘는 꽤 긴 성벽의 흔적이 뚜렷하게 남아있는 상당산성은 백제 때 처음 축조된 토성을 바탕으로 임란기에 다시 재건된 석성이다. 청주의 옛 지명이 상당이던 만큼 산성은 청주 고을을 지키기 위해 축조된 외성이다.

송계는 반나절을 지나 가산마을에 들어서 청솔밭 속에 가려져 있는 태위공의 묘봉을 보는 순간 숙연해졌다. 낮으면서 겹겹이 병풍을 두른 듯한 아늑한 산자락에 안장된 묘지 위로 햇살이 내리고 있었다. 갈바람이 쉬어가는 가지마다 노랗게 익은 솔잎들은 마치 묘지에서 번져난 황금빛 배광 같았다.

송계는 문무인석이 지키고 있는 상석 위에 주포를 올리고 큰절을 올렸다.

"세손 덕련, 시조 할아버지를 배알합니다. 불초 후손 많이 늦었습니다. 한 고개 넘어 영남 땅이지만 선조님 뵈오러 이토록 멀리 돌아 돌아 서른 해를 훌쩍 넘어 이제야 왔습니다. 용서하시옵소서."

배례를 마친 송계는 선조의 영혼 앞에서 마치 살아있는 분에게 매달리듯 자기 소원을 아뢰었다. 소원이라기보다 스스로의 다짐을 쏟아 놓았다.

"오로지 궁리하고 역행하는 선비의 길로 가게 해 주시옵소서. 선조님의 위대한 신력으로 후손의 우둔함을 일깨워 주소서. 게으

르지 않고 치우치지 않게 수신하여 이 시대를 극복해 나갈 수 있게
하여 주시옵소서."

한란은 신라 후기 청주 지역을 대표하는 호족이었다. 처음 영동
황간에서 태어나 향학을 일으키고 나아가 청주 대머리 지역의 대
평원(상당 지역)을 차지하는 거부가 되었다. 당시 견훤을 대적하고
있던 왕건에게 한란은 군량미를 지원하고 삼한 통일전쟁에 참여하
였다. 한란은 결국 개국 벽상공신의 녹훈과 함께 삼중대광문하태
위가 되었다.

송계는 묘역에서 멀지 않는 무농정(務農亭) 터가 있는 대머리마
을로 걸음을 옮겼다. 대머리란 지역 이름이 얼핏 우스꽝스럽게 여
겨지지만 곰곰 생각해보니 대나무라든가 대머리란 뜻이 아니라 큰
마을이란 뜻인 듯했다. 그러니까 큰 인물, 높은 사람 혹은 가장 으
뜸이 되는 어른이 사는 동네란 의미다.

무농정의 옛터는 평평하게 펼쳐진 들판 가운데 홀로 솟았으나
그리 높지 않은 언덕 꼭대기에 있었다. 남은 터에는 유허비 하나뿐
다른 흔적은 찾아볼 수가 없었다. 유허비 주변의 넓은 터에는 소나
무, 느티나무, 자귀나무 혹은 능수버들에 이르기까지 자연 수림이
울창하게 들어서 있었다. 그 중심에 무농정은 멀리 동북으로 상당
산을 기대고 남서 30리 앞이 탁 트인 평야를 안고 서 있었다.

흩어져 있는 돌더미 주변에 무농정의 유허비가 있었다. 2백여
년 전, 병마절도사 한익저가 세워놓은 유허비가 그 먼먼 내력을 알

려주는 듯 비바람에 닳고 때가 묻은 채 역사의 증언자가 되고 있었다. 무농정은 여느 누각과 다른 용도로 사용된 곳으로 안식과 풍류의 공간이 아니라 정무의 현장 지휘소였다. 이곳은 지역의 주인이요 지도자인 한란이 기거하던 집이었고 지역 백성들에게 농사법을 가르치고 교화했던 곳이기도 했다.

무농정이 서 있었으리라 상상되는 정자의 낮은 죽담과 마루 위로 천 년의 세월을 이어온 한란공의 여향이 맥맥히 흘러내리고 있었다. 송계는 선조에게 넌지시 질문을 던졌다.

"할아버지, 백성들로부터 존경을 받는 어진 정무의 비결이 무엇인가요?"

그러자 한란은 망설이지 않았다. 마치 생전의 조손이 마주 앉아 문답하듯 송계의 질문에 즉답을 들려주었다.

"어렵게 생각지 말라. 백성은 곧 하늘이고 물이다. 백성은 때로 너 위에서 너를 내려다보기도 하고, 또한 아래서 너를 떠받치기도 하니 너의 가장 깊숙한 치부를 들여다보고 있는 것이다. 가장 미천하고 가장 힘없고 가난한 들판 백성들의 마음을 얻는 자가 곧 지도자가 되는 법이다. 그러기에 백성을 부리기에 앞서 섬기는 법을 먼저 배워라."

송계는 백성들이 한란을 따랐던 이유를 알 것 같았다. 한란은 무농정에서 스스로 백성의 한 사람이 되어 그들과 동고동락했음이 분명했다. 순간 가슴이 뿌듯해지며 선조를 찬송하는 시흥이 절로 솟아났다.

나는 원래 무농정의 후손이라네

아래로 주리는 사람 없고 위로 서기 드리네

윗대를 이어 어진 후손 효애를 펴니

그 정중함 큰 비석에 새기고 있네

吾家原是務農亭　群下無飢上端呈

繼述遺賢申孝悌　穹碑依舊記丁寧

송계는 율려에 걸음을 맞추어 무농정 유허지를 내려오는데 갑자기 자신을 가로막는 사람이 있었다. 여인이었다. 송계는 짐짓 놀라 한 걸음 뒤로 물러섰다.

"뉘시오. 생면부지한데."

분명 그 여인은 송계 자신을 기다린 듯했다. 여인은 공손하게 두 손을 모아 합장을 하며 대답했다.

"놀라게 하여 송구합니다. 광덕사 민 보살입니다."

송계는 얼떨결에 여인과 수인사를 나눴다. 여인은 차림새며 미모가 예사롭지 않았다. 지성미가 있는 신여성이었다.

"광덕사 주지의 부탁으로 선생님을 모시려 합니다만. 미리 기별을 할 수 없었습니다."

"……"

송계는 별 대꾸할 말을 찾지 못했다. 여인이 앞서는 대로 뒤따랐다. 여인은 당당하게 그러나 예의 바르게 송계를 압도하고 있었다. 그리고 두 사람은 몇 걸음 앞에서 기다리던 인력거에 함께 올랐다.

"노성으로 가야 한다면서요."

"그렇소만."

"선생님이 가야 할 길도 멀거니와 계속된 여정의 피로가 더할까 하여 인력거를 준비했습니다. 실은 박매남 선생의 부탁을 받은 광덕사 주지가 다시 소저(小姐)에게 심부름을 시킨 것입니다. 불편해 하실 것 없습니다. 저는 지금 광덕사에 보시를 하는 것입니다. 집에서 쓰던 인력거를 이끌고 나왔습니다만, 가시는 걸음이 안락하면 좋겠습니다."

"과분한 도움을 받습니다."

송계는 짧게 답례를 했다. 인력거의 바퀴가 터덜거리면서 구르자 창을 가린 막이 가볍게 펄럭거렸다. 그때마다 여인의 몸도 흔들거렸다. 송계를 간질이듯이 여인의 치맛자락이 팔락거렸고 분무질하듯 달콤한 향내도 스치고 갔다. 송계는 매남의 배려에 고마워할 겨를이 없었다. 자기 옆에 분 냄새를 풍기는 여인이 앉아 있다는 것에 괜한 신경이 쓰였다.

인력거를 탄 것도, 신식 차림의 여성을 만난 것 모두 낯설기만 하였다. 더군다나 젊은 여인과 나란히 앉아있다는 것은 송계를 퍽 난처하게 하였다. 송계는 숨을 나직하게 내쉬면서 아무렇지도 않은 듯이 애써 몸을 꼿꼿하게 가누고 앞만 바라보았다. 인력거가 읍내를 돌아 넓은 숲속에 가린 높은 대문집 앞에 당도하자 여인은 인력거에서 내리면서 여리고 하얀 손을 모아 작별을 알렸다.

"먼 길 편히 가세요. 가는 길은 역꾼에게 일러뒀습니다."

"……"

여인이 하직인사를 건네자 송계는 그 또한 당황스러운 일이라 뭐라고 대답할 말을 찾지 못했다. 송계는 자리에 앉은 채로 고개를 숙여 답례를 하는 둥 마는 둥 하는 사이에 인력거는 이미 다른 방향을 틀어 떠나가고 있었다.

여인이 내린 빈자리에서 풍만한 여인의 냄새가 풍겨났다. 인력거는 남서쪽의 신작로에 접어들고 있었다. 여인의 집과 한 걸음씩 멀어져 갈수록 궁금증은 오히려 더해졌다. 옆자리에 앉아있을 때는 무심한 듯 고개를 돌리고 말았지만 막상 그녀와 헤어지고 난 뒤에야 자꾸 그 얼굴이 떠오르고 있었다.

송계는 무엇에 홀린 사람처럼 멍하게 앉아 인력거꾼이 끄는 대로 몸을 맡겼다. 역꾼이 가쁘게 숨을 몰아쉬는 게 제법 먼 길을 지나왔나 보다. 신작로를 내달리던 인력거 바퀴가 갑자기 파인 도로 속으로 털썩 부딪치자 차 안에 실어두었던 바랑이 발등으로 굴러 떨어졌다. 화들짝 놀란 송계가 얼른 떨어진 바랑을 집어 올렸다. 그제야 송계는 그 여인이 앉았던 옆자리를 훔쳐보며 마음속으로 밑도 끝도 없이 중얼거렸다.

"저 여인은 나와는 다른 세상 사람이야. 분명."

동시에 송계는 그 여인이 남기고 간 향수 냄새가 아니라 세상이 변모하는 신세계의 냄새에 당황하고 있었다. 그 여인에게 내비친 묘연한 감정들이 썰물처럼 송계의 가슴을 빠져나갔다. 노성에 도착한 송계는 그제야 그 여인의 배려와 매남의 우정이 더없이 고맙기만 하였다.

4

퀼리사가 있는 충청남도 이산(노성)은 조선의 공자촌이라고 해도 과언이 아니다. 이산현에서 논산군 노성으로 바뀐 지 겨우 1년 지났다. 노성은 행정구역만 변했을 뿐 다른 아무것도 바뀌지 않은 종전의 이산현 그대로였다.

공자의 영정을 받들고 있는 퀼리사(闕里祠)를 찾는 전국 유학자들의 걸음도 여전히 끊이질 않았다. 공자의 영정을 모신 장소는 강릉과 제천 그리고 화성 등 몇 곳 되지 않는 만큼 노성은 퀼리사 덕에 지역적 자긍심도 대단히 높다. 노성마을은 공자가 자란 중국 산동의 퀼리촌과 닮았다 하여 마을 뒤 노성산마저 이구산이라고 불려진다. 물론 퀼리사도 그 지명을 따 붙여진 이름이다.

퀼리사는 송시열이 발의하고 그로부터 30여 년 지난 뒤에 권상하를 비롯한 우암의 제자들이 세웠다. 그리고 그 이듬해 중국 사신의 일행으로 간 공징로 등이 공부자유상을 구해 와서 퀼리사에 봉안하였다. 꽤 긴 세월이 걸렸을 뿐만 아니라 여러 사람의 손을 거쳐 이뤄진 영당이다.

그 이후 영조 대에 이르러 염계, 명도, 이천, 횡거와 회암 등 송
조오현의 영정도 추가로 봉안했다.

솔과 회나무 숲을 울타리로 두른 경내에는 다섯 칸 규모의 반듯
한 현송당과 내삼문 안의 높은 죽담 위에 조금의 흐트러짐도 없는
자태의 궐리사가 자리하고 있다. 송계는 조심스럽게 사당문을 열
었다. 그리고 마치 자신에게 말을 걸어올 것 같은 살아있는 공자상
과 눈길을 마주쳤다.

공자 영정 앞에 엎드린 송계는 한참 동안 일어설 줄을 몰랐다.
참배를 넘어서 어릴 적 아버지와의 추억 속으로 빠져들고 있었다.

"아버지, 간밤에 제가 참 신기한 꿈을 꾸었습니다."

"불장난을 하다 잤던 게로구나. 오줌은 싸지 않았냐?"

아홉 살배기 어린 아들이 신기한 꿈을 꿨다니 소송은 장난스럽
게 대꾸했다.

"아버지, 그런 게 아니고 정말 아주 아주 특별한 꿈을 꿨다니까
요."

"그래? 그럼 어디 한번 들어보자."

그제야 아버지가 자신을 돌아보면서 진지한 표정을 짓자 송계
는 자못 엄숙하게 말을 시작했다.

"아버지, 저 공자님을 만났어요. 이야기도 나눈 걸요."

"오호! 어떤 말씀을 하시던고?

"꿈속에서 본 집은 큰 대문이 있고 마당이 넓은 집이었어요. 아
주 넓은 방 안에는 엄숙한 대인이 앉아있었고 그 옆으로 많은 제자

들이 대인을 받들 듯이 모여 있었는데 저도 그들 가운데 같이 서 있었어요. 그랬더니 관을 쓴 한 선비가 저를 보면서 '이곳은 우리 선생님이 도학을 강론하시는 곳이다. 좌우의 여러 선비들은 모두 선생님의 제자들인데 너도 이제부터 우리들과 같이 선생님 아래서 공부를 해야 한다'고 했어요."

소송이 듣고는 무릎을 탁 치면서

"꿈속의 그 대인은 공자님이 틀림없구나. 참으로 큰 꿈이다. 꿈처럼 너도 도학을 공부하는 공자의 제자가 되어라."

아버지의 목소리가 멀어져갔다. 송계는 천천히 고개를 들고 다시 공자 영정을 살폈다. 어린 날 꿈속의 그 초상과 매우 흡사했다. 송계는 다시 엎드려 간절한 심정으로 여쭈었다.

"제가 어찌 하면 공자님을 닮을 수가 있을까요?"

위대한 성인의 발자취를 따르려는 송계에게 공자의 목소리가 똑똑히 들리는 것만 같았다.

"송계야, 한송계야! 도가 어디 그리 높고 먼 곳에 있더냐. 지극히 평범한 일상생활 속에 있는 법이다. 네가 뜻을 세운 대로 학문을 탐구하고 아는 것을 바르게 행동하면 마침내 네가 얻고자 하는 목적에 도달할 것이다. 온 정성을 다하면 비록 표적에 꼭 맞아떨어지지 않을지라도 그 중심에서 그리 빗나가지 않을 것이다."

"예. 맞습니다."

도는 어디 손닿지 않는 먼 데 있는 것이 아니고말고……. 송계는 힘이 불끈 솟았다. 그 길로 나온 송계는 외삼문 밖 빈터에서 화판처럼 석탑을 쌓아 올린 긴 석주 앞에 섰다. 특별한 조형물이었다. 회색빛 돌버섯이 피어난 네모난 기단석 위에 육 척은 족히 넘을 육 각형 배흘림 기둥 앞면에 '궐리'라고 음각한 글자가 확 드러나 있었다.

송계는 속으로 '공부상을 모시고 있으면 그것으로 이미 궐리인데 거기다 덧칠하듯 저리도 높은 조형물을 세워두었구만.' 하면서 사람들은 여전히 도를 멀리서 찾으려 한다는 생각이 들었다.

사당을 한 걸음 벗어나 부드러운 산등성에서 포근한 느낌을 주는 뒷산, 이구산을 바라보면서 마을을 돌아 나오는 길에 윤증의 옛집에 들렀다.

잠긴 대문 사이로 보이는 연못엔 연잎이 빽빽이 들어차 있어 수련 잎들이 바람에 일렁일 때마다 요음이 들리는 듯했다. 토담에 기대어 노목으로 자란 탱자나무에선 황금알 같은 탱자들이 주렁주렁 매달려 익어가고 있어 달고 새콤한 향이 문틈 사이로 진하게 풍겨 나왔다.

송계는 굵은 가시가 촘촘하게 돋아난 탱자나무를 바라보며 윤증과 송시열, 두 사람의 초상을 떠올린다. 제자와 스승으로 시작한 아름다운 관계가 끝에는 서로 등을 맞대고 적이 되어버린 역사적 인물들이다.

유학적인 가풍 속에 자란 명재 윤증은 스무 살이 훌쩍 넘은 늦은 나이에 송시열을 만나 그 애제자로 촉망을 받았다. 명재는 우암과 달리 철저한 산림처사로 오로지 학문에만 몰두한 학자였다.

17세기 후반, 경신환국*(1680년)으로 집권세력이 된 서인은 내부적으로 사상적 갈등과 혼란을 겪는다. 서인의 최고 지도자 송시열이 철저하게 남인을 배격하자는 주장에 반하여 진보적인 소장의 윤증은 남인을 포용해야 한다는 입장이었다. 점차 두 사람의 간극은 멀어지다 못해 결국 적대시하는 상황에 이르게 된다. 오래지 않아 송시열을 중심으로 하는 보수파들은 노론으로, 윤증을 중심으로 한 진보 성향의 젊은 학자들은 소론으로 갈라진다. 송시열의 극단적인 남인 배격에 대한 젊은 층의 반란이었다.

윤증은 공공연하게 송시열을 비난했다.

"우암은 지나치게 남인을 몰아붙여 정치적 실익은 없고 당쟁만 격화시키고 있습니다."

그러자 분노한 송시열 역시 그냥 있지 않았다.

"윤증이 나를 죽이려고 칼을 뺀 게로구나."

송시열에게 윤증은 탱자가시와 같이 모질고 날카로운 가시였다. 그것으로 사제의 인연에 마침표를 찍었다.

송계는 하나의 골목길에 서로 마주 보고 있는 명재의 집과 우암의 의지가 묻힌 궐리사를 번갈아 쳐다보았다. 노성산과 궐리사가 희미하게 멀어질 때까지 송계는 두 사람의 만남과 헤어짐의 인연이 참으로 기구하다는 생각을 떨쳐내지 못했다.

---

*──조선의 당쟁이 가장 치열했던 17세기 후반 당시 집권세력인 남인이 서인에게 밀려난 정치적 사건을 말한다.

노성을 떠난 송계는 함열로 향했다. 마침 논산에서 함열로 가는 열차가 생겼다기에 먼저 논산으로 걸음을 옮겼다. 연전에 개통된 호남선은 대전에서 경부선과 분기되어 논산-강경-함열-익산-김제-나주와 무안을 거쳐 목포에 이르는 철도다. 송계는 철마라 불리는 기차를 먼발치에서 보기만 했지 실제 타보긴 처음이었다. 조금은 어색한 마음으로 대합실에서 함열행 기차표를 샀다. 그리고 플랫폼으로 나가 기다리자 고막이 찢어질 듯 큰 기적을 울리는 검은 철마가 송계 앞으로 다가섰다. 송계는 다른 여행객들 틈에 섞여 차량 속의 나무 의자에 앉았다. 차창 밖으로 스쳐가는 넓은 호남평야의 풍광이 끝이 보이지 않을 만큼 광활하였다. 군데군데서 보리갈이를 하는 농부들이 흰 황새처럼 논바닥에 엎디어 일을 하고 있는 모습도 보였다. 철마는 또 다시 길게 기적을 울리며 빠르게 달렸다. 옆자리에 타고 있는 승객도 초행인 듯 연신 주변을 두리번거렸다. 기차는 오로지 자신을 위해 만들어 놓은 철로 위로 여러 개의 차량을 긴 꼬리처럼 달고 열심히 달렸다. 멀리서 바라만 보던 철마를 실제 타보니 달리는 말에 비할 바가 아니었다.

군데군데 신작로 공사가 한창이었다. 새로 만든 신작로 가에는 지팡이 굵기 만한 수양버들 나무들이 드문드문 심어져 있었다. 신작로와 함께 길가의 가로수를 미리 만들어가는 일본인들의 생각이 예사롭지가 않았다.

'저 편리함 속에 어떤 무서운 세상이 오려고 저러나.'

송계는 철도와 신작로를 개설하는 공사를 바라보면서 지역발전과 기간사업 건설을 동시에 도모해 나가는 일본의 저의가 뭔지 의아했다.

함열로 들어서자 멀지 않는 곳에 나지막한 함라산이 품고 있는 고찰, 숭림사가 있었다. 고찰이다. 달마대사가 수년 동안 면벽수행을 했다는 중국의 숭산과 소림사, 그 두 명소에서 글자를 차용하여 숭림사라는 이름을 붙였다고 전해진다. 선풍을 일으키고자 한 옛 선승들의 간절한 꿈이 어려 있는 이름이다.

눈에 보이는 산들이 모두 야트막한 둔덕 같았다. 해수면과 큰 차이가 없는 지역이라 산이라고 하지만 송계의 눈에는 낮은 언덕처럼 보였다.

역 주변을 두리번거리던 송계는 흙 담장을 대신한 나무 울타리가 예쁜 초가집에 눈길이 닿았다. 잎이 작은 관엽수들이 섞인 진초록의 울타리에 파란 하늘색 글씨로 여관이라 당호를 써 붙인 집이다. 송계는 처음 보는 간판이지만 직감적으로 자신이 쉬어갈 수 있는 객사로 짐작되었다. 송계는 대문을 열고 주인을 찾았다. 죽담이 낮은 네 칸짜리 집의 안방 문을 열고 나온 아낙이 나그네인 송계를 상냥하게 맞이해주었다.

"멀리서 오셨나 보네요."

"경상도에서 왔습니다."

"따뜻한 차 한 잔 드릴까요? 주무시면 아침과 저녁밥도 지어드립니다만."

"예, 하루 묵고 갈랍니다."

"목책이 참 예쁘던데 동백나무인가요?"

"아니요. 차나무입니다."

"……"

주인은 잘 우려낸 차를 한 잔 따라주었다. 잔 속의 맑은 황갈색의 찻물이 찰랑거렸다. 입안에서 떫은 듯 향긋한 기운이 감돌았다.

"우리 집 울타리를 보셨다시피 우리 고장에는 차나무가 잘 자랍니다."

생태적으로 함라산 자락은 차나무 자생의 북방한계선이다.

여관 주인은 3년 전 함열역이 생기면서 오가는 여객을 쉬어가게 할 여관을 열었다면서 남편은 보통학교 교사라고 했다.

여관이란 이름 그대로 빈번하게 오가는 길손들을 머물게 하고 또한 떠나게 하는 공존의 공간이다. 송계는 여장을 풀고 조금은 낯선 공간에서 객창의 밤을 불러들였다.

논두렁에도 초가지붕 위에도 무서리가 안개비처럼 내렸다. 운해를 헤치고 붉고 둥근 해가 신기하게도 높은 산정이 아니라 평평한 들판 위로 우뚝 떠올랐다. 아침 햇살을 받은 논두렁이 금빛으로 반짝거렸다. 햇살은 마치 자잘하게 깨진 사금파리에서 반사되듯 눈부셨다.

이른 아침의 들판이 부지런한 농부들로 채워지자 멀리서 끊일 듯 이어질 듯 흥겨운 노동요가 들려왔다. 함열을 비롯한 익산 지역에서 즐겨 부르는 민요인 〈익산목발가〉였다. 지게 목발을 의미하는 그 노래를 듣고 있던 송계도 느린 굿거리장단에 맞춰 몸을 움직여 보았다. 어깨가 들썩거리고 고개가 절로 끄덕끄덕해지기 시작했다.

여행지의 풍속에 젖어보는 즐거움이었다.

송계는 전라도에서 보낸 첫날의 감회가 조금은 생소했다. 일출을 비롯한 산세 풍경과 사람들의 표정과 삶에서 와닿는 느낌들이 자신의 몸에 밴 영남의 것들과는 어딘지 모르게 달랐다.

'산이 다르고 물이 다르니까 그럴 수밖에 없지 않은가. 사람이 곧 소우주라 했으니 자연은 인간을 구속하고 인간은 자연에 순치되면서 사는 것이지.'

송계는 주인이 안내해 준 대로 숭림사 스님들이 손으로 직접 덖어 만든 차 두 봉지를 사들고 동진으로 향했다. 차 봉지에서 나는 생 풀잎 내음 같은 차향이 싱그러웠다.

한나절을 훌쩍 넘어 송계는 계화도가 눈앞에 바라보이는 동진 나루에 이르렀다. 전라북도 여러 골의 작은 물줄기가 흘러들어 모이는 곳이다. 눌재에서 서북으로 흐르는 고부천과 백산에서 흘러든 작은 개울이 모여 동진강을 만든다. 마침 밀물 때라 나룻가에 정박한 배가 강변으로 한 길이나 올라앉아 있었다.

강물과 들녘 그리고 바다가 만나는 동진나루의 넓은 평야에는 오동통 살이 오른 메뚜기 떼들이 논두렁 위로 바람을 몰고 뛰어다니고 서해와 맞닿은 동진강 끝자락의 갈대밭에서는 황새만큼이나 큰 날개를 펼친 물새들이 날아다녔다. 한번 날개를 펼치면 바다 위에 떠 있는 작은 돛배 같은 계화도로 단번에 날아갈 것 같았다.

송계는 나루터 주막에서 밤을 보내고 내일 아침 물이 빠지면 계화도로 갈 계획이었다. 저녁상을 물리던 주막의 주인이 말을 걸어왔다.

"말린 망둥어를 다 드셨네요. 화도의 가을철 별미는 말린 망둥어와 박대지요."

"예, 난생 처음 맛본 별미였습니다."

"선비님은 내일 아침 물이 빠지면 섬으로 걸어서 들어가셔요."

그는 송계가 계화도로 들어간다는 것쯤은 쉽게 짐작하는 듯했다. 그도 그럴 것이 주막에서 하루를 쉬어가는 사람들이 생각보다 많았고 집 주인은 행인의 차림새에 따라 어렵지 않게 여행객을 분별해 냈다. 상인이거나 계화도로 간재를 찾아가는 선비이거나…… 그의 경험치는 틀리지 않았다.

방 안에는 한참 동안 짭짤한 간 내음과 구운 생선 냄새가 밖에서 스며오는 갯냄새까지 뒤섞여 섬에 들어와 있음을 실감케 했다. 싫지 않았다. 망둥어 말린 것, 조린 병치와 구운 박대…… 익숙지 않은 낯선 남도의 밥상이 오랜만에 그의 입맛을 당겨줬다.

'넉넉한 밥상은 후한 인심에서 비롯되고 푸근한 인심은 당연히 물산에서 나는 것이지. 일찍이 맹자는 항산에 항심이 있다 하지 않았던가.'

송계는 혼잣말로 주인의 인심을 평하며 잠자리에 들었다.

이른 새벽 계화도 뒤쪽 산마루로 넘어간 해가 아직 돌아오질 않았다. 그런데도 주인이 물이 빠졌다고 알려왔다. 송계는 서둘러 여장을 꾸려 포구로 나갔다. 나루에서 강 하류를 따라 반 마장쯤 걸어가니 물이 빠진 바다가 보였다. 마을 사람들이 양산이라 부르는 곳이었다. 양산은 포구에서 계화도로 걸어 들어가는 출발점이었다. 썰물이 된 바닷속은 마치 강바닥 같았다. 바닷속의 뻘이 아니라 물기를 촉촉하게 안고 있는 자잘한 자갈밭이었다. 물이 떠난 바닷속에 넓은 자갈길이 열려 상상을 초월한 진기한 모습이 펼쳐졌다. 눈앞에서 출렁거리는 바닷물은 마치 스스로 물둑을 만들어 놓고는 밀려들지 않으려 버티는 듯했다.

신발과 버선을 벗어 바랑에 넣고 바짓가랑이를 둥둥 걷어 올린 송계는 조심스럽게 바다 안으로 걸어들어 갔다. 마을의 젊은 아낙들도 호미와 광주리를 들고 분주하게 앞다투어 나섰다. 그들은 생굴, 바지락과 생합을 따러 가는 참이었다. 두루마기 차림의 젊은 선비 두어 명은 아마도 송계 자신처럼 계화도로 들어가는 듯했다.

걸음을 옮겨놓을 때마다 계화도가 눈앞으로 성큼성큼 다가섰다. 송계는 여러 형상으로 와닿는 간재의 모습을 상상하니 가슴이 조이듯 설렜다.

계양재 앞에 이르자 송계는 가슴이 두근거리고 목에 침이 말랐다. 송계는 옷깃을 여미며 호흡을 가다듬었다. 행색이 그리 준걸하지 않음도 개의치 않았다. 송계는 신녕에서 계화도까지 찾아온 긴 시간의 피로감도 잊은 채 오로지 간재와 처음으로 대면한다는 데 온 정신을 집중하고 있었다.

계양재는 생각보다 부산하였다. 문간을 들락거리거나 혹은 마당으로 쏘다니는 젊은 학도들이 있는가 하면 서실에서 책 읽는 소리도 요란하게 들려왔다. 마치 꿀벌들이 벌통 앞에서 앵앵거리는 소리 같았다. 친근한 독경 소리에 평상심을 찾은 송계는 대문 기둥에 내붙은 주련 앞에서 한참 동안 서 있었다.

만겁종귀한국사　萬惻終歸韓國士

일생추부공문인　一生趨附孔門人

만 번을 겁탈하여도 나는 끝내 한국 선비로 돌아갈 것이고 일생을 공자의 문에 붙어살리라.

척화와 배일에서 단 한 치의 양보나 타협도 허락하지 않겠다는 간재의 비장한 결기가 담긴 어구다. 십여 년 전, 송계는 간재라는 존재를 처음 알았다. 하루는 아버지 소송거사가 송계를 불러 앉혔다.

"덕련아, 너도 이젠 장성했고 독서도 그만큼 했으니 입지할 나이에 이르렀다."

"예, 아버지. 불효자는 아직 이루지 못한 것이 너무 많습니다."

"집안 형편이 여유가 있었더라면 좋은 스승 아래서 너의 재능을 맘껏 발현할 수 있었을 텐데 내가 너를 뒷받침하지 못했다."

"아버지 마음을 제가 어찌 모르겠습니까. 아버지가 곧 소자의 스승이었으니 조금도 부족함이 없습니다. 먼 옛날 점필재는 김숙자에게 배웠고, 또한 갈암도 이시명에게 적전했습니다. 모두들 자신들의 아버지에게 도학을 공부하고 큰 인물이 되지 않았습니까. 인물됨이란 자기 그릇을 다듬어나가기에 달렸다고 생각합니다."

"그래, 군자불기란 말을 굳이 옛말이라고 해야만 하겠는가. 네가 그렇게 생각해주니 아버지도 마음이 놓인다."

소송거사는 장성한 아들에게 공자의 군자불기(君子不器)를 다시 꼼꼼하게 일러주었다.

"군자는 결코 그릇이 아니다. 고정된 존재가 아니라는 뜻이다. 군자가 추구하는 공부는 기능적이고 기술적인 것으로부터 벗어나 백성들에게 덕을 베풀고, 세상을 경영하는 도심을 기르는 것이다."

"예, 아버지. 저도 경(敬)을 다잡아서 내면을 곧게 하고, 의(義)를 지켜 외양을 반듯하게 하는 가운데 도심을 길러낼 것입니다."

"암, 그래야지. 그래야 하고말고."

"……"

"그리고 덕련아! 이참에 한 가지 보여줄 게 있다."

"무엇인가요?"

"이것을 보거라. 포고문이나 다름없는 상소문이다. 전라도 부안의 간재 전우* 선생이 얼마 전에 임금에게 올린 상소문이다.

---

*── 간재 전우(田愚, 1841~1922)는 율곡-송시열을 잇는 주기론의 학자로 일제강점 이후 계화도에서 강학했다.

소송거사는 을사늑약에 항거하는 전간재의 상소문을 아들에게 펴 보였다.

엎드려 생각하여보니 옛날부터 제황이 국가를 경영하다 변란을 당하면 강상(綱常)으로써 근본을 삼지 아니함이 없었습니다. 대체 강상이란 천지의 기둥이며 백성의 근간입니다. 강상이 확립되면 국가가 편안하고 황실이 존엄하게 되는 반면에 강상이 무너지면 국가가 위태롭고 황실 또한 무너지고 맙니다. 최근의 변고는 그것을 손바닥 보듯 볼 수 있게 합니다.

…… 신, 우가 생각해 보건대 우리의 바른 예의를 저버리고 원수의 힘을 빌린다면 평화가 결코 영원할 수 없거니와 황실 또한 결코 존엄할 수 없습니다. 때문에 폐하께서 두세 차례나 엄중하게 거절하였고 심지어 '차라리 종묘사직에서 순절할지언정 절대로 인준할 수 없다'고까지 말씀하셨는데 그것은 참으로 거룩한 일입니다. 진정 천하 고금에 상하로 정정 당당한 바른 도리입니다.

…… 조정의 신료들은 더욱 온 정성을 다해서 봉행하고 죽음에 이르도록 변치 않아야 하는데 지금 도리어 사사로이 인준해 주었으니 이는 곧 임금을 버리고 나라를 팔아먹은 난적들입니다. 저들이 진정 강상을 위배할 수 없다는 것을 알았다면 어찌 감히 임금이 사직에 나아가 순절할지언정 따르지 않겠다는 말씀이 있었는데도 신이 된 자들이 먼저 머리를 숙이고서 인가를 써 준 변고가 있었겠습니까. 지금 우리나라 수많은 백성들이 속을 썩이고 이를 갈지 않

174

는 사람이 없습니다. 모두들 여러 역적들의 살을 씹어 먹고 이등박문의 시체를 갈기갈기 찢어버리고 싶어 합니다. ……

충성심과 분노에 차다 못해 피를 토하듯이 써내려간 간재의 글을 읽었다. 부러질 것 같은 날이 번뜩이는 주장이었다. 그야말로 강상이 무너지는 소리에 스물네 살의 송계의 손도 부들부들 떨렸다.

"아버지, 기백과 의리가 대단한 선비네요. 소자 전간재 선생에 대해 처음 듣습니다만 문장에서 그 어른의 청절함이 보입니다."

"좌도에는 그리 알려지지 않은 학자다만 영남에 면우 곽종석이 있다면 호남에 간재가 있다고 말할 정도로 걸출한 선비다. 면우도 도를 좇는 고결한 간재의 뜻을 우러러 흠모한다고 한 적이 있단다."

"진정 큰 선비군요."

"간재는 율곡과 우암의 학통을 잇는 주기학의 선비로 도학 정신이 투철한 분이시란다. 이 아비는 장차 네가 꼭 스승으로 모시고 가르침을 받기를 소원한다."

소송거사가 아들 송계 앞에 내 보인 상소문은 을사늑약을 체결한 일본에 대한 분노는 물론 그 앞잡이 을사적신들의 목을 베라고 하는 강경한 글이었다.

송계는 그날 이후 간재를 가슴에 품고 살았다. 언젠가 사제의 예로써 청문을 해야겠다는 결심을 하고 근 10여 년을 밝은 아침을 기다리는 심정으로 심지를 기다려왔다. 그렇게 긴 세월 동안 기다렸던 송계지만 막상 계양재 문간에 도착하고 나니 쉬이 그 문지방을 넘어설 수가 없었다. 간재라는 한 위인의 무게가 송계를 압도하고 있었다.

전주에서 태어난 간재 전우는 스무 살을 넘어설 무렵 스승 전재 임헌회를 만나면서 학자로서 자신의 미래를 결심하였다. 간재는 율곡에 이어 우암의 학맥을 좇는 거유 홍직필의 제자인 구암 신응 조를 찾아갔으나 구암은 다시 동학이던 임전재를 추천하여 그 문하에서 공부하게 되었다.

간재는 '내 삶에서 출사란 의미가 없다. 학문에 매진하리라. 기울어져 가는 세상사를 내가 오로지 내성외학으로 바로잡아보리라.'며 거듭 다짐하였다.

을사늑약의 상소가 받아들여지지 않고 이어 국권피탈이라는 돌이킬 수 없는 치욕을 당하게 되자 간재는 더 이상 울분을 참을 수가 없었다. 몰려드는 제자들은 간재의 결심만 바라보고 있었다.

"선생님, 이제 어떻게 하시렵니까."

"나는 공자의 생각을 받들기로 하였네. 도란 행함이 없으면 뗏목을 타고 바다로 나감과 같다고 하지 않았는가."

일본의 눈길에서 벗어나려 한 것이었다. 간재는 그 길로 서해의 절해고도인 왕등도와 신시도 등에서 3년간 머물다가 주변의 권유에 따라 육지와 조금 가까운 계화도로 옮겼다. 그리고 양지바른 곳을 찾아 계양재를 세우고 연구와 강학에 전념하였다.

간재가 머문 부안의 서쪽 끝단 작은 섬마을, 계화도에는 전국에서 청년들이 찾아들었다. 계화도 양지마을은 삽시간에 학자촌이 되었다. 간재는 자신의 배일정신을 극명하게 드러낸 그 글귀를 기둥에 써 붙여 날며 들며 새기면서 제자들을 훈도했다.

'나는 계화도(界火島)를 스스로 계화도(繼華島)로 바꿔 부르리라. 나라는 망하더라도 도학을 일으켜 반드시 국권을 회복할 것이다.'

송명대의 학문적인 맥과 정신을 이어나가겠다는 뜻이다. 간재의 이러한 선택에 대해 모든 사람들이 다 공감하는 것은 아니었다.

"간재, 당신은 일제가 조국 강토를 도적질해 가는데 어찌 가만히 앉아 글이나 읽으며 대적할 생각은 않는가?"

이런 비판과 희망에 대해 간재는 결연한 자기 생각을 내놓았다.

"나는 투쟁가가 아니라 사상가요 교육자로 남을 것이다. 공자의 예와 도로써 제자들에게 배일사상을 주지시켜 후일을 도모하기 위해 정신무장을 하게 하리라."

마침내 송계는 간재와 마주하게 되었다. 일흔의 노선비는 여느 학인을 맞이하듯이 송계의 인사를 받았지만 풍기에서 준비한 예물을 앞에 놓고 간재 앞에 엎드린 송계의 감격은 남달랐다.

간재의 일상은 지극히 단순하고 단정했다. 독서와 사색과 집필 그리고 학인들과의 강론이 전부였다. 삶의 공간도 그것을 벗어나지 않거니와 일상의 활동과 의식생활도 그러했다. 언제나 까만 정자관을 쓰고 세포로 지은 심의를 입고 생활했으며 강학을 하거나 독서를 할 때 혹은 산책을 나갈 때도 그 복장에 변함이 없었다.

간재는 종종 양지마을 뒷산을 걷기도 했는데 그때가 운동을 겸한 사유의 시간이었다. 어느 날 송계는 간재를 따라 뒷산 망화봉에 올랐다. 사제의 예를 마친 뒤 첫 나들이였다. 모란꽃 봉오리만한 작은 동네 뒷산을 간재가 그렇게 이름 붙였던 곳이다. 입동이 지난 산정 위로 말갛게 씻긴 해가 가을빛을 대신하여 바다를 붉게 물들이고 있었다. 산꼭대기에 오른 간재는 송계를 나직이 불러 세웠다.

"한 군, 저 먼 바다가 보이는가. 무위의 출렁거림 같네."

"주인이 없는 망망대해라 바람의 작위에 불과하지요."

"그래 그렇지. 하늘의 작위일 뿐이지. 그러니까 무위에 맡겨둬야 하는 것인데 내가 계화도를 버려두지를 않았네 그려. 내 발길 머문 곳을 하나하나 계화십승이라 이름 붙여버렸으니 말일세. 단심대, 청풍대, 탁족탄… 수월담에 이르기까지."

"그것까지 어디 작위라 할 수 있겠습니까. 물의 명칭과 의미는 그 또한 이(理)의 영역이 아니겠습니까?"

간재는 사람을 바라보는 눈매가 매섭고 빛이 형형하지만 그 끝자락에는 따뜻함과 관용이 흘러내렸다. 그 눈을 감싼 눈썹은 양끝이 치켜든 듯하고 콧날이 유독 굳건하게 양 볼을 받치고 있었다. 장중한 모습이었다.

송계는 자신의 이야기에 귀 기울이며 다순 봄빛 같은 눈길을 보내주는 스승이 좋았다. 금파를 안고 출렁거리는 바닷속의 계화도는 바깥세상과 동떨어진 별천지였다.

양지마을에는 늘 갯내음이 풍긴다. 물이 빠지고 나면 마을 사람들은 물론 계양재 학인들의 표정이나 행동도 바빠진다. 갯벌만 남기고 빠져나간 빈 바다는 물이 밀려들고 출렁거리는 바다와 다르게 날아드는 바닷새들조차 풍년을 만난 듯 나래짓이 가벼워진다.

날이 갈수록 송계는 갯내음이 그리 낯설지 않게 여겨졌다. 그만큼 간재와 대화의 기회도 잦았다.

"지난 을사년을 전후하여 전국의 많은 선비들이 나라 걱정을 앉아서 할 수 없다 하여 의병을 일으키고 몸소 일제와 맞섰습니다. 젊은 저로선 항거와 은둔 중 어떤 선택이 의로울지 무척이나 많은 번민을 했습니다."

"자신이 닦은 정신과 구비한 역량에 따라 선택할 일이 아닌가. 나는 생각이 분명하네. 지난 을사년 수치에 나는 식음을 전폐하고 몇 날을 통곡하면서 살았네. 방방곡곡의 많은 선비들도 의분에 못 이겨 피를 토하고 눈물을 흘렸다네. 그러나 눈앞의 위태로움만을 알고 나라의 참된 힘이 무엇인가를 깨닫지 못하면 그것은 총칼 앞에 헛되이 목숨을 버리는 일이 아니겠는가. 나라가 어려울 때일수록 몸과 마음을 올바로 가다듬고 신명을 다하여 학문을 닦아 훗날을 대비해야 하네. 뜻을 놓지 않는다면 1년 혹은 2년, 나아가 10년 20년 후 어느 때인가 우리의 힘으로 다시 이룰 수 있지 않겠는가."

"예, 도학을 지키고 성장시킴이 곧 장차 나라를 구하는 길이라는 스승님의 뜻을 잘 받들겠습니다."

"이보게 한 군, 5백 년 종사도 중요하지만 3천 년 도통을 잇는 것이 더 소중하네. 무가치하게 목숨을 버리지 말고 학문을 일으켜 도로써 나라를 찾아야 할 것이네. 나는 도를 지키는 일이 모든 것에 우선되어야 한다고 보네. 국권을 회복한다면서 외세와 손잡게 되면 이는 나라를 회복하기 이전에 내 몸이 먼저 이적이 되는 것이니 이는 절대로 받아들일 수 없는 일일세.”

간재는 스승으로서 제자에게 말하는 것이 아니라 자식에게 타이르듯이, 천천히 그러나 힘주어 말했다. 송계는 지난날 아버지가 간재를 찾아가라고 했던 그 깊은 뜻을 비로소 알 것 같았다. 간재의 묵직하고 단단한 언변이 번뇌에 휩싸인 자신의 선택과 진로를 명징하게 해 주고 있었다.

송계는 간재와 하루하루 보내는 시간이 절박하리만큼 소중하였다. 간재는 송계 자신의 학문적 궁리와 궁금증을 해결할 수 있는 실마리를 한 가닥씩 끄집어내 풀어주었다.

“선생님, 유자를 평가할 때 흔히 학행이 돈독하다고 극찬하고 나아가 천거하기도 합니다. 학과 행 어느 것을 우선하여야 합니까?”

“여러 가지로 생각할 수가 있지. 학이 추구하여야 할 무한의 세계라면 행은 실제의 세계 아니겠는가. 예컨대 학이 예라면 행은 예를 바탕으로 하는 실천행동일 것이네. 또한 학을 거경이라 한다면 행은 곧 궁리일 것이야. 올바른 유자가 나아갈 길은 학에 있지. 학이 바로 서면 행은 자연 따라오는 것 아니겠는가. 그게 곧 도를 지키는 것이고 의리를 행하는 태도일세.”

“선생님은 실로 의리를 숭상하는 분이십니다. 주자 이래 우리나라의 정암, 퇴계와 율곡 그리고 사계와 우암을 높이 칭송하고 특히 그 다섯 분을 동방의리의 사표로 삼아 그분들의 가르침을 선록하여 『오현수언』을 편찬하지 않았습니까? 그런데 조선의 오현을 말씀하시면서 우암으로 한정하는 것은 주기학에 지나치게 무게를 두는 생각이 아니시온지요?"

"허허, 한 군! 그렇다고 살아있는 면우를 드러낼 수야 없지 않은가."

간재는 자신의 논리에 굴절을 두지 않았다. 그는 수천 년을 이어 내려 갈 도학의 계봉이 자신에게 쥐어져 있다는 믿음에 흔들림이 없었다. 간재는 소용돌이치듯 하는 세상의 변화를 알고 있었다. 그 속에서 자신은 도학을 탐구하고 후학들에게 전승하여야 할 마지막 소임자라고 확신하고 있었다. 간재는 정통 유학의 중흥만이 망가진 국권을 회복하는 유일한 길이라 굳게 믿고 있었다.

계화도의 하루하루가 잘도 흘러갔다. 이제 송계는 낯선 바다가 고향 산처럼 눈에 익었다. 송계는 서서히 계양재를 떠날 채비를 꾸렸다.

송계가 계화도에 머문 기간은 불과 이레 남짓한 짧은 날이지만 간재와 토론하며 지낸 일상은 마치 7년여 긴 세월 동안 스승으로부터 도학을 사사받은 듯했다. 더없이 귀한 시간이었다. 가까이에서 보면 볼수록 간재의 모습은 웅혼했다. 송계가 보고 느낀 그의 인간상은 한 그루의 청솔 같았다. 구름에 걸린 듯 높지만 그가 만들어낸 그늘은 한없이 낮아서 뭇사람들이 쉴 수가 있었다. 그의 삶이 단순하지만 진퇴에 걸림이 없고 포용에 경계가 없어 마치 공자의 상을 보는 듯했다. 그동안 함께한 일상과 대화에서 얻은 가르침으로 크나큰 깨달음을 주었으니 일생의 영광이 아닐 수 없었다. 세상과 학문과 사람을 이해하는 간재의 소중한 가르침은 송계에게 인식의 지평을 넓히는 계기가 되기에 충분하였다.

송계는 자신에게 던졌던 학문과 미래에 대한 수많은 의구심이 조금씩 풀리는 것 같았다. 간재와 함께한 일상을 통해 간재의 숙기가 송계에게 마치 전류처럼 전해져 부족한 자신의 준거를 되돌아보고 자기 정립과 성찰의 기준을 잡게 해주었다.

송계는 간재에게 받은 감화를 시로 남기고 작별 인사를 올렸다.

아주 넓게 흘러와서 하나의 기운 담아 평평한데

때에 따라 나아가고 물러나니 놀랄 일 따로 없네

위아래 바람과 구름 끝까지 포용하고

동서로 해와 달의 정기 함께 받아들이네

배와 노 먼 길 통하게 할 수 있고

물고기와 소금 또한 뭇 생명 구제할 수 있다네

온갖 물 거두어들이니 결국 하나로 돌아가고

공자께서 집대성하심 상상해보네

浩浩然來一氣平　隨時進退不須驚

包容上下風雲際　精洽受東西日月

舟檝便能通遠路　魚鹽亦何濟群生

收來萬水終歸一　像想宣尼集大成

　　섬사람들은 이미 겨우살이로 들어갔다. 백합 따기와 우럭 낚아
내는 손들이 분주하였다. 출렁거리는 바닷소리가 거칠어져 갔다.

　　송계는 이미 양지마을을 벗어나 배에 올랐지만 마음속에는 그
작은 섬과 섬보다 크고 넓은 계화재를 가슴 속에 품고 바다를 건
너고 있었다. 그런데 송계의 가슴 한편에 스승 간재에게 미처 묻지
못한 질문 하나가 맴돌았다.

　　"선생님은 분명 낙론의 후대를 잇는 분입니다. 낙론이 지향하는
이념은 포용과 변화를 수용하는 반면 선생님은 오히려 배일척사에
중심을 두는 까닭은 무엇인가요? 그러면서도 또한 거병 등 현실에
참여하는 데에는 왜 몸을 감추시는가요?"

　　송계는 자신의 질문에 간재의 대답이 못내 궁금했다.

　　효종 이래 집권세력이던 노론이 두 동강 난 실마리가 곧 호락논
쟁이다. 역사의 물줄기를 바꾸는 단초는 언제나 보잘것없이 미미
한 데서 비롯된다. 하루는 송시열을 잇는 수암 권상하의 제자들이
모여 담소를 즐겼다. 자리의 열기가 오르면서 한원진과 이간이 서
로 다른 견해를 내놓은 주제에 이르게 된다.

　　사람과 동물 간의 성이 같은가, 다른가의 문제였다. 즉 인물성동
이(人物性同異)의 주제에 대하여 한원진은 당연히 다르다고 주장한

반면 이간은 같다고 주장한다. 전자는 태극에서 시작된 만물은 그 기질에 따라 근본이 다르다고 한 반면 후자는 하늘로부터 받은 성은 동일하나 사람은 동물에 비하여 그 유지하는 방식이 다를 뿐이라고 했다.

여기서 스승인 수암이 한원진의 주장인 이론(異論)을 지지하면서 그 논쟁은 일단락 났는가 했는데 얼마간 시간이 지나자 경기 지역의 노론학자들이 이간의 논리에 공감하면서 상황이 달라진다. 이 논쟁은 이론을 주장한 수암과 한원진은 충청권의 지지를 받는 호론으로, 동론(同論)을 주장한 김창협과 이재 등 경기권의 선비들이 함께하여 낙론으로 양분된다.

이 논변은 단순 학문적인 논리 대립으로 종식되지 않고 정치적 파쟁을 낳고 말았다. 인물의 구별은 물론이고 성인과 보통사람의 구분이 전제되는 사상인 호론은 친명 지향의 대의명분을 중시하는 수구적인 입장이고 반면에 낙론은 서세동점의 사회 변화를 인식하고 신기술을 수용하는 등 현실적이고 실리적인 입장이다. 홍직필을 거쳐 임헌회의 뒤를 이은 전우는 낙론의 최후 선비로 세간에 알려져 있다.

그런 학맥 속에 있는 간재는 척사를 외치고 일제의 전횡에 분노하면서도 최익현처럼 항일에 몸을 던지지는 않았다. 간재는 스스로 '도학의 전승이 우선한다'고 했지만 송계는 여전히 그 의문이 남아있었다.

구름 떼가 햇살을 싣고 물길을 따라 건넜다. 계화도가 송계의 눈으로부터 점차 멀어져갔다. 송계는 간재에게 자신의 작은 흔적을 남기고 자신은 간재의 크나큰 유향을 품고 떠나간다. 송계는 부안을 거쳐 넓은 익산 들판을 지루하도록 걸었다. 익산 들에서는 해가 논 사이에서 떠오르고 저렇게 빈 논두렁 위로 여유롭게 지나가서 들판 사이 어디론가 져버린다.

화산정 위로 해가 뜨고 팔공산 자락에 산그늘이 내리면 밤인 줄 알고 살았던 송계이지만 이제 이곳 산천의 풍경이 그리 낯설지 않았다. 송계는 함양을 향해 이런저런 생각의 무거운 짐을 진 채 말없이 걷기만 하였다.

드디어 육십령 고갯길을 앞두고 송계는 가쁜 숨을 길게 내쉬었다. 고갯길은 진안을 넘어 함양 안의로 들어서는 길로 신작로를 낼 만큼 손길이 미치지 못한 외진 곳이었다. 겨우 말 한 필이 다닐만한 좁은 길로 들어섰다. 다듬어지지 않은 채 바위와 숲으로 가려지고 꾸불꾸불한 고갯길은 가도 가도 끝을 보여주지 않았다.

덕유산 남쪽으로 구름에 맞닿을 듯 높고 험한 바위산들이 송계를 압도하면서 영호남을 가르는 산지들이 눈앞을 가로막아 섰다. 거망산이 부드러운 육산이라면 황석산은 칼날 같은 바위군으로 이뤄진 험지 중의 험지였다.

예부터 영남으로 들어서는 추풍령과 조령 그리고 죽령 그 모두가 충청도를 거치는 길이건만 호남에서 영남으로 열린 길은 황석산

고갯길 육십령을 넘어야 했다. 이곳은 영호남 간 관문이기도 했다.

송계는 고갯마루에 짐을 내리고 눈앞의 황석산을 바라보았다. 산은 이미 겨울이 내린 듯 황량했다. 경남 땅은 송계에게 선현을 찾아 나선 긴 여정의 마지막 지역이었다. 산정은 거칠고 굵은 돌들을 고스란히 드러내고 있어 냉정함과 위엄이 동시에 느껴졌다.

그 옛날의 안음 현감 곽준과 함양 군수 조종도가 여전히 산성을 지키고 있을 것만 같았다.

정유년 재란이 일어난 여름, 체찰사 이원익과 도원수 권율은 경상도 지역의 경계를 견고하게 하기 위하여 팔공산과 금오산 그리고 부산 등지에 산성을 쌓게 했다. 그리고 이웃 고을의 살림살이와 양곡을 모두 모아 그 속에 채워 두고, 지역 수령들을 시켜 남녀노소 모두 산성으로 들어가 지키게 하였다.

그러나 적의 움직임이 심상치 않았다. 왜장 가토 기요마사는 서생포에서 전라도로 진격하여 장차 고니시 유키나가가 몰고 올 수군과 합류해 남원을 공격할 것이라는 소문이 돌았다. 실로 왜군의 위세에 모두들 두려워하고 있을 때 유독 곽재우는 죽음을 각오하고 창녕의 화왕산성을 굳게 지켰고 결국 왜군도 곽재우를 넘보지 못하고 물러섰다.

그때, 현감 곽준은 경상과 전라도를 경계하는 황석산성을 지키고 있었다.

"나는 왜놈의 목을 베고 산성에서 죽을 것이요."

곽준의 결기는 단호했다.

"도망치고 숨는 무리와 같이 풀숲에서 죽을 수는 없다. 죽는다면 단연코 분명하게 죽을 뿐이다."

군수를 지낸 조종도 역시 곽준을 따랐다.

곽준과 조종도는 인근 일곱 개 고을의 백성 3천여 명과 함께 왜군에 맞섰다. 날아드는 조총을 활과 창칼 혹은 돌덩이로 대항하고 육박전을 불사했다.

당시, 함께 수성하던 전 김해 부사 백사림이 그만 겁을 먹고 도망쳐 모든 부대가 사기를 잃고 무너져 있을 때 곽준은 흔들리지 않고 분전하였다. 그러나 두 아들과 사위까지 함께 전선을 지켰지만 모두 전사하고 딸마저도 스스로 목숨을 끊었다. 조종도 역시 성내에 머물던 아내와 어린 자식을 자기 손으로 죽여야 했던 비통함을 안은 채 고을의 주민들을 이끌고 산성으로 들어와 왜군에 맞서 항전하다 죽었다.

그 후 황석산은 함양 안의 사람들의 지조와 절개를 지켜준 충의의 징표가 되었다. 주민들은 산정의 북쪽 바위벼랑을 피바위라 부르기를 매우 자랑스러워하였다.

송계는 황석산, 육십령을 떠나면서 곽준과 조종도 그리고 피 흘려 죽은 수많은 영혼들에게 묵념을 잊지 않았다.

'충이란 무엇인가. 나를 바치는 것이로다. 하나 밖에 없는 귀한 내 목숨을 군주를 위하여, 백성을 위하여, 의를 위하여 망설이지

않고 바치는 행동이로다.'

송계는 지난날의 의로운 선비들의 목숨이 헛되지 않았기에 오늘날 자신이 살고 있다는 생각을 지울 수가 없었다.

함양읍에 들어온 송계는 기왕의 걸음이라 동방오현 일두 정여창 선생을 모신 남계서원 묘당을 참배할 생각이었다. 그리고 아울러 그 길목에 있는 사근역을 둘러보고 싶었다. 몇 해 전에 상구가 들려준 사근도 역참에 관한 이야기를 송계는 잊지 않고 있었다. 상구는 자신의 증조부가 신녕 장수도로 오기 전 사근도 역노였다는 것과 사근도에 내려오는 전설 같은 연가가 있다는 이야기를 자랑 삼아 들려주었다.

경상 우도의 교통을 책임지던 사근도는 동으로 경주, 서로 호남, 남으로 진주 그리고 북으로 상주를 거쳐 한양으로 가는 교통의 요충지다. 그랬던 만큼 사근도는 수십 곳의 속역을 거느린 큰 역참이었다.

역이 완전 폐쇄된 지 그리 오랜 세월이 지나지 않았지만 사근역은 이미 융성했던 지난날을 뒤로 묻고 쇠락해가는 모습이 역력했다. 진주로 가는 경상우도의 중심 신작로가 함양 읍내로 개설되자 사근역은 더 이상 그 역할을 잃은 채 외지고 무용한 곳이 되어갔다.

'말 울음 소리가 사람 사는 생기를 돋우어 주었을 텐데⋯⋯.'

송계는 역참이 있었던 수동 삼거리를 지나면서 상구가 들려준 못다 이룬 사랑가 〈월명총가〉를 떠올려본다.

무덤 위에 연리지 푸르구나

길손이 그를 위해 화산가를 부른다

지금도 달 없으면 여우가 우는데

꽃다운 넋은 나비되어 날고 있겠지

옛날, 사근도역에서 쉬어가던 한 나그네가 있었다. 훤칠한 그 선비는 백옥처럼 미색이 빼어난 역녀 월명과 하룻밤의 밀월을 보냈다. 그날 이후 월명은 그 선비를 그리워하다 못해 그만 상사병에 걸려 죽고 말았다. 선비 역시 월명을 잊을 수가 없어 다시 사근도를 찾아왔지만 이미 월명은 한 줌의 흙무덤이 되어 있었다. 길손 또한 더 이상 살아갈 기운을 잃고 그만 월명을 따라 죽어 버렸다. 마을에서는 그 두 남녀가 함께 묻힌 무덤을 월명총이라 부르고 점필재가 비련을 담은 월명총가를 지어 바쳤다고 한다.

애잔한 전설 탓인지 사근도에서 쉬어가는 길손들은 너나 할 것 없이 월명총을 찾아 월명의 사랑가를 부르면서 객창의 쓸쓸함을 달래곤 했단다.

송계는 남계서원으로 걸음을 재촉했다. 해는 이미 중천을 지나 포시(오후 나절)에 가까운 시각에 이르렀다. 남계서원은 소수서원에 이어 두 번째로 오래된 서원이다. 문루인 영풍루 북쪽으로 높은 언덕에 우뚝 선 강당의 위용이 돋보였다. 송계는 여느 서원의 편액과 달리 南溪(남계)와 書院(서원), 두 단어를 각각 띄어 써 붙인 명성당

처마 아래를 유심히 바라보았다.

'묵직하게 눌러쓴 필적이 중압감이 있구나. 어디 필선뿐이랴. 강당 이름과 양쪽 재호의 의미 또한 내가 한평생 도달해야 할 그곳이 아닌가.'

송계는 편액들의 의미를 새겨보았다. 명성이란 참된 것을 밝히는 것을 말했다. 그런가 하면 대청마루를 끼고 있는 동쪽 방을 집의, 서쪽 방을 거경이라 했다.

'경(敬)을 다잡고 의(義)를 모아 마침내 참을 밝혀야 한다. 그러고 보면 나의 공부는 아직도 멀기만 하구나.'

아울러 『심경』의 첫구를 떠올리면서 자신을 또다시 새김질하였다.

사람의 마음이란 오직 위태위태한 반면에
도리의 마음은 오직 잘 드러나지 않는다.
그 도리를 다 하려면 정밀하게 살피고
한결같음을 잃지 말고 진실로
그 한가운데를 바로잡고 나가야 한다.
人心惟危　道心惟微
惟精惟一　允執闕中

마음을 기르는 구도의 길이 멀고 먼 길이라는 것이 굳이 송계에게만 해당되는 일이 아니건만 매순간 스스로를 반추하게 된다. 송계는 내삼문으로 걸음을 옮겼다.

묘당은 영풍루 외삼문에서 바라보는 북쪽 직선상에 놓여있었다. 외삼문 안의 신도를 따라 걸어 들어서면 한 치의 빗나감도 없이 내삼문 죽담에 오를 수 있는 공간 구조였다.

"비록 뜻을 다 펼치지 못하였지만 후세인들은 선생님의 높은 의리를 압니다. 편히 영면하시옵소서."

송계는 일두의 강직한 빛이 어린 초상과 위패 앞에 엎드려 축을 올렸다.

일두 정여창은 한원당 김굉필과 함께 점필재 김종직의 제자다. 조선 땅 널리 도학을 펼치려 했던 그는 4백 년 전 무오사화에 연루되어 함경도에서 유배생활을 했고 죽은 뒤 갑자사화 때는 부관참시를 당하기까지 했다.

일두는 한결같이 도학을 구현하여 왕도정치를 실현하고자 하였기에 조선의 선유들은 일두를 도학의 정통 계승자로 인정했다. 그를 김굉필, 조광조, 이언적 그리고 이황과 더불어 동방오현으로 칭송하고 성균관의 문묘에 배향하기로 했다. 송계가 일두의 위패 앞에서 송사하듯 축을 드린 뜻 또한 거기에 있었다.

함양 상림 숲 마을에서 하루를 쉬었다. 함양 태수로 있던 최치원이 조성했다고 전해지는 상림은 그 폭이 넓고 숲길이 길다. 읍성 내로 가로질러 흘러내리던 위천의 물길을 막아 범람을 방재하고자 치수의 한 방편으로 조성된 숲이다. 참나무, 측백나무, 노간주,

백동나무 등 수많은 수종들이 어우러진 수림이 장관을 이루고 있었다.

하룻밤 곤히 잠든 사이 달콤한 꿈길도 펼쳐졌다. 백호를 타고 물길을 가르면서 간재를 따라가고 있었다. 일상의 산길을 벗어나 험난하고 좁은 길을 지나 도원에 이르렀다. 도화 만발한 무릉도원에서 춤사위를 벌였다. 야릇한 꿈자리였다.

문풍지 떠는 소리에 일어나 앉았다. 자리끼 물을 한 모금 마시고 생각하니 그새 입동을 훌쩍 넘어서 집을 떠난 지 석 달이 가까워짐을 문득 깨달았다.

송계는 서둘러 거창으로 떠났다. 함양서 가북의 다바지마을(다전)까지는 안의와 임수를 거쳐 가야 하는데 마침 지나가는 목탄차를 만나 가조까지 쉽게 갈 수 있었다.

거창 읍내를 벗어나 충천고개를 넘어서자 송계는 안도의 숨을 내쉬었다. 면우 선생을 친견하는 일은 송계에게 간재 못지않게 배움을 얻고자 하는 바람이 컸다. 마침 봉화 권성재 선생의 추천도 있었기에 면우와의 상면은 아주 자연스러울 것으로 예견했다.

면우는 비록 산청에서 태어났지만 세상 사람들은 모두들 거창 사람으로 알고 있었다. 이십여 년 전 갑오개혁을 겪고 나자 김해에 사는 면우의 제자 김다봉 삼형제가 면우를 찾아왔다. 가조현이 고향이던 그들은 면우에게 각별한 청을 내놓았다.

"선생님, 세상사가 어지러운데 선생님께서 은거하여 있을 만한 곳이 있어 저희가 마련했습니다."

김씨 삼형제는 스승 앞에서 응석을 부리듯이 막무가내였다. 그들은 스승의 심정을 누구보다 잘 알고 있었다. 급변하는 세상의 물결에 휩쓸리기를 싫어하고 오로지 독서와 강학에 중심을 두고 있는 면우의 성심을 깊이 존경하는 제자들이었다.

　"어디 그럴 만한 곳이 있던가? 여기 산청보다 더 오지가 있을라고?"

　"예, 가조현입니다. 마을 북쪽으로 가야산이 있고 남쪽 멀리 오도산이 바라보이는 아주 험한 산중 마을입니다. 산이 깊은 만큼 하늘이 푸르고 협소한 골짝입니다. 중촌동에 있는 다바지라고 부르는 곳이지요."

　중촌동은 지난해까지만 하여도 가조현 중촌동 지역이었으나 행정개편 이후 가북면이 된 마을이다. 중촌동을 이루는 일곱 개의 작은 자연 마을중의 하나가 다바지다. 산비탈에 화전을 이루면서 사는 첩첩 산중으로 뒷산엔 댓잎이 서걱거리고 솔바람 따라 부엉이가 우는 두메산골이다.

　나이 쉰에 접어들던 면우는 제자들의 권유에 따라 다바지마을로 들어와 움집 같은 서당, 여재(如齋)를 열었다. 마치 세상을 등진 사람처럼 독서와 강학으로 일상을 보냈다. 날이 갈수록 작고 좁은 공간이지만 수많은 학동들이 줄을 지어 찾아들었다. 다봉 형제들도 한결같이 스승의 불편을 살피고 크고 작은 서당 살림을 꾸려 나갔다. 송계가 다바지의 여재를 찾아갈 무렵 면우는 이미 거창 사람이 되어 있었다.

"봉화 유곡의 권성재 공께서 안부와 함께 선생님을 뵈라 일렀습니다."

"잘 왔네. 다바지가 마치 저자 골목 같지? 여재에는 각 지역의 젊은이들이 다양하게 들어와 있네."

"무슨 말씀이신지요?"

"이곳 다바지에는 퇴계 문도는 말할 것도 없고 화서와 기호의 호락계의 젊은이들도 와 있네. 어디 그뿐인가. 강화학을 좇는 후예와 심지어 기독교 문화에 관심을 기울이는 학인들도 찾아온다네.*"

"그것이 곧 선생님의 학덕의 징표가 아닌가요?"

"그럴까? 다바지 산중에 묻힌 지 근 스무 해가 되어가네만 내 살아있는 숨소리는 걸림이 없지. 마음을 어디 그물로 채울 수가 있겠는가?"

"마음이 곧 천리라는 말씀이십니까?"

"마음이 우주 만물의 본체이고 주인이네."

면우는 젊은 날 한주 이진상을 찾아 수업을 받았다. 한주가 죽자 면우는 『한주집』을 편찬할 만큼 한주의 학문적 영향을 크게 받았다.

송계는 연전에 읽은 『한주집』을 떠올렸다. 한주는 주자와 퇴계

* —— 화서 이항로(1792~1868)는 위정척사와 의병항쟁의 사상적 기초를 다진 조선 후기의 선비다. 호락계란 송시열–권상하의 주기학을 잇는 호론계와 낙론계, 두 계파를 뜻한다. 강화학파란 18세기 정제두 등이 양명학을 수용하여 학문적 성과를 이룬 학파로 흔히들 조선적인 양명학이라고도 한다.

의 성리설을 학문의 중심축으로 삼고 매우 단계적이고 꼼꼼하게 탐구하였다. 그는 영남학자들로부터 외면당하고 매운 비판을 받으면서도 자신의 심즉이론(心卽理論)을 창도해 나갔다. 주자와 퇴계는 마음을 성(性)과 정(情)의 두 요소로 분리하여 도에 이르는 길은 정을 억제하고 본성으로 돌아가야 한다고 했다. 반면에 한주는 거기서 한 걸음 더 나아가 이 양자를 포괄하는 마음 전체의 모습을 이로 보았다. 심이 곧 성이고 성이 또한 이라 했다. 모든 실재는 마음으로 귀착한다고 보는 심일원적인 논리를 폈다.

한주의 학풍을 계승한 면우는 당연 심즉이론을 한 단계 더 확립시켜 마음을 곧 이성이자 도덕적 능력으로 보았다. 또한 면우는 학문에만 매몰되어 있지 않고 개항과 변화를 지켜보면서 시대적인 소명이라 할 도덕성 회복과 사회기강을 확립하는 데도 관심을 두고 있었다. 치욕적인 을미사변*이 일어나고 이어 을사늑약이 맺어지는 현실을 보면서 초야에 앉아 있지를 못했다. 매국적신을 처단할 것과 일본의 만행을 국제사회에 호소하는 데 앞장섰다. 그러나 그는 끝내 의병을 일으키는 것은 거절하였다. 물리적인 힘과 무력으로 대항하기를 부정하고 현실에 참여하되 도학으로 자강력을 기르는 길을 선택하였다.

면우는 어린 날부터 많은 일화를 가지고 살아왔다. 신동이라 일

---

* —— 1895년, 일본군에 의한 명성황후의 시해사건을 말한다.

컬어지던 그가 여남 살이 되었을 때 마을 앞 징검다리를 건너면서
『대학』을 송두리째 외었다든가 혹은 엿새 만에 『사서삼경』을 다
읽고 책 주인에게 되돌려 주었다는 이야기들이 자자하였다. 면우
의 총명함에 대한 이야기는 거기서 끝나지 않았다. 한참 세월이 흘
러 면우가 제자들을 가르치고 있을 때였다.

　철원 땅에 사는 김씨 성을 가진 사람이 조상이 만든 세 권의 책
을 선생에게 교정을 받아간 후에 김 씨의 집에 불이 나서 모든 가
재도구를 잃게 되었다. 그중에는 면우가 교정을 보아 준 세 권의
책도 포함되어 있었다. 김 씨는 조상들이 만든 책을 잃은 것이 원
통하여 시름에 잠겨 있다가 문득 면우를 찾아가 저간의 사정을 의
논하기로 하였다.

　"선생님, 실은 문제가 생겼습니다."

　김 씨의 처지를 자세하게 듣던 면우가 말했다.

　"책 세 권을 만들 종이를 구입하여 편철하여 오십시오."

　"그리하겠습니다만 그것이 무슨 해결책이 되겠습니까."

　"걱정 말고 삼 일 후에 찾으러 오시오."

　의아해 하면서도 김 씨는 빈 종이로 책 세 권을 매어 갖다 주고
삼 일 후에 다시 면우를 찾아갔다. 면우는 불에 타 버린 그 원본과
한 자 한 줄도 다름이 없는 서책을 김 씨 앞에 내놓았다. 물론 면우
는 자신이 교정했던 것도 종전 그대로 덧붙여 놓았다. 면우로부터
책을 받아 펼치던 김 씨는 감탄과 함께 감사의 눈물을 감추지 못하
였다.

그제야 많은 제자들도 말로만 듣던 스승의 능력에 경탄을 금치 못하였다는 참으로 믿기 어려운 성장기의 일화가 면우가 태어난 산청은 물론 다바지마을에까지 전해지고 있다.

송계는 생각할수록 면우는 자신과 다르게 선천적으로 재능을 타고 난 사람으로 여겨졌다.

'면우는 학이지지를 넘어 생이지지에 가까운 사람임에 틀림이 없어. 이런 생이지지자만이 도에 이를 수 있는 것은 아닌가.'

한번은 송계가 조심스럽게 여쭈었다.

"선생님, 소생처럼 아둔한 사람도 성현의 깨달음을 얻을 수가 있습니까?"

면우는 송계를 바라보면서 짧게 대답해주었다.

"성학은 적덕 과정이다."

송계는 면우의 대답을 곱씹었다. 덕을 쌓는 과정이 성학이라면 그야말로 하루아침에 이룰 수 없는 것이니 명석한 것만으로 도를 이룰 수 없다는 뜻이 아닌가 하고 해석했다. 정성을 기울여 배우고 그 배운 것을 독실하게 실행하는 가운데 덕이 쌓아진다는 의미다. 근원이 깊은 강물이 그 흐르는 강역을 비옥한 퇴적층으로 만들 듯이 송계는 자신이 구하고자 하는 성현의 길도 그와 같지 않을까 생각했다.

송계는 재차 자신에게 확고하게 말해주었다.

'곤이지지로 성현의 도를 얻지 못한다는 논변은 그 아무도 내놓지 않았다. 심지어 공자도 생이지지에 비하여 학이지지나 곤이지지를 폄하하지 않았다. 또한 지난날 서산의 『곤학론』의 근저도 마찬가지다. 인간이 지혜를 밝히고 도를 추구하는 것은 '수양한 만큼 만들어져 가는 과정'이 아닌가. 결코 타고난 결정론에 매달릴 수가 없는 법이다. 또한 어느 경전도 거경궁리를 할 수 있는 사람과 불가능한 사람으로 구별해 놓지 않았다. 성현이 되기 위해 지속적인 자기 수신으로 자기를 변화시켜 나가는 사람만이 그 궁극에 도달될 수가 있다. 그것이 곧 이를 좇는 유자의 삶의 태도가 아닌가. 그것이 바로 면우가 말하는 마음을 주인으로 삼는 일이다.'

송계는 면우를 자신과 차등되는 사람이나 신비한 능력을 가진 사람이 아니라 다만 자신과 다른 경험 세계를 가진 선비로 이해했다. 그런 면우와 마주 앉아 진지한 대화를 나누며 그의 경험 세계에서 우러난 훈기를 흡입하고 있었다. 그것만으로도 가르침이 되고 깨달음이 되어주었다.

'그래 마음이 나의 주인이야, 성현의 도를 구하는 내 마음이 내 주인이고말고.'

여재 문 밖을 나서며 송계는 계속 되뇌었다. 마치 하늘을 스쳐가는 한 줄기 빛을 본 듯한 치양지(致良知)의 감정이었다. 송계는 자신을 무한 긍정하고 싶었다. 쌀쌀한 산곡의 바람 기운이 자신감으로 충만해진 가슴을 채우고 갔다. 비록 긴 시간은 아니었지만 면우를 만나 자신을 바로 보고 바로 성찰하는 큰 배움의 기회를 얻은 열락이었다.

'이런 지혜의 감정을 두고 돈오점수라 하는 것일까?'

여재의 문틈으로 흘러나온 독경 소리가 율려처럼 들려왔다.

송계는 여행의 마지막 지역으로 나섰다. 중촌에서 30여 리 떨어
진 곳에 있는 가조의 모현정으로 향했다. 송계는 함양에서 탁영 김
일손을 모신 청계사를 그냥 지나친 것이 못내 아쉬워서 다시 청도
의 자계서원을 돌아 귀향할까 하고 망설이다가 모현정으로 발길을
옮겨놓았다.

남계서원과 청계사 그리고 모현정은 모두 영남 사류들의 흔적
과 숙기가 배어있는 곳이니만큼 모현정을 찾아가는 송계의 발걸음
은 자못 호기심으로 들떴다. 그렇다고 탁영의 흔적을 만날 수 있는
곳은 아니지만 송계는 그것으로 만족했다.

세운 지 그리 오래되지 않은 모현정은 그 내력과 의미가 깊은
곳이다. 점필재 김종직을 따르던 일두 정여창과 한원당 김굉필 그
리고 평촌 최숙량 이렇게 세 분이 그곳에서 함께 도학을 탐구했던
곳이기 때문이다. 마침 모현정은 송계가 신녕으로 되돌아오는 길
목에 있기에 그 찾아가는 걸음이 그리 어렵지 않았다.

가조 남쪽의 오도산에서 발원한 계류가 급하게 쏟아져 수포대
앞을 돌아 흘렀다. 잠깐 쉬어 갈듯이 맴돌던 물길은 다시 맑은 옥
류로 바뀌는데 구슬 빛 같은 그 물가에 모현정이 자리 잡고 있었
다. 멀리 뒤로 오도산이 좌선불처럼 내려다보고 있고 그 아래는 마
치 유혹이라도 하듯이 미녀봉이 둘러싸고 있다. 정사는 계곡 언덕
의 청솔가지에 앉은 한 마리의 학이 된 듯 바람을 타고 있었다.

"물 좋고 정자 좋은 곳이 바로 여기로군."

맑은 계곡의 물길을 따라 늦가을 단풍잎이 돛배가 되어 여울을 돌아 흐른다. 송계는 단풍잎 돛배에 마음을 실으며 지리산에 오르다 양단수의 물빛에 홀려 읊던 남명의 노래를 읊조렸다.

두류산 양단수를 예 듣고 이제 보니
도화 뜬 맑은 물에 산영조차 잠겨 세라
아희야 무릉이 어디뇨 나는 여긴가 하노라

정자에 올라서 보니 마루의 송진 내음이 여태 사라지지 않은 듯했다. 불과 20여 년 전, 갑오개혁으로 세상이 어수선하던 때 평촌의 후손들이 작은 재실을 내고 누각 형식의 정자를 마련하였다. 정면 세 칸, 측면 두 칸의 팔작집을 짓고 가운데 우물마루를 깔고 계자 난간을 둘렀다. 겹처마로 둘러낸 정자는 주변의 숲과 기막히게 조화를 이루고 있기에 따로 우두커니 서 있는 집이 아니라 한 그루의 노목 혹은 큼직한 선바위처럼 산의 식구가 되어 있었다. 정자 누마루에 앉은 송계는 자신마저 바위가 된 듯하였다.

도학을 좇던 세 사람은 오두산을 오도산으로 이름을 바꿔놓았다. '오로지 하나의 이치로 일관되게 꿰뚫어라(吾道一以貫之)'한 공자를 흠모하여 붙인 이름이다.

'그들 세 분의 현인 역시 공자에게 사숙을 받듯 그렇게 구인의 삶을 천착하였구나.'

묵상하고 일어나는 송계를 청량한 바람결이 에워쌌다. 바람결에 실어오는 삼림과 물 내음이 감미로웠다. 수포대 웅덩이에서 쉬었다 돌아가는 여울은 구름이 되어 날아갈 것만 같았다. 물의 근원이 마치 숲속인 듯, 혹은 바위 틈새인 듯 앞 물은 쉼 없이 맑고 청량한 뒷물을 끌어내어 흘러갔다. 물이 맑기에 그 소리 또한 맑았다. 서늘하고 상쾌한 기운이 계곡을 메워들었다.

송계는 바랑을 벗어놓고 수포대 바위에 새겨놓은 글귀에 눈을 돌렸다.

暄蠹兩先生杖屨之所
坪村崔公講磨之地

한원당과 일두 두 분 선생께서 지팡이를 짚고 짚신 끌며 주유한 곳이다. 또한 평촌공 최 선생이 제자들을 가르친 곳이다.

반석 위에 먹을 갈고 글을 쓰면서 양현이 소박하게 살던 모습과 강론하고 토론하면서 호연의 기운을 기르던 선인들의 모습이 선연하게 겹쳐졌다.

이들은 오도산 깊은 산곡에 묻혀 살았지만 그 우정과 학덕이 입과 입을 건너 널리 알려지자 배우고자 한 학인들이 끊임없이 밀고 들어왔다. 그들은 무오사화가 일어나기 전까지 오도산 속에서 도인처럼 살았다.

몸이 사르르 풀어지자 피로감이 찾아들었다. 해 지기 전에 모현정에서 내려온 송계는 가조의 노천 온수에 몸을 담갔다. 따뜻한 온천탕이 나른함을 씻어주었다.

여정의 마지막 밤을 맞았다. 오도산 위로 삼태성이 저만큼 걸렸다. 생각이 켜켜이 쌓이면서 밤이 이슥하도록 송계는 잠을 이룰 수가 없었다. 지난 석 달간의 여정이 주마등처럼 스쳐 지나갔다. 땀 흘리며 걸었던 낯선 길과 엎드려 절을 드린 여러 선현들의 묘당이 화첩처럼 펼쳐졌다. 현달한 선비를 만나고 그들과 눈을 마주 보며 나눈 이야기가 바로 어제 일처럼 귓전을 맴돌았다. 송계의 발길과 숨결이 닿은 그 한 걸음 한 걸음 모두가 값으로 셈할 수 없을 만큼 귀했다. 하루하루가 공부의 연장이었고 자신을 다지고 또 발견하는 순례의 걸음이었다.

그들은 송계에게 자기 정체성을 스스로 찾게 하는 준거와 질문을 던져 주었다. 정산의 목소리가 귓전을 울리는 것 같고 간재와 면우가 자신을 에둘러 깨닫게 한 가르침이 몸을 전율하게 하였다. 자신을 되돌아보게 하고 자신 안에 있는 무한한 가능성을 발견하게 한 경전이고 스승이었다.

송계는 자신에게 주어진 질문에 하나하나 스스로 답변을 찾고 있었다.

'내가 만난 선유들은 지금껏 우리를 지켜 온 학문의 끈을 다잡고 변화의 물결을 온몸으로 받아내고 있었어. 변화와 외압에 대응하는 지식의 힘을 기르고 있었지. 그것은 서학이 아니라 성학에 근거한 도덕적 힘이었어. 장기적이고 거시적으로 내다보고 개인의 역량을 길러 사회적인 힘을 준비하자는 것이 아닌가.'

변화는 삶의 방식뿐만 아니라 가치관의 전환을 가져왔다. 새로운 변화의 장에 선 송계는 자신을 둘러싸고 있는 기존의 가치체계는 어떻게 운행되어야 할 것이며 그 변화의 자리에 들어설 새로운 규범체계는 무엇에 근거할 것인가를 수없이 생각해보았다.

'내 앞에 놓인 숙명과 반 숙명, 어느 것을 수용하고 거부하든 그것은 오로지 내가 감당할 내 몫이다. 나에게 숙명이란 무엇이며 또한 반 숙명은 무엇인가?'

송계는 이미 숙명을 선택하고 있었다. 도학을 좇는 삶이었다. 그것은 유학적 가치 체계에 구속되어 자신을 도망치지 못하게 꽁꽁 묶고 있는 것이 아니라 그 속에서 자신의 삶을 즐거이 승화시키는 과정이라고 생각했다. 송계는 그 숙명을 안고 하나의 문양 같은 자기 족적을 지상에 남기기 위해 숙명 앞에 우회하는 자신이 아니라 대결하면서 자기 존엄성을 지킬 것을 다짐했다. 송계는 그것이 자신을 영원히 살게 하는 증거가 될 것이고 거세게 몰아치는 변화에 맞서 이기는 자신의 길이라고 단정했다.

송계는 감당해 나가야 할 숙명으로서 도학 공부를 심화하고 일상 속으로 실천해 나가기로 결심했다. 그리고 자신의 미래는 다른 사람이 아닌 자기 자신이 준비할 것이라고 다짐했다. 학문으로 자신을 바로 세우고 자기 생활을 통하여 다시 학문을 돌아보는, 학문과 일상이 합일된 삶을 희원하고 다짐하며 마지막 질문을 던졌다.

'학문하기는 쉽지만 그 실천은 멀고도 어렵다. 왜 그런가. 사사로움에 잡히기 때문이다. 실천의 궁극은 어짊인데 사사로움에서 어떻게 어짊을 구할 수 있겠는가. 그렇다면 나는 그 사사로움에서 자유로울 수가 있을 건가?'

이천(伊川)*은 극기복례에 대해 이렇게 주석을 달았다.

"예가 아닌 데는 곧 사사로운 뜻이 있다. 사사로움을 이겨내고 예로 돌아가야 비로소 어질다고 말할 수 있다."

공자는 더욱 예가 아니면 보지도 말고, 듣지도 말며, 말하지도 말고 움직여서도 안 된다고 했다. 사사로움을 이기는 일이 먼저였던 것이다. 송계는 자신도 능히 그 길을 갈 수 있다고 확신했다. 하늘이 자신의 미래를 열어줄 것이라고 최면을 걸기도 했다. 무겁게 짓누르던 짐을 홀가분하게 벗어 내리는 것 같았다.

송계는 방문을 열고 마당으로 나갔다. 밤하늘이 낮처럼 파랬다. 신녕의 하늘빛과 닮아 있었다. 파란 하늘에서 푸른 별빛이 꽃비처럼 쏟아져 내렸다.

불현듯 고향이 그리워 흥얼거려 본다.

집 떠나 달 다시 둥글어짐 세 번을 보니

마음속 화산 눈앞에 있다네

* —— 중국 송나라의 유학자 정이(1033~1107)를 말한다. 송 오현의 한 사람인 그의 호가 이천이다.

한번 길 떠나 두루 다니며 정처 없으니

기러기 편지 어떻게 다시 전해질 수 있을까.

離家三見月重圓　心上花山在眼前

一路周行無定處　雁書何可得回傳

3부

세한의 낙락장송

1

이른 아침 상구가 불쑥 찾아왔다. 세심재에서 책을 읽던 송계가 허둥지둥 뛰어나와 와락 상구를 끌어안았다.

"어서 오게, 상구!"

"형은 무고하신지요?"

"이 산골 서생에게 무슨 일이 있겠나."

4년여 전에 그렇게 헤어지고는 처음이었다. 손을 맞잡고 부둥켜안으며 연신 등을 쓸어보지만 그래도 반가움과 그리움이 쉬 풀리지 않았다. 문득문득 궁금한 것을 참아왔던 송계는 상구의 소매를 방 안으로 끌어들였다.

"그새 형은 장중해졌어요."

"자네는 묵직해졌어. 역전을 치른 의병장 아닌가?"

두 사람이 서로를 본 인상기는 조금씩 달랐다. 상구는 송계의 깊어진 내면을 보았고 송계는 상구의 다부진 겉모습을 보았다. 서로에게 그렇게 보였던 것이다.

송계에 비하여 상구는 늘 바깥세상을 따라 돌며 살았다. 둘 다 세상의 주인이 되기 위하여 상구는 변화에 민감하게 반응하며 현실에 참여하였고 송계는 오히려 변화를 무시하듯 둔감한 사람인 듯하면서 자기 내면의 완성을 위해 잠시도 끈을 놓지 않았다. 서로가 조금씩 다른 생각으로 살아온 증표가 오랜만에 대면한 서로에 대한 인상기에 고스란히 담겨져 있다.

정 씨 부인이 이른 봄에 담근 더덕주와 두릅 부각을 한 접시 담아 내놓았다.

"화산으로 자리를 옮겼다는 이야기를 전해 듣고 많이 궁금했습니다."

허교하기로 언약했지만 상구는 송계에게 꼬박꼬박 공대를 잊지 않았다.

"나는 화산에 들어오길 잘했어. 산수도 좋거니와 공부하고 가르치기에 아주 적합한 곳이네."

"오래지 않아 형의 학덕이 화산 높이를 훌쩍 넘어서겠소이다."

"허허… 과찬의 말씀일세."

쌉쌀하고 달큰한 술 향기가 방 안에 감돌았다. 맑게 잘 익은 술이 술잔을 불러들였다. 두 사람이 주거니 받거니 하는 사이에 어느새 술독의 밑바닥이 드러나고 해묵은 더덕 뿌리가 독 밖으로 쑥 나왔다. 취기가 기분 좋을 만큼 올랐다.

"형은 화산 땅에 눌러앉을 참이요?"

"그럼, 이만한 넓은 도량을 가진 도원이 또 어디 있을라고. 이 옥정동이 무릉도원일세."

"지난 3월에 온 세상이 발칵 뒤집혔어요. 형도 귀동냥하여 알지요?"

"알다마다. '독립만세운동' 말이지? 사실, 풍문으로 들은 정도가
고작일세."

"지난 삼월 초하룻날 경성의 파고다공원에서 거행된 독립만세
운동은 대단했습니다. 그 여세가 의성의 비안현까지 밀려들었는데
많은 인사들이 일본 경찰에 잡혀갔습니다."

"자네도 무슨 연관이 있었던 거 아닌가?"

"아니요. 영천과 신녕 주민들은 만세운동에 별반 동요가 없었어
요. 실은 저도 일경의 요시찰 인물이 되어있지만 그즈음 대구에 나
가 있어서 미처 함께 태극기를 흔들지 못했어요. 그런데 형, 만세
집회에 앞장 선 사람들의 면면을 보면 특별한 점이 보입니다."

"특별한 점이라니? 그게 뭐기에 자네가 주목하는가?"

"서울에서 만세운동을 이끈 서른세 분의 인물들은 모두 기독교
아니면 불교와 천도교도들이었어요. 반면에 유학 선비는 아무도
없었습니다. 이런 분위기는 대구나 비안의 경우도 별 차이가 없었
어요."

상구는 송계 앞으로 만세운동에 참여한 사람들의 명단을 내보
이면서 그분들의 성향을 하나하나 짚어주었다. 송계도 고개를 끄
덕이면서 공감했다. 야소교나 천도교도들이 유학자들에 비하여 시
대 변동에 민감하게 행동하는 사람들이 아닌가 여겨졌다. 그렇다
고 그들에 대한 이해가 부족한 상태에서 송계가 뭐라고 말하기는
어려웠다. 다만 송계는 자신이 알고 있는 내용을 상구에게 이야기

해주었다.

"지난 을사년(1905년)과 경술년(1910년)에 저지른 일본의 압제와 불법 행위를 간재나 면우와 같은 유학자는 그냥 보고 있지 않았어. 분노한 호남의 간재는 일본의 앞잡이 노릇을 한 적신들을 처단하라고 상소를 올렸고 경남의 면우는 일본의 만행을 각국 공사관에 알려 국제 여론을 이끌어내려 했어."

"압니다. 그러나 매우 소극적인 선택이었지요."

"상구, 나는 그분들의 입장을 이해할 수 있다네."

"어떻게요?"

"사실 지난 갑오개혁 이후 영호남을 대표하는 면우와 간재 두 분의 어른들은 물리적으로 일본 세력과 맞서는 건 결국 그들을 이기는 길이 아니라고 생각했지. 그래서 의병을 일으키는 것도 거절했고. 그러니만큼 독립만세운동 역시 피하려 했던 것이 아닌가 하는 생각이 드네."

"나는 형의 생각과 달라요. 유림들의 행동에는 그만한 자기변명이 있겠지만 그들은 세상 돌아가는 정세 정보에 너무 어두워요. 나라를 사랑하는 마음을 가슴에 품는 것도 중요하지만 그것을 행동으로 표출해낼 수 있는 용기가 필요하지 않습니까? 최악의 경우는 목숨을 내놓을 수 있는 용기 말입니다."

"……"

송계는 순간 멈칫했다. 상구의 가슴 속에 적개심으로 벼려진 비수가 번뜩이고 있었다. 송계는 상구를 이해했다. 그러나 상구와 다

212

른 생각이나 선택을 하는 많은 지식인들도 민족의 현재와 미래를 걱정한다고 말해주고 싶었다. 목숨을 걸고 현장에 나온 지사들과 방식만 다를 뿐이지 나라 사랑의 정신과 생각은 조금도 다르지 않음을 깨우쳐주고 싶었다.

"사회를 움직이게 하는 데는 일정한 운영원리나 규범이 있기 마련이네. 거기엔 반드시 도덕성, 도덕적인 힘이 기반이 되어야 하네. 그렇지 않으면 모두가 공감하는 힘을 쏟아낼 수가 없어. 일본도 우리도 마찬가지일 거야. 다만 운영의 규칙이 다를 뿐이지. 상구야, 나는 우리 시대의 지식인들을 두 부류로 나누어 보네. 한 그룹은 자신의 견해와 논리에 따라 현장에 참여하는 경우이고 다른 하나는 미래와 다음 세대를 위해 도덕적 기반 힘을 육성하는 데 몸을 바치는 경우라고 할 수 있어. 누구나 이 둘 중 하나를 선택할 수 있지만 나머지를 비난할 권리는 없다고 보네."

"형, 좀 더 자세히 설명해 봐요. 제 좁은 식견을 좀 넓힐 수 있도록."

이야기가 점점 진지해졌다. 송계는 상구에게 더덕주를 한 잔 더 권하면서 말을 이어나갔다.

"나는 지난날 자네와 헤어진 이후, 우리나라의 선현과 현존하는 선각자들을 찾아 순례하였어. 선현들의 초상 앞에서 묵상하고 현존 인사들과 긴한 대화를 나누었지. 그때 나를 깨우치고 다짐하면서 세상을 바라보는 나의 안목과 인식의 지평을 크게 넓힐 수가 있었네. 그중의 한 분이 부안의 간재 선생이야. 나라 안에서 큰 선비로 추앙받는 분이라네. 간재 선생은 나에게 '의리에 맞지 않는 일이면 임금의 명령도 또한 뜻을 굽히고 따라갈 수 없다고 일렀어. 그래서 금령을 어겼다고 처벌하면 목숨을 바칠 뿐이지만 자신이 지킨 그 도의는 백 년 뒤에도 살아난다'고까지 했네. 도덕적인 힘을 그만큼 강조하신 것 아니겠는가. 상구, 나는 간재 선생과 생각이 다르지 않네."

귀를 세워 듣고 있던 상구는 뭔가를 골똘히 생각하는 듯 한참이나 고개를 숙이고 있다가 천천히 들어 송계를 똑바로 쳐다보며

"그동안 몇 차례 보인 형의 처신과 태도에 나는 다소 회의가 없지 않았어요. 그것은 나와 같은 길을 가지 않은 형에 대한 나의 욕심이자 소원함이었지요. 이제야 이해가 됩니다. 형은 형의 길을 굳건하게 가십시오. 그리고 내 몫으로 하는 일은 제가 하겠습니다."

라고 굳게 약속하듯 말했다.

"고맙다. 상구야."

송계에 대한 신뢰 덕분인지 상구는 금방 수긍을 했다. 다시 송계가 독립만세운동에 관한 이야기를 꺼냈다.

"사실, 유림들은 뒤늦게 후회했어. 면우를 중심으로 하는 그 문도들과 영남 유림들이 합세하여 다른 방책을 찾아 나섰지. 조선의 지식인이라고 자부하던 유림들로선 부끄러운 처사였지만 그나마 결국 만회할 수 있는 일이 되었으니 다행 아닌가."

"그 방책이 무엇입니까?"

"마침 불란서 파리에서 열리는 파리평화회의 협정에 우리 독립

을 청원하자는 것이었어. 면우를 대표로 하고 전국 유림 137명이 연대서명을 한 장문의 호소문을 면우의 제자 김창숙을 거쳐 김규식이 전달하도록 한 일일세. 일본제국주의의 잔학상을 세계만방에 폭로하였으니 또 다른 형태의 독립운동이 아닌가."

송계가 화산의 옥정골에 묻혀 산 지 7, 8개월이 지나는 사이에 세상은 또 한 번 세찬 바람이 몰아치고 갔다. 송계는 답답했지만 마치 무관한 사람처럼 한눈팔지 않고 강학에만 맘을 기울이면서 굳이 다른 대안을 찾으려 하지 않았다. 그래도 상구와 이야기를 나누고 있는 것만으로도 가슴속에 뭔가 걸려있는 것들이 해소되는 것 같았다.

의병활동이 종지되면서 상구는 천도교당이 되었다. 산남의진이 해체되자 동지의 소개로 천도교 대구교구장 홍주일 선생을 만났고 홍주일은 상구의 당당하고 의기에 찬 모습을 미더워했다.

"이 시대는 의를 논변하는 사람이 아니라 김 의사처럼 행동하는 사람이 필요합니다."

"소임을 맡겨주시면 몸을 아끼지 않겠습니다."

상구는 천도교리를 공부하기보다 홍주일이 비밀리에 이끄는 독립만세운동을 조직화하는 일에 더 힘을 쏟았다. 상구에게 항일 사업은 죽장 전투에서 자신의 생명을 위협했던 일경을 떠올리게 하였고 주체할 수 없는 적개심에 불탔다.

대구는 일제의 영남 주둔지였다. 일제 군경의 감시망 속에서 홍주일은 기독 단체들과 더불어 대구만세운동을 준비하고 있었다. 그러나 쉽지 않았다. 대구만세운동을 예정했던 3월 8일 바로 직전에 홍주일이 체포되고 상구마저 쫓기는 몸이 되었다.

얼마간 몸을 피해 다니던 상구는 마침내 만주 지역 독립운동 단체에 입단할 결심을 하고 떠나기 전에 송계를 찾아 화산으로 왔던 것이다.

송계의 이야기가 끝나자 알맞게 취기가 돈 상구는 곧 떠날 사람처럼 일어섰다. 송계가 급하게 상구를 잡아 앉혔다.

"상구야, 아직 할 이야기가 많아."

"형, 나는 다 털어놓았어. 그게 전부 다야."

둘은 줄곧 세상사 이야기만 나눴는데 송계는 자신이 꿈꾸고 있는 화산 이야기를 들려주고 싶었다. 그것이 곧 자신의 삶이자 포부라고 말해주고 싶었다.

송계는 상구의 손을 잡고 옥정마을 앞으로 나갔다. 아침 햇살이 운해를 쫓아내고 있었다. 백로처럼 하얀 날개를 펼치고 산정으로 날아가는 그 뒷자락에 연둣빛 신록의 세상이 천천히 드러났다. 옹기종기 처마를 맞댄 초가지붕 사이로 아침 연기가 댕기를 땋은 듯이 피어올랐다. 이방인의 발자국 소리를 알아차린 삽살이가 저쪽 골목에서 짖어댔다. 동구 밖 노목의 느릅나무 주변에는 큼직한 우물이 있었다. 둘은 맑고 깊은 샘가에 들러 물 한 잔을 떠 마셨다. 차고 달았다.

"물맛이 담박해요. 수원이 깊고 신령스러운가 보네."

샘물을 벌컥벌컥 들이키며 상구가 시원해 한다.

"술기운이 확 달아나지?"

"아이구, 술 아까와라."

"하하하."

둘은 마주보고 한바탕 웃으면서 샘가를 벗어나 그 옛날 화산에 남긴 서애의 칠언절구를 함께 읽었다.

　　누가 화산에서 밭을 일구려 하는가

　　신선의 근원이 여기서 비롯되었는데

　　여보게 구름다리 나에게 빌려 주렴

　　옥정에 가을바람 살 고운 연 캐야지.

　　誰向華山慾問田　仙源從此有因緣

　　諸君借我雲悌路　玉井秋風採碧蓮

　화산은 군위 고로와 신녕의 경계를 이룬다. 북사면이 급경사를 이루는 험지인 반면에 남쪽은 평평한 분지를 이루는데 그 양지바른 곳에 옥정동이 자리를 잡고 있다. 옥정마을은 산중이지만 그 터가 제법 넓고 토심 좋은 논밭이 있으며 마을 앞 한가운데로 사시사철 물이 흘러내리는 계곡은 길고도 깊다. 개울가에는 연둣빛으로 물들인 갯버들과 갈댓잎이 일렁거렸다. 늦봄의 바람결에 실려 오는 신록의 향기가 싱그러웠다.

송계와 상구는 천천히 마을을 지나 계곡의 상류로 나란히 걸어갔다. 동쪽으로 깊숙하게 발달한 계곡의 바위 틈새에서도 맑은 물이 흘러나왔다.

"김 의사, 나는 여기서 세심학숙을 열어갈 것이네."

"아니, 이미 옥정서당에서 젊은이들을 가르치고 있지 않습니까?"

"그 넓이와 깊이를 말하려는 것이네. 나는 세태에 뒷걸음질하는 구학을 붙들고 사는 사람이라는 세평에 개의치 않네. 지금껏 내가 공부한 도학을 더 깊이 탐구하고 그것을 생활 속으로 실천해 나갈 것이야. 아울러 나를 찾는 젊은이들에게 유학적인 지혜와 도덕심을 키워주는 일에 온몸과 마음을 바칠 생각이네. 숙명이자 내가 가장 잘 할 수 있는 일이라 믿네."

"방금 숙명이라 하셨나요?"

"그래. 나의 숙명이야. 책 냄새를 한시라도 물리칠 수가 없어."

"나는 형을 믿어요. 형의 학덕은 넓고도 깊다는 것을. 나는 비록 형과 전혀 다른 길을 걷고 있지만 그 밑바탕 힘은 형이 나에게 준 용기에서 비롯된 것입니다."

"나도 자네가 가는 길을 축원할 것이네. 내가 못하는 일을 자네가 하니까. 총칼을 앞세운 일본에 맞서는 자네의 용기를 존경하네. 자네는 살아 움직이는 나무를 붙잡고 있는 것과 같아. 그것이 비록 연약해서 자네의 온몸을 지탱해주지 못하고 끊어질지언정 자네는 그것을 힘주어 잡고 있네. 만에 하나 꺾이더라도 항상 내가 옆에 있다는 것을 잊지 말게."

말을 맺으려 하던 송계가 울컥해 하자 상구도 송계의 어깨를 감싸 안았다.

"형이 말했지요? 세상은 변해도 인(仁)을 체화하고자 하는 도학의 맥은 영원할 것이라고. 형이 하는 일은 참으로 인간을 구제하는 원대한 공부입니다."

"그렇게 생각해 주니 더욱 용기가 나네. 믿어주어 고맙네. 상구! 나는 이 넓고 아름다운 산곡에 그것을 제도화하고 싶어. 그게 내 꿈이기도 해."

"형의 아름다운 꿈 좀 들어봅시다."

"좋아, 들어보게. 내가 생각하는 학숙이란 지금의 서당을 포함해서 화산계곡 일원에다 도덕적인 힘을 기르는 인성도장, 구인의 장을 만들고 싶다는 것이야. 그리고 인을 깨닫고 체화하는 방법론으로 세심(洗心)을 생활화하겠다는 계획이야."

송계가 진지하게 자신의 포부를 꺼내자 상구도 진정어린 눈빛으로 귀를 기울였다.

"구인의 도장…… 세심이라. 정말 멋진 계획이네."

송계는 좀 더 이야기하고 싶었다. 누구에도 말하지 않았던 자신의 미래 청사진을 상구 앞에 펼쳐 보이는 것은 반드시 그것을 이루겠다는 하나의 약속과 같았다. 뿐만 아니라 상구에게 공인받는 느낌도 들고 동시에 송계 자신에게도 다시 한차례 다짐하는 기회가 되었다. 송계는 상기될 만큼 가슴이 뿌듯했다.

"상구, 저 산곡을 보게! 동쪽에서 남북쪽으로 뻗어난 평평한 산

자락과 벌판이 얼마나 넓고 아름다운가? 저렇게 넓게 펼쳐진 천혜의 산수를 모두 도학 실천의 공간, 세심의 도장으로 만들고 싶어. 여기서 나와 벗들 그리고 학동들과 함께 책을 읽으며 거경궁리(居敬窮理)를 심화하는 강학도원을 만들어 나가고 싶다는 것이네. 옥정서당을 중심으로 하는 학당 지역과 배운 것을 실천하고 도학적 유희를 즐기는 공간이라 할 구곡을 일구고 싶네. 그리하여 '화산구곡'*을 경영하고 싶어."

"화산구곡이라……. 형의 그 숭고하고 아름다운 뜻을 꼭 이루기를 먼 만주에서도 기원할게요."

"고맙네. 기원하여 주게."

"화산구곡을 꽃 피우기 위해서는 세심사상이 기반이 된다고요."

"암, 그렇고말고."

주자학을 존숭했던 조선의 선비들은 주자가 누린 무이구곡(武夷九曲)을 찬미하고 자신들도 구곡문화를 즐겼다. 단순한 유희가 아니었다. 산과 물이 좋은 곳을 찾아 머물면서 구곡을 내고 독서와 묵상과 더불어 제자들을 가르치는 구도의 장으로 삼았다.

우암은 제자들과 화양구곡을 찬미하며 호연의 기운을 키웠고 보현산 자락의 훈지수 형제는 물길이 빠른 횡계에 횡계구곡을 내

---

* —— 복건성 무이산(武夷山)에 은거하여 공부한 주자(朱子)는 그 산을 흘러내리는 무이천 위에 아홉 개의 곡을 만들고 무이구곡(武夷九曲)이라 찬미하였다. 조선의 많은 성리학자들은 그것을 본떠 자신들의 구곡을 경영하였다.

고 선유를 좇았다. 또한 남천가 거북바위에 눌러앉은 병와도 성고구곡을 경영하면서 수많은 저작을 남겼다.

그것을 보고 들어왔던 송계가 풍경이 좋고 고요한 화산계곡에 구곡을 내고 싶은 마음은 유학자로서 매우 자연스러운 희망이었다. 선현을 흠모하고 주자를 닮고 싶은 송계가 그리고 있는 화산구곡은 곧 무이구곡에서 주자가 추구했던 정신과 조금도 다르지 않았다.

넓은 벌을 걸으면서 주고받는 둘의 이야기가 끝이 없었다. 상구가 남쪽으로 가지런히 선 세 개의 산봉우리를 가리키면서 말했다.

"저 뫼 산 자 형상의 산봉우리를 보세요. 가운데 봉을 인봉(仁峰)으로, 왼쪽은 성봉(誠峰) 그리고 오른쪽을 낙봉(樂峰)으로 하면 어떨까? 장차 형이 일구어 낼 구곡을 감싸고 있는 산봉들이니까 미리 이름 하나쯤 붙여놓는 것도……."

"좋아, 아주 좋으네. 의미가 있는 이름이야. 인이 근본 원리라고 한다면 그것에 이르도록 하는 하늘의 명령이 성(誠) 아닌가? 그리고 그 성에 이르는 과정이 낙이라고 할 수 있지. 낙(樂)을 잃어버리고 성에 도달하겠다면 그것은 곧 고통이고 어리석은 일에 불과하지. 김 의사의 생각이 의미가 깊네."

"형이 가르쳐준 『대학』에서는 우리들에게 격물치지에 이르기 위해 온 정성을 다하라고 강조하며 성을 다하면 비록 딱 들어맞지 않는다 하더라도 그 목표하는 바와 그리 빗나가지 않는다고 말하지 않았습니까?"

"그렇고말고. 정성이란 끊임없이 참된 마음을 가지려고 하는 자기 수신이지. 『중용』은 성을 곧 하늘의 것*이라고 말하고 있으니 사람은 모름지기 성을 놓아버릴 수 없지 않은가. 자네가 작명한 성봉이 더 위대해 보이네 그려."

두 사람은 의기투합했다. 금방이라도 화산일원이 세심도장으로 태어날 것만 같았다.

송계는 상구와 함께 산봉을 큰소리로 불렀다.

"인봉아! 성봉아! 낙봉아!"

송계는 사물이든 자연이든 그것에 의미를 부여할 때 그 대상은 생명 기운을 얻는다고 생각했다. 무기체가 아니라 살아 움직이는 유기체로 새로 태어난다고 말이다. 무명의 그 앞산도 이제 곧 자신에게로 다가와 동반자가 되고 서로에게 주인이 되어줄 것이라고 믿었다.

상구는 마음이 급한 듯 화산구곡의 예정지를 보고 싶다며 송계를 졸랐다.

"형, 구곡으로 나가봅시다. 궁금하네."

"그럴까. 한두 곳 이름만 붙여 놓고 아직 구상하고 있는 중이라 눈앞으로 드러나지는 않네만."

송계는 화산의 서북쪽 화산성 수구문에서부터 남쪽 인봉 아래까지 근 세 마장 거리의 계곡을 화산구곡지로 예정했다. 송계는 우

---

* ── 『중용』(20장)은 성자천지도야(誠者天地道也)라고 설명한다.

선 몇 곳의 명소에 이름을 지어두었는데 검푸른 청석 바닥을 따라 급류로 흐르는 화산성문 초입을 진수대(進修臺)라 했다. 구도와 수신으로 나아가는 출발점이란 뜻으로 그렇게 이름 붙였다. 제2곡은 미뤄두었고 마을 앞 옥정샘을 제3곡이라 먼저 지정해두었다. 그리고 샘을 벗어나 물여울이 은빛으로 찰랑거리는 큼직한 소와 바위를 만나는 곳에 또 하나의 이름, 제4곡으로 붙이기로 하였다. 신발을 벗고 호소의 여울 속으로 한 발 들어가면 가슴까지 찬 기운이 올라온다. 호소를 내려다보는 이의 얼굴을 안고 흐르는 석간수는 회빛 석화를 두른 바위들과 숨바꼭질을 하듯이 사라지다 다시 돌아 나오곤 한다. 한 점 티 없이 맑은 물을 바라보고 있노라면 절로 마음의 때가 씻기는 것 같다. 송계는 그곳을 세심대(洗心臺)라 하고 화산구곡의 중심으로 삼고자 했다.

그리고 동남쪽 계곡을 따라 천 걸음 정도 오르면 바위와 수림으로 가린 폭포를 만난다. 송계는 폭포를 금수탕이라 하고 그곳을 화산5곡 어풍대라 부르겠다고 했다. 그리고 인봉 쪽으로 연이어 개설한 6곡, 7곡, 8곡 그리고 9곡마다 각각 의미를 담은 이름을 예정해 두었다. 비록 미완의 화산구곡이지만 송계의 마음은 이미 십 리 길 가까이 굽어 도는 물길을 따라 구곡의 경영자가 되어 있었다.

두 사람은 진수대로 명명해 놓은 수구문에서 물길을 거슬러 세심대 여울까지 이르렀다. 연둣빛으로 채색되어 가는 계곡은 가슴 뛰도록 아름다웠다. 제짝을 찾아 우짖는 산새 소리들이 물소리만큼 맑게 들렸다. 동면에서 막 깨어난 산천어들과 비단개구리들의 몸놀림이 재빨랐다.

두 사람은 세심대 여울 속으로 손을 적셨다. 청량감을 넘어 소름이 돋을 만큼 냉기가 돌았다. 호소가의 넓은 바위에 앉은 송계의 표정은 더없이 만족해 보였다. 단아하고 까만 눈썹은 불그레한 얼굴 피부 탓에 더 선명하게 드러났다. 늘 고요한 웃음과 긍정의 생각을 잃지 않는 송계의 모습이 오늘따라 더 넉넉해 보였다.

송계가 흐르는 물을 물끄러미 내려다보고 있는데 상구가 응석 부리듯 말했다.

"형은 이미 도인이 다 되었어. 에고 부러워라!"

"상구야, 나는 도인을 원하는 것이 아니라 도를 얻는 구도자로 살려는 것이야."

"뭐, 그게 그거 아닌가요?"

"……"

산그늘이 뉘엿뉘엿 내리자 상구가 작별 인사를 한다.

"형! 이제 가야겠소."

"어둑해져 오는데 어디로 가려고?"

"……"

송계는 더 이상 상구를 붙잡을 수가 없었다.

옥정동에서 이틀을 보낸 상구는 첫날과 달리 어딘지 모르게 불안한 기색을 보였던 것이다. 우물가를 벗어나는 상구의 발걸음이 더 무겁게 느껴졌다. 송계는 애써 상구의 뒷모습을 보려고 하지 않았다. 발걸음 소리가 점점 멀어져 가자 송계는 상구가 지난 밤 했던 말이 사뭇 마음에 걸려 되살아났다.

"형, 가슴에 품는 애국심도 소중하지만 그것을 행동하는 용기가 더 필요해."

상구의 비장감에 찬 말이 걱정스럽기도 했다. 그러나 행동하는 애국자로 살려고 한 상구는 그가 살만한 둥지를 찾아 나서는 것이려니 하고 생각했다.

어둠이 차츰 두꺼워졌다. 상구가 산모롱이를 돌아 어둠 속으로 사라지자 송계는 자기와 다른 순례길을 떠나는 상구의 앞날을 기원하며 세심대로 발길을 돌렸다.

송계는 꽤 오랜 생각 끝에 지난 가을에 화산 옥정동으로 옮겨 왔다. 태어나면서부터 하루도 빠짐없이 화산을 쳐다보며 자란 송계에게 화산은 편안하고 익숙했다. 송계에게 많은 상상을 안겨주었던 화산은 그 자리에 그대로 서 있었다.

그러나 송계가 막상 신녕 읍내를 떠나 화산으로 살림을 옮기고 서당을 연다는 생각을 하니 지금껏 정겹게 바라보던 고향의 뒷산이 아니라 학동들과 더불어 교학상장을 해야 한다는 구체적인 주제가 들어선 산으로 새롭게 보였다. 단순하고 가벼운 산이 아니라 심리적으로 훨씬 복잡하고 무거운 산이 되었다.

지난 이태 전, 선현 순례길을 마치고 신녕으로 돌아온 송계는 순례길의 견문과 성찰이 자신을 성숙시켰음을 깨달았다. 경전에 대한 이해력과 세상을 바라보는 통찰력이 전과 달랐다. 유학을 바라보는 인식의 지평이 넓어졌음은 물론 자신이 지향해 나갈 정체성이 뚜렷해졌다. 이제는 알이 찬 석류가 겉껍질을 벗고 잘 익은 속을 드러내 보이듯이 자기 안에 스스로를 가둬두지 않아야 한다고 생각을 했다. 날이 갈수록 송계의 학문과 인물됨이 지역사회의 인구에 회자되기 시작했다. 송계 자신의 의지와 무관하게 그 넓이는 날이 갈수록 더 늘어났다. 북산서당의 낭산 이후도 송계의 학행을 지역 유림 사회에 널리 칭찬하기를 주저하지 않았다. 곽면우의 제자인 낭산은 송계보다 몇 살 웃도는 선비인데 송계와 서로 도의로써 교류하는 사이면서도 많은 일깨움을 주는 선비였다.

지난번, 선현의 유적지를 심방하고 돌아오는 길에 송계는 제일 먼저 낭산을 찾았다. 순례지 곳곳에서 보고 듣고 느낀 많은 소회를 누구보다 낭산에게 전하고 싶었다. 지역의 선배인 낭산의 학문을 존중하면서 때로 문답을 나눠왔던 송계는 여정에서 받은 감화와 스스로 깨닫고 다짐한 것들을 낱낱이 낭산에게 고했다. 송계의 도량이 넓고 깊어짐을 본 낭산도 송계에게 무한의 찬사와 용기를 더해 주었다.

"아주 돋보이는 여정이었구나. 장기간 선현의 영위와 유적지 심방은 물론 대화를 나눈 면면이 모두 현달한 선비들이었군 그래."

"그분들에게 저 자신을 비춰보는 기회가 되었지요. 저마다 이(理)와 기(氣)를 달리 받아들이는가 하면 이를 통섭하여 융통성 있게 수용하는 분도 보았습니다. 그뿐 아니라 급변하는 바깥세상을 바라보는 방식도 달랐습니다. 현실에 맞서 몸을 던져야 한다는 분들이 있는가 하면, 훗날을 기약하면서 오로지 도학으로 힘을 길러야 한다는 꼿꼿한 선비들도 있었습니다."

"참공부를 했어. 허허, 한공을 보니 내 마음까지도 확 트이는 것 같네. 이기의 경계와 걸림이 없어진 것 같아."

"과찬에 힘입어 독서에 매진하겠습니다."

"한공, 이제 한공은 그토록 배움을 갈구하던 지난날의 청년 송계가 아닐세. 그 경계를 넘어섰네. 격물치지의 즐거움을 알고 있는 것 같네. 점차 할 일이 많아질 것 같구먼. 한공의 앎과 행동이 오로지 한공만의 몫이 아니라는 것이지."

송계는 낭산과 심교한 기쁨을 시로 대신하였다.

샘가의 신선이 내린 대나무 문 속에서 차가운데
거문고 하나 놓고 달 속에서 마주하여 보네
옛 뜻에 침잠한 이야기 진실로 끝이 없고
순박한 바람에 취하니 누가 기쁘지 않으랴
목소리와 기운 통하매 천리가 가깝고
앎과 행함 나아가는 곳에 두 바퀴 둥글다네
밤 깊도록 잠 이루지 못하고 초은가 부르며
황홀한 정신 구름울타리에서 노니네
天上仙扉竹裏寒　一斧重對月中看
沈潛古義眞無限　醉飽淳風孰此歡
聲氣通時眞理限　知行進處兩輪團

野心不寐歌招隱　恍若神遊雲谷欄

    날이 갈수록 송계를 필요로 하는 사람이 여기저기서 늘어났다. 숫제 집으로 와 며칠씩 묵으면서 문장을 부탁하기도 하고 가르침을 간청하기도 하였다. 낭산의 말대로 송계는 더 이상 자신만의 몸이 아니었다. 그래서 때를 맞춰 송계는 소란스러운 신녕 읍내를 피해 조용한 산곡인 옥정동으로 떠났던 것이다. 유학 공부의 심화와 강학에 매진하겠다는 일념을 실행하려는 용단이었다.

    송계가 자신의 도학 탐구와 강학의 장소로 화산 옥정동을 선택한 것은 여러 순례길에서 얻은 결론이었다. 퇴계는 자신의 고향집을 비켜나 도산의 한적한 승경지를 찾아 서당을 차렸고 간재도 도회를 떠나 외진 섬에 몸을 기댔으며 면우 또한 가조의 깊은 산곡에 들어가 강학에 전념했다. 비록 세상의 소리를 멀리하고 있었지만 그들의 학덕은 삼천리강산을 흔들고도 남았으니 어찌 그 어른들의 가르침을 본받지 않을 수 있으랴.

    선인들과 시대적인 배경과 상황이 많이 다르다 할지라도 송계는 자신이 짊어지고 나가야 할 유학 공부의 방법론으로 선인들이 추구했던 선례를 자연스럽게 받아들여 따르고 싶었다.

    화산은 신녕의 주산이기도 하거니와 송계에게 비교적 친근한 곳이었다. 소송거사의 치병을 위해 산약재를 구하러 화산 구석구석을 다닐 때 이미 물이 풍부한 화산 산곡을 더 없는 승경지로 눈여겨보았다.

옥정동은 화산의 8부 능선에 위치해 있다. 마을 앞 남쪽은 활짝 트여 넓은 분지를 이루고 있다. 갈대밭 가운데로 흐르는 개울을 따라 일구어낸 비옥한 경작지는 30여 호의 주민들이 옹기종기 모여 살기에 부족하지 않은 땅이었다.

주민들은 밭농사를 짓고 혹은 숯을 굽거나 산판(벌목) 사업을 하며 살았다. 그리고 서북쪽으로 흘러내리는 계곡을 가로질러 축성하다 그만둔 화산산성은 조선 숙종 대의 미완성 성곽이다. 경상도 병마절도사 윤숙 장군이 왜군의 내침에 대비하여 돌성을 쌓는 기초 공사를 했지만 가뭄과 질병이 만연하고 백성들의 고통이 극심해지자 하는 수 없이 중단하고 말았다.

송계의 학덕이 널리 알려지면서 옥정동으로 찾아드는 젊은이들의 발길이 끊이지를 않았다. 군위와 의성 그리고 영천, 심지어는 강원 지방에서 온 학인들도 있었다. 계곡을 흐르는 물소리와 함께 날마다 책 읽는 소리가 옥정계곡에 울려 퍼졌다. 때론 논밭 언저리에서 소란스럽게 우짖는 참개구리 소리처럼 들리기도 하였고 들녘을 스치고 가는 청아한 청솔바람 소리 같기도 했다.

죽은 듯이 고요한 산속 마을은 날이 갈수록 젊은이들의 독경 소리로 생기가 돌았고 햇살이 더 두터워지면서 안락과 살맛을 돋구어나갔다.

송계는 학동들과 함께 책을 읽고 토론하는 일상이 퍽 만족스러웠다. 그들이 하나씩 문리를 터득해 나가는 것을 보는 기쁨은 이루 말할 수 없었다. 주민들의 도움 속에서 송계의 일상생활도 큰 어려움이 없었다.

그러던 어느 날 밤, 서책을 보다 깜빡 잠이 들었다. 마을 사람들이 샘가 숲속에 모여 하늘로 올라가는 사다리를 세우고 누각을 올린다고 떠들썩했다. 그러더니 한 사람이 나와 송계에게 누각으로 하강하는 도인을 받들어 모시라고 간청했다.

"덕이 많은 훈장 어른께서 도인을 영접하소서……."

사람들에게 떠밀린 송계는 마침내 옷깃을 여미고 하늘에서 내려오는 신령을 조심스럽게 받아 안았다. 그 순간 송계는 깜짝 놀랐다. 그 도인은 송계 자신이 그토록 닮고 싶었던 공자의 영상이 아닌가. 송계는 너무나 놀라고 감격했던 나머지 얼른 엎드려 절을 하고 공손하게 샘물을 한 잔 올렸다.

"마을 앞 옥정의 물입니다."

그 도인은 물을 달게 들이키고는 말했다.

"허허, 옥정은 신령스러운 새암이오."

그리고는 연기처럼 사라졌다. 순간 송계는 꿈에서 깨어났다. 비록 꿈이었지만 그 상황이 너무나 생생하여 뇌리에서 떠나지를 않았다. 송계는 그 순간의 벅찬 감정을 놓치고 싶지 않아 서둘러 종이를 꺼내고 먹을 갈았다. 그리고 해서체로 반듯하게 '옥정영원(玉井靈源)'이라고 샘의 이름을 지어 경건한 마음으로 적어두었다.

'마을 사람들과 제자들이 함께 음용하는 이 우물을 보다 신령스럽게 여김은 물론 학동들에게 성찰의 준거가 될 수 있게 해야겠다. 도산서원 앞뜰의 열정(冽井)처럼 말이야. 뿌리 깊은 나무는 바람에 흔들리지 않고 샘이 깊은 물은 가뭄에 마르지 않는다 하지 않았는가. 사람의 수신도 샘의 근원과 다를 바 없지.'

그러고 보니 연전에 다녀간 상구도 옥정의 샘물을 마시고는 신령이 깃든 물이라 말했던 적이 있었다. 송계는 자기가 써둔 옥정영원의 글귀를 바라보면서 마음 굳게 다짐했다.

'옥같이 맑고 신령스러운 근원이 있는 샘을 독지와 근사의 준거로 삼아야겠다. 옥정영원을 기점으로 화산구곡을 서둘러 경영해야겠구나.'

그는 밖으로 나갔다. 어둠 속으로 서늘한 바람이 불어오고 인봉 위로 하늘을 닮은 파란빛 별들이 총총 빛나고 있었다.

옥정영원 암각서

옥정동 생활도 2년을 넘어섰다. 송계는 화산 생활에 퍽 익숙해졌다. 연둣빛 갯버들이 피어나는 이른 환희에서 설레기도 하고 흰 너울 같은 꽃잎을 팔락거리는 산목련을 만나는 초여름 문턱의 청량함도 맛보았다. 찬란한 가을을 지나 하얀 설원으로 바뀐 옥정동의 겨울마저도 두 번씩이나 경험하였다.

그리고 다시 여름이 찾아들었다. 송계는 학동들과 더불어 바람을 쐬고 싶었다. 옥정영원을 지나 제4곡 세심대로 나갔다. 일전에 내린 비로 계곡물은 조금 불어 있었고 맑은 호소에는 파란 하늘이 두둥실 뭉게구름을 안고 흘러내리고 있었다. 송계가 발을 호소에 담그자 따라나선 학동들도 앞다퉈 첨벙첨벙 물속으로 뛰어 들어왔다. 발그레한 발등의 살빛이 물속에서 피어난 한 송이 꽃이 되어 일렁거리며 물결에 따라 움직였다. 어린 학동이나 나이 든 학동 할 것 없이 물놀이를 좋아라 하지 않는 이는 아무도 없었다.

"스승님, 오늘은 여기서 공부하시지요."

나이가 든 장군이가 불쑥 제안을 하자 다른 아이들도 기다렸다는 듯이 너도나도 소리를 지르고 까불대며 졸랐다.

"그래요, 선생님!"

"예, 선생님!"

"으흠, 그리하자. 책만 읽는 것이 공부의 다가 아니니까. 발을 씻고 마음을 씻는 것도 공부다."

송계는 내킨 김에 세심을 주제로 하여 강론하기로 하였다.

"너희들은 바위 위에 걸터앉든지 물속에 서 있든지 편한 대로 해라. 오늘 강론은 지금 우리들이 맑은 물로 손을 씻고 발을 씻듯이 마음을 씻는 '세심(洗心)'을 주제로 한다."

"예, 선생님!"

학동들의 대답이 쾌활하고 씩씩했다.

"세심이란 마음을 씻는다는 말이다. 난삽하고 사악한 생각을 없앤다는 뜻이다. 얼룩진 옷의 때를 씻듯이, 몸에 묻은 티끌을 씻어내듯이 보이지 않는 마음의 때를 맑은 물로 깨끗하게 씻는 일이 세심이다. 성인이 되려면 맑은 덕을 갖추어야 하는데 그 과정이 곧 세심이다."

송계는 『주역』를 펼치고 미리 준비해 둔 세심 구절을 내보였다.[*]

> 성인은 한 티끌의 누도 없이 마음을 깨끗이 씻고
> 번잡하지 않는 은밀한 곳으로 물러나 있다.
> 성인이차세심 퇴장어밀
> 聖人以此洗心 退藏於密

그리고는 강론을 이어갔다.

"우리가 공부하는 것은 단순 문자를 익히는 것이 아니다. 사람다운 사람, 도덕적인 사람이 되고자 하는 데 있다. 더 나아가 성현

---

[*] —— 주역 계사상전은 '덕은 앎을 반듯하게 하고 의는 바침으로 쉽다. 성인은 이로써 마음을 씻고 물러나 은밀하고 빽빽한 데 감추고 길흉을 백성과 더불어 같이 걱정한다'(卦之德方以知 六爻之義易以貢 聖人以此洗心 退藏於密 吉凶與民同患........)고 했다.

이 되고자 하는 것이 공부의 궁극 목표다. 그러므로 성현이 되고자 하는 우리는 이 세심을 늘 가슴 속에 지니고 살아야 한다. 세심은 하루도 빠져서는 안 되는 수신의 행위다. 어버이들이 매일 방을 닦고 마당을 쓸고 또한 우리들이 손을 씻고 얼굴을 씻는 것처럼 말이다. 맑은 마음을 지닌다는 것은 어진 사람, 현인이 되는 첫걸음이라는 점을 꼭 명심해야 한다."

바위 언저리에 푸르스름한 석화가 구절초처럼 곱게 피어나 있었다. 계곡에서 불어오는 봄기운 가득한 갈대바람이 일렁거렸다. 송계는 감성을 자극하는 그 무엇도 놓칠 수가 없었다. 붓을 꺼내들었다. 그리고 자신을 좇는 제자들과 이 시대를 살아가는 사람들에게 하고 싶은 말을 글로 쓰기 시작했다. 학동들은 하나같이 숨을 죽이고 송계의 붓끝을 지켜보았다.

사람은 만물의 주인이요 마음은 만사의 근원이라네
지극히 귀하고 지극히 신령스러워 그 자리가 곧 마음이라네
온몸 모두 마음의 명령을 따라 모든 이치 다 하나로 통한다네
……
어찌 육체의 부림을 당하여 스스로 본체의 참됨 잃을까
마음 행하는 대로 그대로 두면 아득하여 갈 곳 알 수 없게 된다네
잠시 동쪽으로 갔다가 갑자기 서쪽으로 내달린다네
성난 말처럼 쉽게 제어하지 못하고 날카로운 칼날로 꺾기 어렵다네

......

먼저 혈기의 실수 훈기 씻어버리면 온갖 누됨 차례로 가벼워지리

또한 분쟁의 단초 씻어내면 화한 기운이 애연히 생겨나네

탐욕의 가려짐 씻어버리면 의리 점차 밝아지네

원망과 허물 맺힘 씻어버리면 가슴 속 자연스레 맑아지네

시기하는 치우침 씻어버리면 물아가 하나 된다네

사사로이 비교할 계략 씻어버리면 이 되고 해 됨이 나를 어지럽히지 못하네

죽이고 해치려는 기미 씻어버렸는데 어찌 부처의 진리 문답을 기다릴까

떠돌아다니는 생각 씻어버리면 언제나 한 곳의 마음에만 집중하네

게으름 병 씻어버리면 무슨 일인들 성공하지 못하겠나

속이려는 망상 씻어버리면 겉과 속이 하나의 최선의 마음 되고

겁나고 나약한 기운 씻어버리면 태산도 평지와 같다네

사치한 기운 씻어버리면 비단옷도 해진 신발 같아진다네

음란한 기운 씻어버리면 주색을 독약처럼 생각한다네

놀며 장난치는 기량 씻어버리면 갑자기 어찌 마음을 얽어 맬 수 있으리

바삐 다투는 습관 씻어버리면 부귀는 뜬구름같이 멀어진다네

여우같이 의심하는 찌꺼기 씻어버리면 귀신의 요망함 절로 자리 감춘다네

비루하고 인색한 싹 씻어버리면 호연한 기운 가득 채울 수 있네

아득히 떠다니는 생각 씻어버리면 촌음을 큰 백옥같이 귀하게
여기게 되네

스스로 획을 그어 안 된다는 생각 씻어버리면 어찌 중도에 그칠
걱정하겠는가

자만하는 마음 씻어버리면 이익 얻음 응당히 비할 데 없다네

허망한 생각 씻어버리면 참된 삶의 처지 바로 거기 있다네

과분한 생각 씻어버리면 근본의 자리가 바로 여기 있다네

허다한 병 다 씻어버리면 마음이 다시 태연해지네

……

人爲萬物主　心爲萬事原

至貴又至靈　其位卽天君

百體皆聽命　衆理統會極

……

奈何受形役　自喪本體直

紛紛任自行　茫茫迷所之

俄然徒走東去　倏忽復西馳

悍馬未易制　銛鋒有難摧

……

그리고는 '세심시동지(洗心是同志)'라는 제목을 달았다.

송계의 강론이 끝나자 귀 기울여 듣던 학동들은 모두가 하나같

236

이 숙연해졌다. 고요한 분위기가 어색했는지 뒷자리의 누군가가
즉석에서 흥얼거렸다.

졸졸졸 맑은 물이 쉬지 않고 흐르네
어서 오라 벗들아 손을 잡고 오너라
세심대 모여앉아 발 담그고 맘을 씻자
여기가 별유천지 우리들이 신선이다
潺潺玉水不斷流　胥來佳友手手連
偕坐心臺洗心足　雲外別天我又仙

"우와 우와."
학동들이 일제히 환호성을 지른다.
뒤에 앉은 손태언과 같은 또래의 병구였다. 어깨를 흔들면서 함
께 부르는 모습이 참으로 기특했다. 송계는 종종 맏아들 병구의 문
장을 대견하게 여기곤 했는데 이렇게 스승이요 애비인 자신의 맘
을 알아주는 것이 기쁘기 한량없었다.
송계는 만면에 웃음을 감추지 못하고 학동들이 둘러앉았던 커
다란 바위 앞으로 다가섰다.
"오늘 나와 여러분들이 함께한 마음공부의 핵심을 여기에 써
둔다."
그리고는 평평한 면을 찾아 큼직한 글씨로 '洗心濯足(세심탁족)'
이라고 썼다. 그러자 학동들은 모두 좋아라 하며 박수를 쳐댔다.

탁족 암각서

"스승님, 저희들이 서각하여 이 글귀가 영원히 남도록 하겠습니다."

세심은 모든 수신자의 기초 덕목인 동시에 한시라도 놓쳐서는 안 되는 수칙이다. 수신을 게으르게 하지 않겠다는 자기 채찍이기도 하다. 타고난 착한 마음이 현실과 속진에 더럽혀질 것을 두려워하고 끊임없이 성찰하게 하는 수신법이다.

송계는 어진 사람이 되는 수양의 제일 덕목으로 세심을 꼽았다. 송계에게 세심은 강학의 이념이자 스스로 실천하는 생활의 계율이고 지침이었다. 송계는 성현의 길로 나아가는 것은 문자적인 앎에 있는 것이 아니라 오로지 수신에 있다고 믿었다. 수신의 시작이 마음을 깨끗이 하는 데서 출발한다면 그 맺음 또한 정결로 마무리되어야 한다고 생각했다.

송계는 심혈을 기울여 92구 장문의 '세심시동지'를 짓고 나니 자신의 몸에서 큰 기운이 빠져나와 저 높은 하늘 위로 날아나가는 것 같았다. 자신의 오랜 묵상의 결과가 한 편의 장시로 탄생되어 말할 수 없이 뿌듯했다.

강론을 마친 송계는 학동들을 보내고 혼자 세심대에서 화산 정상으로 나섰다. 산정은 세심대와 그렇게 먼 거리가 아니었다. 산정에 도착한 송계가 바위에 기대어 쉬려는데 갑자기 장군이가 올라왔다. 그는 소리 없이 송계보다 한 걸음 뒤에 물러서서 산정까지 따라왔나 보다.

"장군이구나. 무슨 할 말이라도 있느냐?"

"아닙니다. 그냥 선생님 뒤를 따라온 것입니다. 혹시 도와드릴 게 있을까 해서요."

송계는 장군이와 함께 북쪽을 바라보았다. 북쪽 끝자락에 한 폭의 그림 같은 인각사가 숲속의 적막을 실어나르고 있는 듯했다. 천년 전 일연이 『삼국유사』를 저작했던 유서 깊은 그 절집 앞으로 위천의 상류는 예나 지금이나 쉼 없이 흘러가고 있을 것이다.

이른 봄 어느 날, 송계는 신녕장을 다녀왔다. 옥정동에서 장터까지는 산길을 따라 두어 시간 남짓 걸어가야 했다. 산곡에 희끗희끗 잔설이 남아 있었지만 길섶의 생강나무는 벌써 노랗게 꽃을 내물었고 양지녘의 진달래도 금방 꽃망울을 터트릴 듯했다. 짝을 찾는 뻐꾸기 울음소리에 봄은 이미 저만큼 다가서 있었다.

송계는 늘 다니던 최 씨 지전에 들러 종이와 먹 등 몇 가지 일용품을 사야 했다. 지전으로 들어서는 장터 골목은 물건을 내다 파는 사람, 사는 사람들로 붐볐다. 그중 한 사람이 살가운 인사를 건넸다.

"선생님, 나오셨습니까?"

그러자 장 사람들도 송계를 알아본 듯 읍례를 하거나 묵례를 하면서 조심스럽게 지나갔다.

"참으로 어질고 덕이 많은 선비님이야."

"모습도 어찌 저리 점잖으실꼬."

거리에서 만난 낯선 사람들이 속삭이는 소리를 들은 송계는 우쭐하기보다 오히려 무거운 책임감마저 들었다. 장보기가 단출한 송계는 휑하니 다시 화산을 향해 되돌아섰다. 길과 고갯마루의 봄 햇살도 그대로이고 송계를 내려다보는 하늘도 그대로이건만 자신의 언행이 자꾸만 조심스러워지고 몸가짐도 더 숙연해졌다.

산성의 수구문 가까이 올라선 송계는 장바구니를 내려놓고 잠시 쉬어가기로 했다. 송계는 마을을 출입할 때마다 계곡을 가로질러 구름다리처럼 쌓은 아치형 수구이자 성문을 늘 눈여겨보았었다. 돌을 깎아 가로로 세로로 이불을 개어놓은 듯 가지런히 쌓아 올린 화강암 석벽이 군사용 성벽이라기보다 아름다운 꽃담 같다는 생각을 하곤 했었다.

수구문으로 흘러내리는 물가의 마른 바위에 허리를 기대고 이런저런 생각에 잠겨 있던 송계는 다시 마을로 이어지는 계곡 길을 따라 걸었다. 바람이 일렁일 때마다 싸리꽃이 설화처럼 흩날리고 갯버들은 하얀 솜털 같은 꽃을 피우고 있었다. 그래도 계곡의 물은 여전히 차가운지 군데군데 언 채로 녹지 않은 얇은 얼음이 바위틈에 이끼처럼 붙어있었다.

송계가 서당 마루에 장바구니를 막 내려놓는데 한 학동이 헐레벌떡 뛰어 들어왔다.

"선생님, 왜경 두 사람이 선생님을 찾아왔더랬습니다. 안 계신다 했더니 서당 문을 활짝 열고는 눈을 흘기듯이 한 바퀴 돌아보고 휭하니 돌아가던데요?"

"그래 알았다."

송계는 올 것이 왔구나 하면서도 겉으로는 태연한 척하였다. 그리고 아무렇지도 않은 듯이 여느 때처럼 학동들에게 글공부를 가르치고 크게 독경 소리를 냈다. 그렇게 하루하루를 보내던 중 어느 날 일경이 또 다시 옥정서당에 들이닥쳤다. 그동안 못다 정리한 무궁화 동산의 나무 심기를 모두 끝내고 막 세심재로 들어와 앉는 참이었다.

"당신이 한덕련이오?"

송계는 그들이 누군지를 짐작했지만 무시하듯이 한 번 힐끗 쳐다보았을 뿐 고개를 돌려 버렸다.

그러자 곁에 서 있던 장군이가 송계를 막아서면서 대신 나섰다. 체구가 남달리 건장한 장군이는 팔뚝을 걷어 올리면서 대들듯이 말했다.

"당신들이 뭐요? 우리 선생님을 당신이라니. 선생님이라 말하시오."

그러고는 일경 앞으로 바짝 다가가 일경과 맞설 태세를 취했다. 거친 산판에서 잔뼈가 굵은 장군이는 무서운 것이 없는 젊은이였다.

"야! 이 자식, 저리 비켜서지 못해!"

일경은 총부리로 장군이의 가슴팍을 밀치면서 눈썹을 치켜세우고는 큰소리로 상스러운 말을 내뱉었다. 그러자 장군이 옆으로 열댓 명의 학생들이 우루루 모여들어 일경을 에워쌌다.

그때 송계가 꾸짖듯이 위엄 있게 말을 건넸다.

"순사들 보시오. 무슨 영문인지 이리 와서 용건을 말해 보시오."

그제야 아이들이 주춤주춤 뒤로 물러서고 일경도 고개를 숙여 송계에게 먼저 인사를 한 후 조금 수그러든 목소리로 용무를 꺼내기 시작했다.

"송구합니다. 우리는 한송계 선생님의 인품을 잘 알고 있습니다. 그러나 상부의 지시로 오늘 몇 가지 지적하고자 합니다만."

일경이 말끝을 흐렸다. 조금 전과 아주 다른 태도였다. 그때 송계가 다시 일경의 눈을 똑바로 내려다보면서 단호하게 말을 꺼냈다.

"뭣이라! 이곳은 아이들이 공부하는 곳이요. 무슨 지적할 것이 있단 말이요? 내가 알기로 일본은 교육에 앞선 나라이고 교육의 가치를 소중하게 여기는 나라라고 들었소만."

"아, 그게 아니라……."

일경은 궁색했던지 말을 더듬거리며 전혀 엉뚱한 이야기를 지껄였다.

"옥산서당은 우리가 인가하지 않은 학교입니다."

"그건 내가 알 바 아니오."

송계는 짧게 한마디를 던지고 방 안으로 들어가 버렸다. 일경은 더 이상 말도 못 꺼낸 채 그냥 돌아갔다. 그날은 그렇게 끝났지만 송계는 안심할 수 없었다. 어딘지 예감이 석연치 않았다. 그들은 또 다른 핑계로 찾아와 괴롭힐 것임이 분명했다.

송계는 마음을 가라앉히기 위해 일전 옥정영원 주변에 심은 무궁화를 기념하고 예찬했던 시를 읊조렸다. 그것 또한 일제를 향한 무언의 항변이었다.

우리나라는 본래 무궁화의 땅인데

무궁화 시드니 국운 또한 끊어지네

눈물 뿌리면 뒤 이을 무궁화 심어서

오히려 키 크고 무성해지길 바라네

吾東本槿域　槿衰運亦絕

揮淚樹餘槿　猶冀峻茂節

그리고 별탈 없이 두 철이 훌쩍 지났다. 지난봄에 심은 무궁화 나뭇가지에서 보랏빛 꽃이 피어나기 시작했다. 꽃이 진 가지는 다시 오동통한 화판을 만들고 새로이 꽃을 피어내기를 거듭하였다.

겨우살이풀을 베고 밭농사를 거둬들이기 바쁜 철이지만 서당을 찾는 학생들은 오히려 자꾸 늘어났다. 자연적으로 마을도 사람 사는 활기가 더욱 넘쳐흘렀다.

마을 사람들은 물론 학생들조차 지난 봄날 일경과 맞서 벌인 한 차례의 소란을 잊은 듯하였다. 모두들 자신의 일에 몰두하면서 제 살기에 바쁜 나날을 보냈다. 그렇다고 송계마저 그 일을 잊고 있는 것은 아니었다. 죽순처럼 기다랗게 자란 수숫대가 초가을 바람에 일렁거리던 어느 날 일경이 다시 마을로 들이닥쳤다. 단단히 벼른 듯한 일경은 한 무리의 군인들까지 앞세웠다. 마을과 서당을 총으로 공격이라도 할 것 같은 기세였다.

"한덕련 선생을 체포하겠소. 서당을 빙자하여 젊은 아이들에게 일본을 비방하고 항일 교육을 하고 있지 않소."

일경은 송계를 파출소로 연행하겠다면서 그 증거를 주저리주저리 읊어댔다. 그들이 주장하는 것들이 다 옳다 해도 송계가 순순히 그들에게 따를 일은 아니었다.

"순사 양반, 들어보시오. 당신들은 우리의 주권을 침탈하고 그 것도 모자라 백성을 핍박하고 모든 산물을 수탈하고 있지 않소? 그런 당신들을 선생인 내가 어찌 옳다고 가르쳐야 하겠소? 그리고 나는 독립운동가가 아니고 유학자요. 여기 모인 우리 학생들은 모두 우리 전통의 도학을 공부하는 학생들이오. 궁금하고 관심이 있다면 당신들도 당장 내 앞으로 와서 경전을 배우시오."

지켜보던 학생들도 일제히 항의하고 나섰다.

"우리 선생님 말씀이 맞습니다."

"옳소. 우리 선생님 만세!"

"선생님을 대신하여 나를 잡아가시오."

서당 앞은 일순간 난장판이 되었다. 격분하여 맞서던 장군이를 비롯하여 두서너 명의 학동들이 군인들의 발길에 걷어차이기도 하였다. 일경은 학동들을 불온한 분자로 몰아세웠다.

"그만들 하시오. 일본 순사는 무고한 우리 학생들에게 손대지 마시오. 입에 담지 못할 욕설을 퍼붓고 겁박하라는 근거가 어디에 있소. 당신들의 서장이 그렇게 시켰소? 당신들의 총독이 그리하라 하였소?"

송계는 목소리를 높였다. 전에 들어보지 못한 매서운 호통이었다. 일경들이 주춤하는 모양새였다. 송계의 기에 눌린 일경은 자세를 낮추면서도 송계에게 한 가지 더 추궁하였다.

"마을 앞에 무궁화를 촘촘히 심어 놓은 저의가 뭣이오?"

"그것은 우리 민족의 꽃이기 전에 아름다운 나무 꽃의 하나요. 사시사철 보기 좋은 꽃을 피우는 꽃나무란 말이오. 왜? 무궁화를 좋아하는 것도 죄가 되는 거요? 일본인이 벗나무를 심어놓고 좋아한다면 그 또한 죄가 되겠구면?"

일경은 송계의 논리에 당할 수가 없으니 다시 무력으로 위협을 했다. 그들은 송계를 밀쳐내고 서재의 물건을 뒤집었다. 심지어 송계가 보던 책이며 지필묵마저 뒤지고 내동댕이쳤다. 그것을 본 학동들이 더 이상 분을 참지 못하고 일경의 멱살을 잡으며 몸싸움을 벌였다. 주먹질이 오가고 아궁이에 쌓아둔 장작개비가 날아다녔다.

"그만두시오! 내가 파출소로 가겠소. 우리 학생들은 손대지 마시오. 피 흘리는 부모의 얼굴을 구경할 자식이 어디 있으며 모욕을 당하는 스승을 보고 먼 산 보듯 하는 제자가 어디 있겠소. 일본에서는 그러하오? 내가 혼자 당신들을 따라나설 것이니 앞장서시오."

그날 송계는 군위 보안서에서 뜬눈으로 밤을 샜다. 그곳에는 일본 순사뿐 아니라 일본 경찰 복장을 하고 완장을 찬 조선 사람도 있었다. 연신 들락거리는 사람들 중에는 아주 낯설지 않은 이도 보였다. 몇 차례 유심히 살펴보노라니 옥정동 술주정꾼으로 소문난 사람이었다.

'저 사내가 앞잡이였나 보네. 불쌍한 화상이로다.'

송계는 측은한 눈으로 그를 훑어보았다. 퇴 하고 침을 뱉고 싶을 만큼 역겨웠지만 송계의 눈길을 억지로 외면하는 그가 한편으로 가련했다.

한참 시간이 흘렀지만 어느 누구도 송계를 불러 질문하거나 취조하지를 않아 이상하던 차에 젊고 단정하게 생긴 한 일본 경찰이 송계 앞으로 다가섰다. 무식한 위인 같지 않았다.

"송계 선생님, 강학에 노고가 많으십니다. 우리의 본뜻은 선생님을 고통스럽게 하려는 것이 아닙니다. 불편하게 하여 송구합니다."

그는 어딜 보나 경찰답지가 않았다. 사나운 기색이라고는 찾아볼 수가 없었다. 그러나 번뜩이는 눈빛만큼은 예사롭지 않았다.

246

"질문하시오."

"선생님의 친구 상구를 어디 숨겨뒀습니까?"

송계는 순간 당황스러웠다. 그제서야 그들의 속내를 알아차렸다. 그들의 의심의 꼬리가 학당과 자신에게 있는 것이 아니라 상구에게 있다는 것을 말이다. 그리고 지난날 상구가 남긴 애매한 작별 인사와 밝지 못했던 표정이 떠올랐다. 만주 어디로 나가서 독립운동에 참여할 것이라는 것과 당분간 못 볼 것이라는 등 편치 않은 이야기를 했던 것도 생각났다. 송계는 침착하려고 애썼다. 상구는 만주나 중국 어느 지역에서 나라를 위해 큰일을 감당하고 있으리라 생각하면서 그의 전도를 기원하고 있었다.

"여보시오. 유감스럽소만 그 옛날 조조에게 쫓기던 유비의 행선지를 알려달라면 몰라도 상구의 행선지는 나도 아는 바가 없소."

그러자 취조하던 그 경찰은 손바닥으로 책상을 꽝 내리치며 버럭 소리쳤다.

"유비라 했습니까. 차라리 공자라 하시오!"

일순 표정이 확 바뀐 경찰은 송계의 몸짓과 표정을 유심히 살피고 있었다.

"여보시오, 젊은 관리! 그렇게 소리를 치지 않아도 내가 다 알아듣고 있소. 상구는 내 친구요. 그러나 그와 나는 살아가는 길이 전혀 다르오. 나는 당신이 말하는 구학을 가르치는 선생이요. 케케묵은 조선의 학문 말이오. 당신네들이 알다시피 상구는 나의 협력자도 동반자도 아니요. 그러니 내가 그를 숨길 이유도 재간도 없소.

그 깊고 캄캄한 산중에서 내가 무슨 독립운동을 하겠소. 또한 내가
무슨 독립운동을 지원하겠소. 그 길을 알면 차라리 나에게 가르쳐
주시오."

"상구는 언제 서당을 다녀갔소?"

"그런 정보야 당신들이 더 잘 알 것 아니오? 그리고서야 어찌
상구를 잡겠소. 나도 상구를 보고 싶소. 부디 좀 알려주시오. 연전
에 잠깐 본 뒤로 소식이 깜깜이라 나도 답답하구려."

뒷자리에서 취조하던 내용을 듣고 있던 한 간부가 자리를 박차
며 소리쳤다.

"가둬 넣어!"

일경은 송계를 어두운 유치장 속으로 가둬놓고는 몇 차례 상구
가 다녀간 내력과 소재지를 말하라고 겁박했지만 송계에게 어떤
대답도 들을 수가 없었다.

송계는 심지어 육체적인 고통까지 당하면서 이틀이나 유치장에
서 시달렸다. 그러나 보안서는 더 이상 송계를 어떻게 할 묘책이
없었다. 뚜렷이 드러난 항일 사실도 없거니와 풍겨나는 송계의 인
품을 보아 달리 빌미를 잡고 옭아맬 수도 없었다.

보안서를 나와 화산으로 돌아오던 송계는 한없이 우울했다. 나
라를 잃은 백성의 한 사람인 자신이 초라하기 짝이 없었다. 암울한
세상에 도를 실천하려는 일념으로 살아가는 자존심이 산산 조각나
고 있었다. 그야말로 '무궁화 시드니 나라의 국운마저 쇠락해'가고

있는 듯하였다.

송계를 비웃듯이 기분 나쁘게 히죽거리던 보안서 순사들이 눈앞에 어른거렸다.

"송계 선생, 옥정서당 문을 닫으면 군위보통학교 교사로 초빙할 것입니다."

그 말을 듣는 순간 송계는 분노가 머리끝까지 치밀었다. 더 이상 참아낼 수가 없었다. 평소의 송계답지 않게 표정이 굳어지고 언성이 높아졌다.

"여보시오, 일본 경찰은 어찌 그리 무례하오? 당장 그 모욕적인 언사를 거두지 못할까!"

송계는 보안서 책임자 앞에서 그렇게 호통을 쳤지만 상황은 점입가경이었다. 또 다른 일경이 꼬박꼬박 대꾸를 하면서 위협을 하고 나섰다.

"송계 선생, 더 이상 학당을 지속하면 마을을 모두 불태워 버릴 수밖에 없소. 당신들 고집대로 알아서 하시오!"

"……"

기가 막혔지만 송계는 그들의 엄포에 기죽지 않으려 애썼다. 그럴수록 송계는 자기와의 다짐을 되뇌었다.

'지식의 힘, 인간됨의 힘을 기르면서 기다려야 한다. 난세 속에서 오로지 교육으로 민족혼을 지켜나가야 한다. 물리적인 저항이아니라 비록 사그라들고 있지만 도학의 불심지를 돋우며 언젠가활활 타오를 혼불을 데워야 한다.'

좌절감이 눈앞을 가렸지만 송계는 이를 악물고 인내하고 있었다.

보안서에서 돌아온 송계는 먼저 옥정영원에 들렀다. 샘은 세상사와 무관하게 쉼 없이 솟아오르고 물빛도 여전했다. 거울처럼 고요하고 맑은 수면 위로 송계 자신의 얼굴도 어른거렸다. 송계는 용비어천가 한 구절을 되뇌었다.

'불휘 기픈 남간 바라매 아니 뮐쌔 곳 됴코 여름 하나니. 새미 기픈 므른 가마래 아니 그츨쌔 내히 이러 바라래 가나니……'

이럴 때일수록 지혜와 도학의 뿌리를 더 깊게 하리라 다짐하는 송계는 불현듯 간재 선생이 그리워졌다.

'연세가 많이 깊었으리라.'

계양재가 눈앞을 스쳐가자 눈물이 핑그르르 돌았다. 송계는 간재에게 붓을 들었다.

…… 변화에 대처하는 능력이 부족합니다만 제 마음 한구석에 자리하고 있는 의리는 굽힐 수가 없습니다. 일경에 몇 차례 불려가서 오직 온순한 말로써 사실대로 조리 있게 응했으나 그들은 무기를 앞세우고 막무가내로 겁박하기에 저는 환난을 구차하게 피할 수가 없었습니다. 분통이 터져 심하게 꾸짖다가 마침내 화를 더하게 되었습니다. …… 저들은 처음부터 의심스럽지 않은 것을 의심하여 오래도록 사찰을 했습니다. 그러나 결국 아무런 사실이 없었으므로 감시망을 조금 풀었습니다만 아직 완전히 자유롭지 않으니

장차 어떻게 될지 모르겠습니다.

　공자께서 그리하셨듯이 아침에 도를 들으면 저녁에 죽어도 좋다는 뜻을 굳게 지키려 합니다. 먼지 쌓인 책을 다시 꺼내 펴고 공부에 정진하고 있습니다. ……

　송계는 자신이 당했던 수모와 괴로운 심정을 스승 간재에게 살살이 고하듯 밝혔다. 아울러 자신의 길을 결코 포기하지 않겠다는 다짐도 적었다.

　편지 내용처럼 옥정서당에 불어 닥친 회오리바람의 여진은 쉬이 가라앉지 않았다. 송계는 무겁지만 무겁지 않게 서당 문을 열고 닫았다. 때가 되어 찾아오는 학동들을 맞이했고 또 학습을 마치고 떠나는 제자들의 전도를 기도하며 보냈다. 전혀 자신의 고민을 내색하지 않았다. 그러나 맘 한편에 '마을을 불태워 없애겠다'는 그들의 말이 사뭇 가슴에 걸렸다.

　'그 포악한 놈들이 무슨 짓인들 못 하겠는가. 내가 떠나는 것이 순리일 것이야. 만에 하나 나 때문에 마을 전체가 큰 화를 입게 된다면 나는 그 어떤 것보다 더 큰 죄를 짓는 것이다.'

　입동이 지나고 소설을 앞둔 산중은 겨울 차림을 하기에 분주했다. 낙엽을 떨군 화산은 자신의 속을 점점 더 깊게 드러내고 떨어지다 남은 돌배는 이미 거뭇거뭇 변색된 채로 매달려 있었다. 골바람이 일렁일 때마다 산속에 마른 잎들이 바스락거리는 소리가 더 크게 들렸다. 이따금 까마귀 떼가 나뭇가지를 흔들고 가면 그 자리에 숨어 우는 바람소리가 부엉새 소리처럼 들려왔다. 가을걷이를 마무리했지만 옥정마을 사람들은 쉴 날이 없었다. 메주를 쑤어야 하고 김장을 담그는 일이 남았다. 남자들은 겨울 땔감 준비로 날마다 산에서 살았다.

그들만큼 송계의 마음도 바빠졌다. 마을에 사는 삼식이가 겨울 땔감을 걱정하고 갔다.

"선생님, 이번 겨울 땔감 나무는 제가 준비하겠습니다."

"응, 땔감 나무? 그래 고맙구나. 그런데 올해는 굳이 장만하지 않아도 된다."

삼식이는 선생님으로부터 크게 칭찬받을 것으로 알고 왔다가 고개를 갸우뚱하면서 돌아갔다.

송계는 벌써부터 떠날 채비를 하고 있었다. 자신이 꿈꾸고 그리던 화산구곡의 뜻을 이루지 못하고 옥정동을 떠나려 하니 모든 것이 헛된 꿈만 같았다. 한편의 구름 조각배를 타고 하늘을 배회하다 되돌아가는 기분이었다.

송계는 화산 제5곡으로 이름 붙여둔 어풍대로 나갔다. 맑게 흐르는 옥정 앞에서 미처 부르지 못한 노래를 부르고 싶어서이다. 송계의 포부와 기개를 담은 어풍대의 아름다움을 찬송하고 있지만 결국 '어풍대(御風臺)'는 화산과 작별하는 시가 되고 말았다.

땅은 금탕수를 솟아내고 하늘은 어풍대를 만들었네

물 마시고 바람 타고 일어나니 마음의 눈 활짝 열리네

천지에 우연이 어디 있으랴 조화로움이 온 것을 봐야 한다네

하늘 우러러 땅 굽어 부끄러움 없어야 비로소 삼재 갖출 수 있네

地出金湯水　天作御風臺

飮水乘風立　心眼豁然開

天地豈偶然　要見浩化來

直待俯仰無愧怍　然後方能備三才

옥정수를 한 잔 마시고 어풍대에 올라 시를 읊으니 마음의 눈이
활짝 열리는 듯했다. 그만큼 천지의 조화로움을 보면서 스스로 부
끄러움 없기를 다짐한 노래였다.

산바람이 서늘했다. 짐승 소리가 간간이 들려왔다. 막상 떠날 날
을 결정하고 나니 송계는 상구가 궁금해졌다.

'무탈할까? 어디선가 자유롭게 자신의 의지를 펼치고 있겠지? 천
도교당과는 여전히 연락을 주고받는가? 계획대로 노령과 만주에서
항일활동을 하고 있겠지? 상구도 나의 이런 상황을 알고 있을까?'

온갖 생각이 뇌리를 스친다. 송계는 다시 화산산정으로 올라갔
다. 상구와 함께 올라 서로를 위하여 기도하던 자리에 가보고 싶었
다. 두 해 전, 돌배꽃이 뽀얗게 피어 봄바람에 날리고 소쩍새가 유
별나게도 소쩍소쩍 하면서 구성지게 울던 날 두 사람은 서로의 손
을 꼭 잡고 하늘에게 빌었지. 서로를 기원하는 진심어린 기도를.

신이시여, 전능하신 하늘님이시여!!

…… 주체가 바뀐 세상은 이미 인의를 잃었습니다. 지금 나라는 바람 앞의 등불이나 다름없습니다. 지각이 있는 위인들이 나라와 민족을 위하여 죽어 갑니다. 울분을 참지 못하는 지사는 주먹을 움켜잡고 혹은 붓으로 항변합니다. 반면에 자신의 이름을 팔아 구차한 목숨을 부지하고 비굴하게 살기도 합니다. 가련하고 측은하기 이를 데 없습니다. …… 신이시여, 나는 아무것도 가진 것이 없는 나약한 학인입니다. 오로지 맑은 물에 내 영과 육을 씻고 헹궈 깨끗한 마음을 기르고자 합니다. 강건한 마음으로 나 자신을 바로 살피고 어린 학동들을 성실하게 가르칠 수 있게 보호하여 주시옵소서. 배운 그들이 장차 고을을 위하여 나라를 위하여 앎과 행동을 온전하게 실천해 나갈 수 있도록 일깨워 주시옵소서. …… 신이시여! 우리 두 사람의 의리를 잊지 말게 하여 주시옵소서. 서로 가는 길이 비록 다르다 할지라도 그 바라보는 곳은 같습니다. 우리들이 걷는 길을 부디 온전하게 지켜 주시고 충성된 길로 만들어 주시옵소서. 우리들의 영이 흔들리고 육이 쇠약해질 때, 진실로 나를 매질하여 백배의 용기를 돋우어 주시옵소서. 하늘이 때를 내리시는 그날까지 인내하고 준비하는 자신이 되도록 지켜 주시옵소서!

두 사람의 염원은 같았다. 신에 기대고 읍소하는 소망이야 각기 다를지라도 그 본질은 다르지 않았다. 자신들의 자질과 용기를 쓰기 위해 그들은 결코 현재를 포기하지도 방관하지도 않았다.

송계는 곧 옥정서당을 떠날 것이라는 이야기를 학생들에게 차마 꺼내놓지 못하고 하루 이틀 망설였다. 아무 일도 없는 듯 송계의 강습은 흔들림 없이 유지되는 듯했다. 그날도 송계는 여일하게 『맹자』를 꺼냈다.

"숙제를 받아 간 사람이 누구더라."

"네, 장군이 본문을 암송하고 성재가 뜻풀이를 하기로 했습니다."

눈치가 빠른 삼식이는 이미 분위기를 파악한 듯이 앞서서 정리했다.

"그래, 해 볼까. 그리고 난 다음 내가 토론 주제를 제시할 터이니 모두 자기 의견을 내놓기로 하자."

장군이가 겉장이 너덜너덜하니 낡은 『맹자집주』를 꺼내 펼치고 눈을 감은 채 진심장(상)의 네 번째 절을 암송하기 시작했다. 서당의 수업 상황은 여느 때와 다름없이 진지했다. 삼식이가 몇 번 송계의 표정을 살폈지만 막상 수업이 종료되면 스승과 작별해야 한다는 생각까지는 못 한 것 같았다.

孟子曰萬物이 皆備於我矣니

反身以誠이면 樂莫大焉이요

强恕而行이면 求仁이 莫近焉이니라.

맹재왈만물이 재비어아의니

반신이성이면 낙막대언이요

강서이행이면 구인이 막근언이니라.

그리고 이어 성재가 받아 뜻풀이를 시작했다. 강당은 숨을 죽인 듯이 조용하고 엄숙하였다.

이 세상의 모든 사물의 이치는 모두 나로부터 비롯된다. 그러므로 먼저 진정 어린 자기반성을 하고 정성을 다하면 이 기쁨보다 더한 것이 없다. 다른 사람을 온전하게 용서하고 행동하면 또한 어짊을 구하는데 이것보다 더 가까운 것은 없다.

성재의 뜻풀이가 끝나자 학동들은 모두 박수를 쳐주었고 송계도 칭찬을 아끼지 않았다.

"장군이와 성재 둘 다 모두 훌륭하다. 암송과 풀이가 어디 한 곳 흠잡을 데 없이 만족스럽다. 우리는 『맹자』를 근 일 년이나 읽고 뜻풀이를 했다. 이제 제법 학습의 속도감이 붙었다. 장을 더하여 갈수록 문리를 일깨워 나가는 제군들의 학습열이 대단히 기특하다. 칭찬한다. 모두들 다시 한번 박수를 보내자."

짝짝짝.

"그럼, 본문을 근거로 하여 내가 한 가지 토론 주제를 제시할 테니 제군들은 각각 자기 견해를 내도록 해라. 맹자는 '낙막대'라 했다. 견줄 수 없는 최고의 기쁨이라는 뜻이다. 사람은 가장 높은 가치를 천부적 즐거움에 두고 있다. 그러면 우리들은 여기서 어떻게 하면 그 즐거움을 얻을 것인가? 그 방법론과 수단에 대하여 각자 생각나는 대로 이야기해 보자."

삼식이가 머뭇거림도 없이 말을 꺼냈다.

"선생님, 맹자님이 말씀하셨듯이 '반신' 즉 자기반성에 있지 않을까요?"

식견이 제법이던 장군이도 의견을 제시하였다.

"반성은 곧 자기 분석입니다. 일과 행위에 대한 자기 분석으로 잘잘못을 밝혀내서 스스로 비춰 봐야 합니다."

그러자 또래에 비하여 한두 살 위인 광수가 자신의 생각을 내놓았다.

"반신은 지속성을 요구합니다. 그리고 성은 반성의 기준과 방법을 말합니다. 자기 자신이 얼마나 성한 존재인가를 성에 비춰 반성을 해나가면 진정 기쁨을 얻을 수 있다고 봅니다."

"모두들 창의적이고 의미 있는 의견을 내주었구나. 아까 삼식이가 잘 말해 주었듯이 반성이 없는 성장은 의미가 없다. 또한 반성을 하되 진정이 없이 건성으로 하는 데서는 아무런 가치도 기대할 수가 없다. 성심으로 반성할 때 진실로 큰 기쁨을 맛볼 것이다. 그래서 '반성은 곧 굳건한 자기 성장'이라고 말할 수 있다."

성은 『대학』의 8개 덕목 중의 하나이다. 『대학』은 온 정성을 다하여 구하려 하면 비록 그 목표지점에 딱 들어맞지 못한다 하여도 그것에서 크게 벗어나지 않는다고 강조한다. 그런가 하면 『중용』에서는 성을 하늘이 부여한 것이라 했다. 성실은 곧 하늘의 도이다. 그러므로 인간은 하늘이 내린 그 성실에 도달하고자 지속적으로 노력하는 당위적인 존재이다.

송계는 계속 강론을 이어나갔다.

"사람은 모름지기 성을 기준으로 삼아서 지속적으로 반성해 나갈 때 깨달음의 경지로 발전하게 되는 법이다. 마치 식물들이 겨울을 맞아 세한풍을 맞으면서 단단한 나이테를 만들어 나가듯이 말이다. 제군들은 자신에게 맡겨진 일이나 공부를 할 때 자기반성과 자기성찰을 두려워하지 말라. 반성은 자신의 뒤를 살펴 미래를 공고하게 형성해 나가는 아름다운 선택이라는 것을 명심하여라."

강론이 끝났다. 마지막 수업이었다. 그러나 송계가 먼저 당문을 나서지 않자 학동들도 제자리에 앉아 있었다. 송계는 서탁을 밀치면서 말문을 열었다.

"제군들! 오늘 수업을 마지막으로 나는 이제 여러분들과 옥정동을 떠날 것이다. 나와 함께하는 모든 강론을 이것으로 마치고자 한다."

학동들이라 하여 저간의 사정을 까맣게 모를 리 없었다. 순간 당 안이 어수선하였다. 그리고 잠깐의 정적이 흐르는가 하더니 그만 당 안은 울음바다가 되고 말았다. 통곡의 소리가 마치 초상집 곡소리처럼 서당 담 너머로 울려 퍼져나갔다. 낮잠을 자던 삽살이조차 놀라 동네가 떠나갈 듯 짖어 댔다.

강론이 종료되기를 기다리던 지전의 최 씨가 옥정서당 세심재로 들어왔다.

"어르신, 다 준비되었으니 산성으로 나서시지요?"

"……"

258

송계는 아무 말 없이 그의 뒤를 따랐다. 그러자 아이들 몇도 책보자기를 울러메고 송계 뒤를 따라나섰다. 옥정영원 샘가는 배웅을 나온 마을 사람들로 장터를 이루었다. 옥천댁은 장닭을 두어 마리 잡아다 보자기에 꽁꽁 싼 채로 정 씨 부인에게 안겼고 또 어떤 이는 김이 채 식지도 않은 시루떡 단지를 내놓았다. 정든 옥정마을 사람들을 두고 떠나는 송계는 걸음이 차마 떨어지지 않았다. 그러나 더 머무를 수가 없었다.

'내가 비록 일본 경찰의 위협과 협박으로부터 잠시 화산에서 물러나지만 내 마음은 변함이 없다. 그야말로 나를 만 번 겁탈하여도 끝내 나는 유학자로 돌아갈 것이고 일생을 공자의 문에 기대어 살리라.'

동구 밖을 벗어나면서 송계는 세심대와 어풍대가 있는 계곡을 쳐다보았다. 비통한 마음에 쏟아지는 눈물로 앞을 볼 수가 없었다.

2

지전의 최 씨는 오래전부터 송계를 무작정 좋아라 하고 따랐다. 그가 운영하는 최씨지전은 말이 지전이지 온갖 종이와 문방사우를 고루 다루는 꽤 탄탄한 사업장이다. 몇 대째 가업으로 지전을 경영하는 최 씨는 크게 배운 이력이야 없지만 장사 길에서 여러 사람을 만나고 교통하면서 아는 것이 많았다. 교유의 폭이 넓은 만큼 세상의 변화를 읽는 안목도 남달랐다. 그런 최 씨는 어렵게 얻은 자신의 어린 외아들이 대여섯 살로 자라면 송계 선생에게 보낼 것이라고 벼르고 있었다.

송계는 최 씨가 권유하고 안내한 대로 군위 삼산마을(범실)로 서당을 옮겨 차렸다. 삼산마을은 의성과 신녕, 심지어 구미로 분기되는 삼거리 초입인데 최 씨의 고향이기도 하였다. 너댓 개의 자연부락으로 이뤄진 삼산은 경작지도 비교적 널찍했다. 들녘 가운데 들어선 마을에서 동쪽으로 고개를 돌리면 화산이 가까운 듯 빤히 바라보이고 서쪽의 팔공산과 남쪽의 조림산도 송계에게 그리 낯설지 않았다. 송계는 가족들을 다 데리고 이사 온 터라 화산이 내다보이는 것만으로도 안도가 되었다.

마을 앞에는 빨래터가 될 만한 작은 구천이 흘러내렸다. 송계는 골목길 앞의 당나무에 가린 김 씨네 집 사랑채를 삼산서당이라 써 붙이고 동네 아이들로부터 청년들까지 배우고 싶은 사람이면 누구나 다 오도록 하였다. 날이 갈수록 참으로 다양한 연령층의 학동들이 서당문을 두드렸다.

그동안 교육 혜택을 제대로 받지 못하던 오지의 마을에서 불빛과도 같은 학당이 들어서자 배우고자 하는 사람들은 노소를 불문하고 삼산서당을 찾아왔다. 보통학교 취학 연령기에 든 어린아이들이 있는가 하면 『천자문』과 『동몽선습』을 뗀 청년들도 있었다. 생각 끝에 송계는 『소학』과 『대학』반으로 구분하고 수준에 맞게 적합한 교과목을 가르치기로 하였다.

독서와 강론뿐만 아니라 학동들이 즐거워하는 놀이 교육도 병행했다. 그중에서도 승경도 놀이와 투호 놀이는 필수 과목처럼 다루었다. 승경도 놀이는 옛 관제를 익히게 해주었고 일정한 거리에 놓인 옹기 단지 속으로 화살을 던져 넣는 투호 놀이는 온몸의 균형과 집중력 개발에 도움이 되었다. 송계는 먼저 투호를 시켜 건강과 집중력을 가늠해 보기도 하였고 스스로 그들과 함께 투호를 즐기기도 했다. 그럴 때면 정 씨 부인은 감자전을 붙이고 담박한 국수를 말아 내놓곤 했다.

송계는 가르치는 일이 전부가 아니었다. 마을 사람들이 부탁하는 소소한 편지글이며 예단 글을 써주기도 하고 나아가 건축물의 상량문과 기문도 써주었다. 경제적으로 형편이 좋은 사람은 자신들의 조상을 칭송하고자 비문과 보첩의 발문을 부탁하기도 하였다. 송계는 성가시다 하지 않고 자신을 찾는 사람이면 누구에게나 능력껏 도와주기를 거절하지 않았다. 겸손하게 군소리 없이 거들어준 일마다 적덕이 되었음을 안 사람은 송계 자신이 아니라 이웃들이었다.

그렇게 몇 해를 바쁘고 보람 있게 보내다 보니 송계는 어느 순간 서당의 훈장을 넘어 마을의 스승이 되어 있었다. 달이 가고 해가 바뀌면서 송계는 삼산동뿐만 아니라 군위 전 고을의 큰 선비로 여론이 퍼져 나갔다. 자연히 삼산서당은 배우고자 하는 학생들이 줄을 잇게 되고 덩달아 한적한 시골이던 삼산마을마저 인근 마을 사람들의 부러움을 사는 동네가 되어갔다.

그런 상황을 곁에서 눈여겨보던 지전의 최 씨가 강당을 늘리자는 제안을 해왔다.

"선생님 강당을 한 칸 더 늘려야 하지 않을까요? 곧 제 자식도 삼산서당으로 보낼 겁니다."

"아직은 그럭저럭 꾸려갈 만하네. 고맙긴 하지만 더 두고 보세."

그렇게 마음 놓고 쉴 여가 없이 몇 해가 흘러갔다. 어느 틈엔가 옥정서당에 남겨놓은 짧지만 선명한 추억마저 뒤편으로 묻혀갔다. 더군다나 상구의 소식까지는 궁금할 겨를조차 없었다.

참꽃이 진 조림산에 물안개처럼 피어난 산도화를 바라보던 송계가 마당에서 산나물을 다듬고 있는 부인 정 씨를 넌지시 불렀다. 어미 곁을 맴돌던 막내가 먼저 아버지에게 쪼르르 달려오고 셋째 녀석은 봄빛을 붙잡기라도 할 듯이 어디론가 강아지처럼 뛰어나갔다.

"뭐, 시키실 일이라도?"

정 씨 부인이 곁에 와 앉으며 묻는다.

"아니, 별건 아니고……."

"말씀해 보세요."

"더 늦기 전에 대천에 한번 다녀오구려. 친정 식구들도 만나고. 마을 소식도 궁금하지 않소?"

남편의 친정 다녀오라는 갑작스러운 말에 정 씨 부인은 설레기 시작하였다. 화남의 대천동은 정 씨 부인의 친정이다. 사실 부인은 친정 소식을 못 들은 지 꽤 오래되었다.

"그리고 보니 화산을 떠난 후 세월이 많이도 흘렀네요."

여자들에게 친정이란 특별한 곳이 아니던가? 노년이 되어도 친정이라면 마음이 앞서고 가슴이 짠해지는 곳이다. 그것은 자연의 땅이 아니라 겹겹이 싸인 감정의 땅이기에 그러한 것일 게다.

그렇게 하여 정 씨 부인은 꿈에 그리던 친정을 다녀왔다.

"기왕 걸음한 길이라 우리들이 살던 마을을 두루 돌아보았어요. 아직도 당신을 칭송하는 이야기를 많이 하더군요. 신녕소학교는 버젓한 신식 학교로 자리 잡고 있더이다."

"신녕향교는 어찌 되어 있는지?"

"문이 닫힌 채 한산하고 쓸쓸해 보였어요. 환벽정은 찾는 사람이 없었는지 비바람에 허물어져 가고 있었어요."

부인은 상기된 표정으로 친정 이야기를 늘어놓았다. 말수가 늘었다. 송계는 전에 같지 않은 부인의 수다를 들으면서 친정 기운이라고 여겼다. 덩달아 자신도 그만 왈칵 밀려드는 고향에 대한 그리움에 금방이라도 신녕과 화산으로 달려가 보고 싶었다.

불혹을 넘어서는 송계는 자신의 학문적인 성과와 객지이지만 후학을 가르치는 것에 자긍심을 가지고 있으면서도 다른 한편 신식 학문의 급성장과 상대적으로 기울어져 가는 유학의 앞날을 생각하면 불안한 마음을 감추지 못하였다. 이러한 문제는 번번이 송계의 생각을 무겁게 하는 근저가 되곤 했다.

송계의 마음을 아는지 모르는지 무심한 하늘은 구름 조각들을 흩었다 모으기를 연거푸 하면서 구름 꽃을 만들어내고 있었다.

송계가 서당 일에 온 힘을 기울이는 사이에 세상은 흐르는 급물살처럼 변해 갔다. 서당 일은 사회 변화에 크게 구애받지 않으니 교과목을 바꾸어야 한다든가 교육 방법을 혁신해야 할 필요성은 없었다. 더군다나 학기에 대한 규정도 입학과 졸업에 관한 규정도 없었다.

송계는 학생들을 두 반으로 나누어 각각 수준에 맞는 경전을 강론하고 그것을 통하여 인성을 일깨우는 방법을 택했다. 그러나 기본적으로 한문이라는 문자를 반드시 이해해야만 한다. 한자를 습득하지 않고는 결코 성현이 남긴 기록을 터득할 수가 없기 때문이다.

한번은 마을의 동장 임 씨가 서당을 찾아와 이런저런 이야기를 나누다 갔다.

"훈장님 덕분에 우리 동네가 산성에서 가장 귀한 마을이 되었습니다. 군위 읍내에서 이렇다 하는 마을을 꼽으라면 의흥을 빼놓을 수 없었는데, 요 몇 해 사이에 세평이 아주 달라졌어요. 마을의 어린아이들은 화본이나 군위 읍내 보통학교로 나가서 신식 공부를 하고 또 삼산서당에 와서는 한문 공부를 할 수 있어 참 다행입니다."

동장은 별달리 교육을 받지 않았지만 출입이 많아 나름 보고 들은 견문이 넓은 사람이었다. 그런데 여태 그의 생각은 서당은 한문을 가르치는 곳으로만 여기는 듯하였다. 서당이 한문 공부만 하는

264

곳으로 알고 있는 것은 동장뿐만이 아닐 것이다. 어떻게 하면 이들의 생각을 바로잡아 줄 수 있을지 송계는 골똘하게 궁리했다.

'내가 어린 날, 서당이나 향교를 두고 어디 한문을 배우는 곳으로 알았던가? 마음공부를 하는 학당, 그러니까 성현이 설파해 놓은 원리를 좇아 수신과 도덕 함양 그리고 자연의 이치를 깨닫고자 공부하는 곳으로 알지 아니하였던가.'

송계는 보다 뚜렷한 산삼서당의 교육목표를 세워야겠다는 생각에 미치었다. 그것은 당연히 자기 수신에 중심가치를 둔 유학 교육이었다. 어쩌면 시대의 물살을 거꾸로 돌리려고 하는 역류일 수도 있다. 그 반면에 일제는 각종 학교를 만들어 일본 문화를 기초로 한 농경법을 비롯하여 다양한 산업기술을 가르쳤다. 면사무소를 통과하는 길이 넓어진 것은 말할 것도 없고 수년 내로 면소가 있는 화본에 기찻길이 개통된다면서 그 측량 공사도 한창 진행 중이었다.

일제가 추구하는 신식 교육은 사람 중심이 아니라 다분히 식민지 통치를 위한 수단 교육이었다. 면소재지인 화본동에 산성공립보통학교가 문을 열었고 크고 작은 읍내마다 일본식 전문 기술학교가 속속 생겨났다.

말하자면 삼산서당의 교과와 일제의 신식 교육과정은 판이하게 달랐다. 송계가 눈으로 볼 수도 만질 수도 없는 덕육 교육에 중심을 두고 있다면 일제는 현실 문제를 해결해 주는 기술 교육으로 젊은이들이 바로 써먹을 수 있는 실용성에 바탕을 둔 교육을 하고 있었다. 일본은 조선 젊은이들의 노동력을 이용하기 위하여 그들이 필요한 교육을 시켰던 것이다.

이런 사회적 기류에 따라 삼산서당에도 심상치 않은 변화의 조짐이 보이기 시작하였다. 우선 배우고자 찾아오는 학생의 수도 줄고 있거니와 수강 중이던 학생들조차 자퇴하는 일이 생겨났다. 송계를 따르던 지전 최 씨조차 자신의 외아들을 신녕공립보통학교로 보내고 말았다.

송계는 시대의 흐름이려니 하면서도 내심 적잖은 충격을 받았다. 그런 가운데 어느 날 고등반 수업 중에 의미심장한 토론이 전개되었다. 『맹자』 강론시간이었다.

"오늘 강론은 지난달에 미리 예정해 둔 대로 토론 시간을 갖자. 양혜왕 상편에서 제나라 선왕이 맹자에게 정치 자문을 요청한 내용이 오늘의 토론주제이다. 그럼 먼저 본문을 살펴보도록 하자."

"예."

"먼저 선왕(宣王)이 맹자에게 왕도정치를 구현할 구체적인 방법론을 알려 달라고 하자 맹자는 매우 단호하게 먼저 물질이 갖추어져야 그 위에 도덕적 평상심이 유지된다고 설파하고 있는데 누가 원문을 읽어 볼까?"

"예, 제가 읽겠습니다."

…… 왈무항산이유항심자는 유사위능이고 약민칙무항산이면 인무항심이니 구무항심이면 방벽사치를 무불위기이라. ……

266

…… 曰無恒産而有恒心者 惟士爲能 若民則無恒産 因無恒心

苟無恒心 放辟邪侈 無不爲己 ……

윤식이가 또박또박 토를 붙이면서 낭랑하게 읽어 내려갔다.

"잘 읽었다. 그럼 각자 자기 견해를 말해 보도록 하자."

"예, 제가 해 보겠습니다."

석영이었다. 농사를 짓는 석영이 가장 먼저 자기 견해를 내놓겠다기에 기특했다.

"그래 어디 한번 들어보자."

"물산이 풍족하지 않으면 평상심을 유지할 수 없다는 뜻입니다. 다만 항산이 없어도 항심을 가질 수 있는 사람은 오직 선비라고 말하고 있습니다. 일반 백성들은 물질이 풍족해야 평상심을 가질 수 있는 반면에 선비는 그와 달리 물질에 무관하게 평상심을 지닐 수 있다고 보고 있습니다. 이는 결국 마음을 보존하는 것과 아울러 일상의 경제적 생활이 보장되어야 한다는 점을 동시에 강조하고 있다고 판단됩니다."

"아주 훌륭하게 이해하고 있구나. 또 다른 의견은?"

"예, 제가 말씀드리겠습니다."

"덕견이구나. 그래 어디 한번 들어보자."

덕견이는 삼산서당에서 꽤 몇 해 동안 경서 공부를 하여 사유가 깊어진 학생으로 송계가 퍽 아끼는 청년이었다.

"저는 일전에 군위 읍내를 다녀왔습니다. 너무 놀란 일을 보고

와서 지금도 마음이 혼미합니다. 읍내 거리에서 파서(버스)라는 집 채만 한 큰 자동차를 봤습니다. 많은 사람을 싣고 구름 떼 같은 먼 지를 내뿜으면서 쏜살같이 지나갔습니다. 장터에 나온 모든 사람들이 그것을 구경하느라고 일손을 놓고 있었지 뭡니까. 지금 우리 사회는 불과 몇 해 사이에 엄청나게 변화하고 있습니다. 새로운 것들이 자꾸 생겨나고 생활의 방식도 점점 편해져 가고 있습니다. 이러한 물리적인 사회 변화는 곧 우리들에게 경제적인 풍족을 가져다 줄 것으로 기대합니다. 이런 것 또한 항산에 속하는 것 아닌가 합니다. 맹자님은 백성들이 일정한 재산을 갖지 못하면 일정한 마음도 없다고 했습니다. 또한 그 결과는 방자하고 사특하여 못하는 행동이 없을 것이라 했습니다. 그러니까 급변하는 현 사회는 점점 경제적인 부를 좇아 나서야 할 때가 아닌가 생각합니다. 그 또한 맹자님의 뜻이 아닌가요?"

자기경험에서 우러난 덕견의 발표는 학생들에게 현실감을 일깨워주었다. 더 이상 누구도 다른 말을 내놓지 않았다.

송계는 숙연해진 강당 안을 둘러보며 천천히 결론을 내렸다.

"자신의 경험을 『맹자』의 항산 구절에 대입한 덕견의 발표는 일리가 있다. 결코 틀린 말이 아니다. 지금 우리 사회는 급변하고 있다. 물론 그 변화는 오늘보다 더 나은 내일의 풍요로운 삶을 전제하고 있다. 그런데 여기서 문제는 인간다운 심성이 간과된다면 그 발전이 무슨 가치 있는 일이 될 것인가를 생각해 봐야 할 것이다."

송계는 계속해서 말을 이었다.

"선비는 일상적인 현실에만 머물 것이 아니라 한 걸음 더 나아가야 한다. 우리가 추구하는 선비는 백성들의 스승이다. 보통사람들로부터 존중을 받는 반면에 사회적인 책임을 져야 하는 사람이다. 일반 백성들과 다른 도덕적으로 훈련되어야 하는 사람이다. 무항산일지라도 항심의 덕을 가질 수 있어야 한다. 그런 맥락에서 우리 사회가 물질 중심으로 변화해 나간다 하여도 모름지기 선비는 항산을 초월하는 수양된 심성을 견지하여야 할 것이다. 그것이 또한 오늘날 우리들이 추구하는 성현의 도학인 것이다. 다시 말해서 심성을 돈독하게 하는 것이 수신인데 우리가 공부하는 유학의 본의가 거기에 있고 경전을 통하여 성현의 삶과 가르침을 깨닫고자 하는 것 또한 그것이다."

학생들은 숨을 죽이며 스승의 말을 새기고 있었다. 한참 동안 아무 말 없이 학생들을 둘러보던 송계는 말을 맺었다.

"자! 그럼 오늘 강론은 여기서 마치고 각자 자신을 한번 돌아보는 시간을 갖도록 하자."

세상의 변화는 구호가 아니었다. 삶의 현장에서 생산과 편리를 안겨주는 모습들이 눈으로 보였다. 비록 그것이 일본의 식민지 행정이라 하지만 일반 다중들의 삶이 조금씩 달라지는 걸 느끼고 있었다. 그러한 변화는 여전히 도학에 중심을 둔 삼산서당의 운영을 차츰 어렵게 만들었다.

지난날 그렇게도 호의적인 주민들의 눈치도 조금씩 달라졌다.

샘가나 사랑방 사람들이 모이는 곳에서는 걸핏하면 서당을 입에 올렸다. 몇 해 전의 덕담과 칭송하던 것과 달리 수군거리는 소리였다.

"이 시절에 구학이 가당하냐?"

"우리 식이도 이제 서당 공부 그만 시켜야겠어."

"훈장님이야 그럴 수 없이 덕이 많고 점잖은 분이지만 시대가 변했어."

"학문이야 대단한 분이지. 공자 맹자님이 살아온다 해도 어디 우리 훈장님만 할까?"

스쳐가는 말들이 귓가를 따갑게 했다. 그러던 어느 날 신녕 지전의 최 씨가 찾아왔다.

"선생님, 불원간 저는 대구로 이거할 계획입니다."

"이사를 간다고요?"

"지전 사업이 옛날 같지 않습니다. 도심이나 관공서는 모두들 일본식 양종이를 사용하고 한지를 찾는 사람이 점점 줄어듭니다."

"다른 생업의 묘책이 있나요?"

"배운 게 도둑질이라 장사 이외에 다른 재주가 뭐 있겠습니까. 큰 도시로 나가 양식 문방도구와 화방도구를 파는 사업을 해 볼까 합니다."

"장사도 시대를 따라야지요. 사업 흐름이야 최 씨만큼 잘 아는 사람이 어디 있으려고요."

최 씨가 떠난 자리는 한없이 허전했다.

송계는 서당 밖 당나무 거리로 나갔다. 느티나무 가지 끝에 연둣빛이 내리기 시작하고 논들의 보릿골도 푸른빛을 더해갔다. 송계는 멀리 들판 너머로 우뚝 솟아 있는 화산을 바라보았다. 산은 어떤 일이 있어도 자신을 외면하거나 토라진 적이 없으니 바라만 보아도 따뜻했다. 자신이 꿈꾸던 그 산이 자신의 가슴 앞으로 안겨드는 것 같았다. 갑자기 가슴이 뭉클해지면서 눈시울이 찡해져왔다.

마을에서 남쪽으로 난 삼거리 쪽으로 소달구지 한 대가 무언가를 잔뜩 싣고 덜커덕거리면서 지나갔다. 멍에를 건 황소는 힘겨운 듯이 눈을 부라리고 침을 흘리면서 뚜벅뚜벅 무거운 걸음을 내딛고 있었다.

'이 길도 머잖아 신작로로 바뀌면 달구지는 사라지고 자동차가 쌩쌩 달리겠지.'

송계는 그 자리에 서서 하릴없는 사람처럼 사라져가는 달구지를 멍하게 바라보았다.

그래도 다음 날 아침, 여전히 서당 문을 열었다. 출석한 학생보다 결석자가 더 많았다. 농사철이 시작되어 모두들 일손이 바쁜 탓이려니 하면서도 꼭 그것만은 아닌 듯했다. 느닷없이 한 아이가 일러준다.

"스승님, 덕견 형이 서당을 그만두고 서울로 떠난답니다."

"뭐라고?"

"……"

송계는 자신의 귀를 의심했다. 순간 송계의 감정이 복잡하게 소용돌이쳤다. 그러고 보니 지난 토론 수업 이후 며칠째 덕견이가 눈에 띠질 않았다. 송계는 젊은 덕견의 입장을 십분 이해하면서도 근 십 년 동안 삼산서당을 지켜온 송계로서는 더할 수 없이 실망스러 운 일이었다. 서당 공부를 그만두겠다는 여느 다른 제자들에 비하 여 유독 덕견에 대한 송계의 믿음과 애정은 특별하였다. 주경야독 하는 다른 학생들과 달리 오로지 경전 공부에만 몰두해온 덕견이 었기에 송계는 그에게 거는 기대감 또한 컸었다. 그런데 덕견은 바 쁜 농사철을 보내고 다시 서당에 나오겠다는 것이 아니라 공부를 접고 서당을 영영 떠난다 하니 송계의 놀람과 실망감은 이루 말할 수가 없었다.

송계는 덕견에게 다시 생각해 보라고 권유할 작정이었으나 그 를 만날 수가 없었다. 생각 끝에 편지를 써 보냈다.

…… 다른 사람에게 전해 들었다. 자네가 도시의 부를 꿈꾸고 동 경하여 공부를 포기하고 중도에서 뜻을 바꾸려 한다는 것을. 도학 공부에 그렇게 열심이던 자네가 희뿌연 먼지가 풀풀 나는 도시로 몸을 들이고자 한다는 게 사실인가?

현명한 사람이라도 천 가지의 생각 가운데 한 가지의 실수는 있 는 법이라네. 그렇지만 지금 그대는 『중용』을 수백 번 읽었고 의리 가 무엇인지를 누구보다 잘 아는 터인데 어찌 쉽게 공부를 포기하 려 하는가?

또한 모르는 일이지만, 공부를 할 때에 잠깐 부질없는 생각이 그 렇게 하도록 시킨 것인가 싶어 정녕 답답하기 그지없네.

……『중용』의 한 구절을 더듬어 보세. '현 세상에 살면서 옛날의 도를 회복하려고 한다면 이와 같은 사람에겐 재앙이 자신의 몸에 미친다'고 하고 있네. 자네도 물론 알고 있는 구절이지. 그러나 자네는 혹시 이 한 구절을 '문득 옛날의 도를 좋아하는 것은 도움이 되지 않고 속세를 따르는 것이 유리하다'고 잘못 이해하는 것은 아닌가 싶네.

그것이 아니면 대책을 마련하지 못하고 있는 낡고 썩은 선비들의 모습을 징계하려는 것인가. 또한 하소연할 데가 없는 백성들의 애처로운 현실은 새롭게 경영하고 구제할 방법을 서둘러 찾으려다 그 옳고 그름을 가리지 못해서 그러한가? ……

무겁고도 긴 장문의 편지가 되었다. 덕견을 아끼고 사랑하는 스승의 마음 길이와 같았다. 송계는 붓을 놓으면서 덕견의 선택이 잘못되었다고 단정할 수 있을까 자문해 보았다. 그러나 변화는 진리의 용(用)에 불과하다는 대답을 스스로에게 해주었다.

'진리는 영원한 것이야. 불변의 원리지. 변화하는 세상이 진리를 처방하는 것이 아니라 진리가 세상을 처방할 뿐인 것을. 사리사욕으로부터 자유로운 사람, 그러한 덕을 갖춘 사람이 곧 진리를 다잡고 세상을 다스리는 사람이 아닌가. 그런 사람교육을 유학이 감당하고 있는 것 아닌가?'

덕견의 선택이 자신에게 준 충격을 씻어내고자 지난날의 몸부림을 되새겨보았다.

'나는 한결같이 반신이성(反身以誠)을 묵상하고 실천하는 존재가 되고자 성찰의 끈을 놓지 않았다. 인간다운 심성과 도덕적인 힘에 우선적 가치를 둔 도학 공부를 꼭 잡고 있었던 게지. 그것은 나의 철학이요 확신이었어. 선비라면 모름지기 세상의 모든 변화와 난관을 극복해 나가면서 하늘이 내리는 때를 기다려야 해. 그 하늘의 때가 비단 내 앞으로만 도래하기를 바라는 소아적인 희망이 아니라 보다 큰 인의를 가진 사람에게 다가설 보편적인 소망을 지니고 살아갈 것이야.'

송계의 내적 다짐과 달리 서당은 날이 갈수록 기울어져 갔다. 그 앞에서 우울함을 숨길 수도 없었다. 황촉 불이 말없이 녹는 밤은 길기만 하였다. 뒤척이다가 겨우 선잠이 들었는데 그마저도 돌아가신 소송과 낭산이 번갈아 나타나 흔들어 깨웠다. 두 분이 똑같은 이야기를 생시처럼 들려주고 사라져버린다.

"송계야 걱정 말아라. 너의 쓰임이 기다리고 있다. 책을 절대 원망하지 말거라."

아무리 꿈이라지만 참으로 기이하다는 생각을 떨쳐내지 못하면서 다시 자리에 들었다. 그러던 이튿날 저녁 무렵 낯선 한 남자가 송계를 찾아왔다. 임고의 자천댁에서 보낸 심부름꾼이었다.

"송계 선생님을 뵐까 합니다. 사실은 소인의 주인댁 어른께서 선생님을 손자들의 훈장님으로 모시려 합니다. 가납하여 주시기를 엎드려 청합니다."

송계는 너무 뜻밖의 일이라 즉답을 하지 않고 그 젊은 집사를 동구 밖으로 배웅하였다. 청년이 송계의 배웅을 무척이나 어려워 하며 쩔쩔맸다.

"여보 젊은이, 내 집까지 먼 길 오신 손님인데 내가 어찌 문 안에서 잘 가라 하겠소. 괘념 마시오. 나는 세 살 먹은 아이라도 내 집 손님일진대 대문간 밖까지 배웅한다오. 그리 불편해 하지 마시오."

"그래도 원. 선생님. 저의 주인어른은 넉넉하지만 까다로워 가리는 것이 많은 분입니다. 그런데 선생님을 독선생으로 청하는 데는 조금도 망설이지를 않았습니다. 과문한 저이지만 이제야 그 뜻을 알 것 같습니다."

"살펴 가시오."

송계는 젊은이를 배웅한 뒤 한참 동안 생각에 젖었다.

"자천댁이라, 그런 부호가 신식 공부를 시키지 않고, 왜 저물어 가는 공맹을 가르치려 할까."

그리고는 차일피일 결정을 내리지 못하고 한 보름을 지냈다. 앞 들녘의 보릿골은 한 자만큼이나 자랐고 하늘을 뚫을 듯 우짖는 노고지리 소리는 더 명랑했다.

몇 명 되지 않는 학동들에게 천자문 강론을 일찍 마치고 서당 문을 닫으려는데 송계를 찾는 사람이 있었다. 옥양목 바지저고리와 겹두루마기를 단정하게 차려입은 중년의 남자였다. 그는 송계 앞에 정중하게 인사를 건넸다.

"일전 사람을 시킨 일이 결례가 되지 않았는지 혜량하여 주십시오."

"가부를 서둘러 답변 드리지 못해 되레 송구합니다."

"근자에 낭산 선생을 찾아뵌 적이 있습니다."

"선생님은 건강이 어떠하시던가요?"

"많이 연로하신 모습이었습니다."

"그런데 선생께서는 어인 일로 이 한적한 시골에 사는 나를 두 번이나 찾으시는지?"

"예, 이미 말씀드린 대로입니다. 제 손자 놈의 면학을 낭산 선생에게 맡기려 하였습니다만 낭산께서 굳이 한 선생님을 천거하여 주셨습니다."

"그런 일이 있었군요."

초로의 남자는 자천댁 주인이었다. 그는 초년시절부터 근면을 무기로 많은 재산을 이룬 남부럽지 않은 부자였다. 그러나 한 가지 여한이 있었다. 몇 자식을 두었지만 사는 데 급급했던 나머지 자식 교육을 탐탁하게 시키지 못한 것이 두고두고 후회스러웠다. 그는 비록 자신과 자식은 교육 기회를 놓쳤을망정 손자들에게 거는 기대는 남달리 특별했다.

"알다시피 나는 유학자인데 지금 아이들에게 구학을 가르치겠다는 말씀이신가요?"

"예, 당연히 그렇습니다. 일본의 만행이 영원하겠습니까. 언젠가는 이 땅에서 일본이 물러갈 것인데 그때를 준비해야지요."

"허허, 대단한 안목이십니다."

송계는 대문 밖 찰감나무 꽃이 부끄러운 듯 숨어 피던 날 삼산서당의 문을 닫았다. 10년 세월의 애환이 봇물처럼 흘러내렸다.

매호동은 한 번쯤 눈길을 끌 만한 동네였다. 그러나 송계는 젊은 날 임고서원과 죽장으로 몇 차례 내왕한 적이야 있지만 신작로 옆의 매호마을을 그리 눈여겨보지 않았었다. 동네 초입 야트막한 산자락에 고래등 같은 큰 집을 가진 이 부자가 살고 있다는 정도만 알고 있었다.

매호동은 기룡산 지맥을 따라 남서쪽으로 내려오다 임고서원을 거쳐 마치 끝단을 이루는 듯한 야산 자락에 있다. 그 이 부잣집이 마을 골목길의 초입에 있다면 송계가 초빙되어 가는 자천댁은 마을 한가운데 있었다.

동네 가운데서 남쪽으로 흘러 자호천에 합수되는 우내개울 동서쪽에 각각 자리 잡은 두 부잣집은 천 석은 족히 거두는 부자로 알려져 있다. 그런데 이웃사람들은 그 두 집안 내력은 전혀 다르다고 말을 했다. 어떤 입바른 사람들은 두 부잣집을 곧잘 비교하여 수군댔다.

"앞 마을의 이 부자는 왜놈 덕에 부자가 됐지. 고을사람들이 다 아는데 뭘."

"우리 영천 땅, 어느 면 골짝이든 이 부자 땅 밟지 않고 갈 수 없다던데 자네도 말 조심하게."

"그런 데 비하면 웃마을 이 부자는 참 훌륭한 사람이야. 인심도 후하고."

"그 사람 부지런한 건 하늘이 다 알지. 그래서 하늘이 내린 복 아니겠나."

개화와 일제의 물결을 타고 부자가 된 앞마을 이 부자는 알게 모르게 많은 사람들의 비난을 받는 반면에 자천댁을 손가락질하는 사람은 아무도 없이 모두들 호의적이었다.

자천댁은 세태에 눈 돌리지 않고 오로지 부지런하게 일하고 모아서 논밭을 넓혔다고 했다. 또 많은 돈을 소리 소문 없이 독립운동 자금으로 낸다는 소문도 떠돌았다. 그 누구도 두 부잣집의 형편을 자세하게 아는 사람은 없었다.

자천댁 어른은 자신의 집 동쪽 편의 우내개울이 있는 곳으로 송계의 처소를 마련해 주었다. 이따금 개울가에서 풀을 뜯던 소들의 울음소리가 사람 사는 마을의 기운을 돋워주곤 하였다.

"그리 크지 않지만 양지 바른 곳이니 여기를 살림집으로 사용하시지요."

세 칸 집이지만 아래채가 따로 있어 서재로 쓸 만큼 넉넉했다.

자천댁이 마련해준 집 마당에 들어서면 멀리 자호천 물길과 고경천이 합수되는 금강산성 기슭이 보였다. 시야가 막힘없이 탁 트여 좋았다.

"여기서 동쪽으로는 오백 보 지점에 있는 저 저택이 우리 고을에서 제일 큰 부잣집입니다."

그리고는 자기 왼쪽을 가리켰다.

"서쪽으로 보이는 저 낮은 기와집이 우리 집입니다."

송계가 보기엔 그 집 역시 저택이었다. 다섯 칸짜리 안채에다 큼 직한 사랑채가 따로 있을 뿐만 아니라 별채로 서당이 있었다. 앞마 을 이 씨네가 고을 밖으로 소문난 부자라면 자천댁은 안 마을에서 알려진 부자였다.

송계도 인사를 겸하여 자천댁의 말에 대꾸를 했다.

"서당이 아주 돋보입니다. 독서당이야말로 미래를 위한 보물 공 장이지요."

"예닐곱 살 되는 손자들이 서너 명 있는데 하나같이 개구쟁이들 입니다. 선생님이 녀석들의 길잡이가 되어 주셨으면 합니다."

자천댁은 내심 기대에 찬 표정이었다.

"한창 귀여울 때이군요. 잘 놀게 하는 것도 중요한 교육입니다."

예닐곱이면 딱히 어리다고 할 수 없다. 『소학』을 배울 나이다. 『소학』에서도 일곱 살이면 혼정신성(昏定晨省)의 예절과 음악이며 활쏘기, 말달리기, 작문하고 셈하기, 그리고 사람 도리를 배울 나이 라고 말하고 있다.

자리를 뜨려 하던 주인이 다시 또 말을 붙였다.

"앞 이 씨 부잣집 자제들은 이미 장성했는데 그 한둘은 일본에 서 공부를 했답니다. 고향 길 내왕도 거의 없는 모양입니다."

"이 혼란기에 성리학 공부를 시키겠다는 귀댁의 결심은 참으로 훌륭하십니다."

그렇게 주인과 인사를 나눈 다음 날부터 송계는 자천댁 손자들의 교사가 되었다. 송계는 매일 아침 자천댁의 매호서당으로 출근하고 아이들에게 기본 과정 수준의 교과를 강론해 나갔다.

자천댁 어른은 아이들 교육을 송계에게 완전히 맡겨두었다. 시간이 지날수록 송계는 자천댁의 집안 내력은 물론 아이들에게 기대하는 어른들의 교육열이 남다르다는 것을 자연스럽게 알 수 있었다. 그런 만큼 송계는 아이들에 대한 애정도 각별해지고 책임감도 생겨 가정교육에 적절한 방법을 구상해보았다.

도학의 교육도장을 실현하고 싶은 송계 자신의 꿈과 포부를 담았던 옥정서당이나 차별화 교육으로 많은 학생들을 감당할 수 있었던 삼산서당에 비하여 매호서당은 지극히 단순했다. 몇 명 되지 않는 집안 아이들을 가르쳐야 하는 송계는 학동들에게 생활 속의 인예 공부와 학습에 재미를 붙이는 데 목적을 두기로 하였다.

어느 때부터 가르치는 일은 송계에게 자기 공부 이상의 목표가 되었다. 날이 갈수록 입소문에 동네아이들도 함께 공부하러 왔다. 송계는 정성을 다해 진정으로 아이들을 훈육하는 참 선비였다. 비록 어린아이들이지만 그들도 송계의 이런 마음을 알아채고 있었다. 더욱이 자천댁 손자 윤성이는 유난히 스승을 좋아하고 따랐다. 이러한 교감이야말로 송계에게 더 없는 자존감과 보람이요 기쁨이었다.

"오늘은 동짓달 초하룻날이지. 먼저 세심의식을 하고 책을 펼까?"

"예. 다 준비되었어요."

송계는 지난날 화산구곡을 설계하고 세심대를 명명한 이래 자신은 물론 학동들에게 초하룻날과 보름날을 '세심의 날'로 정하고 세심의식(洗心儀式)을 시행했었다. 물론 송계만의 고유한 방식이었다. 손을 씻고 마음을 가라앉힌 다음 묵상을 통하여 마음을 밝히는 양심법(養心法)이다. 하늘이 준 본성을 지키는 노력이요, 도덕적인 능력을 향상시키는 경건한 의식행위다.

아이들은 제각기 맑은 물을 7부쯤 담은 놋대야를 자신 앞에 갖다 놓고 가부좌 자세로 허리를 곧추 세우고 앉는다. 그것이 세심의식의 기본 준비자세다.

"그럼, 이제부터 세심의식을 시작합니다. 자기 앞에 놓여있는 대야의 물로 두 손을 세 번 씻은 다음 옆에 있는 수건으로 두 손을 닦고 공수를 합니다."

학동들은 이미 익숙한 듯 구령에 따라 자연스럽게 손을 움직였다. 공수란 왼손으로 오른손을 포개서 잡고 배꼽 위치에 가지런히 모으는 자세로 자신을 한없이 낮춘다는 의미를 담고 있다.

"모두 공수를 했지요?"

"예."

매월 초하루와 보름날 아침 수업을 시작하기 전에 시행하는 세심의식을 학동들은 마치 하나의 놀이처럼 흥미롭게 따라했지만 시간이 지날수록 진지해졌다.

"그러면, 이제 오늘 묵상할 내용을 외쳐볼까?"

반듯하게 앉아 두 손을 모아 붙인 아이들은 큰소리로 합창하듯 암송했다.

"측은지심 수오지심 사양지심 시비지심

惻隱之心 羞惡之心 辭讓之心 是非之心"

"아주 훌륭해요. 그럼 이제 묵상을 시작합니다. 먼저 측은지심입니다. 우리들은 지난 보름 동안 무엇을 가장 불쌍하게 여겼는가요. 어떤 일을 보고 가슴이 아프고 마음이 안타까웠는지 생각해 봅니다."

"……"

"두 번째는 수오지심입니다. 우리들은 지난 보름 동안 부끄럽고 사특한 일을 하지는 않았나요. 악함을 멀리했는지, 혹은 남을 미워하지는 않았나요. 남을 위하여 몇 번이나 선행을 하였나요?"

"……"

"세 번째는 사양지심입니다. 우리는 지난 보름 동안 얼마나 자신을 겸손하게 낮추고 나보다 남을 먼저 배려하였는가요. 또한 감사한 일이 무엇이었나요?"

"……"

"마지막으로 네 번째는 시비지심입니다. 우리들은 지난 보름 동안 옳고 그름을 분별할 수 있었나요. 진실과 거짓을 가릴 수 있었는가요? 사실을 사실대로 거짓말하지 않고 말할 수 있었나요?"

"……"

아무도 보는 이가 없었지만 아이들의 자세와 표정은 참으로 진지하고 경건하였다. 모두 숙연한 자세로 숨을 죽이면서 송계가 진행하는 세심을 위한 묵상을 따라했다. 송계는 4단을 화두로 한 묵상을 통하여 자신의 본성을 밝혀 인간됨의 본의를 벗어나지 않으려는 기준으로 삼았다.

"이제 묵상을 마치고 자기 앞 대야의 물을 비우는 순서입니다. 모두들 대야를 들고 밖으로 나가 마당가의 감나무 언저리나 화단에 있는 풀포기에 붓도록 합니다. 나 자신의 마음을 씻은 이 물을 헛되게 버리지 말고 또 다른 생명수로 쓰이게 하는 것입니다. 그러니까 함부로 쏟듯이 왈칵 붓지 말고 마치 찻잔에 차를 따르듯이 천천히 바닥에 부어줍니다."

송계는 사용한 물 한 그릇이지만 그것을 자연 순환 과정의 하나로 여겼고 그 세심의식은 곧 생명기운과 합일되는 것이라고 가르쳤다. 자기 본성을 바로 놓고 남을 배려하는 인격함양의 공부였다.

30여 분에 걸친 세심행사를 모두 마쳤다. 열 살 안팎의 아이들의 표정이 더욱 맑고 밝았다. 송계는 화산에서 씨앗을 얻은 이 세심의식을 꼬박꼬박 지켜나갔다.

"기분이 어때요?"

"마음을 빨래질한 것 같아요."

"마음에도 씻어내야 할 때가 많지요?"

"예."

"이제 오늘 강론을 시작합니다. 누가 한번 읽어 볼까?"

송계도 학동들도 모두 『동몽선습』 오륜의 마지막 편인 〈붕우유신〉을 펼쳤다.

"선생님, 윤성이한테 먼저 시켜보세요."

아이들은 하나같이 윤성이를 먼저 시켜라 했다. 그러자 윤성이는 망설이지 않고 팔딱 일어서서 또랑또랑한 목소리로 읽기 시작하였다.

붕우는 동류지인이라 익자삼우요 손자삼우이다.

우직, 우량하고 우다문이면 이의요.

우편벽, 우선유하고 우편녕하면 손의다.

朋友 同類之人 益者三友 損者三友

友直, 友諒 友多聞 益矣

友便辟, 友善柔 友便佞 損矣

"아주 잘 읽었구나. 그래 벗이란 같은 또래 사람을 말하는데 벗에는 유익한 벗과 무익한 벗으로 구분할 수 있다. 서로에게 유익한 벗이 되려면 정직하고 믿음이 돈독하여야 하고 다양한 식견도 가져야 한다. 믿음이 무엇보다 중요하다. 진정으로 믿음이 있다면 나 자신의 결점을 꾸짖어 줄 수 있고 나 자신의 단점을 진솔하게 말해 주어도 달게 받아들이게 된다. 그리고 손해를 끼치는 벗도 있는데 이는 생각이 편협하고 간사스럽고 말재주가 뛰어난 사람을 말한다. 이런 친구는 조심하여야 한다."

강론을 마치면서 송계는 한 달 내로 『동몽선습』을 떼면 이어서 『소학』으로 들어갈 것이라며 미리 교과서를 준비해 놓도록 일렀다. 그리고 다음 날은 자호천으로 나가 천렵을 하면서 공부하는 야외 수업을 할 것이라고 아이들에게 귀띔해 주었다.

한결같은 평상심으로 정성을 다해 교육에 전념하는 송계에 대해 마을 사람들과 아이들은 무언지 모를 신비감마저 느끼고 있었다. 우내 개울에서 빨래하던 아낙들도 종종 송계를 인구에 올리곤 했다.

"대전댁은 서당 훈장님의 얼굴을 본 적이 있슈?"

"얄궂긴, 내가 그 점잖은 어른 얼굴을 어떻게 보겠노?"

"아, 그러고 보니 우리 동네사람들이 대부분 훈장님 얼굴을 보지 못했다고들 하드만."

"하기사, 그 어르신, 골목길을 다닐 때도 꼭 큰 부채로 얼굴을 가리고 다니시던데."

"어쩌다 두루막 자락을 물결처럼 하늘거리면서 걸어가실 때 보면 감히 범접하기 어려운 신선 같아 보였어."

"맞아 맞아, 그래 신선이야."

떡가루 같은 하얀 눈이 탐스럽게 내리던 겨울밤이었다. 새로 이은 초가지붕 위로 소리 없이 내리는 눈이 소복소복 쌓여져 갔다. 마치 어둠을 거절한 듯 마을은 새로운 세상을 만들었다. 매호서당의 개구쟁이 녀석들이 약속이나 한 듯이 한둘씩 모였다. 여전히 골목대장은 윤성이였다. 윤성이가 아이들 앞에 하얀 쌀빛 윤기가 흐르는 오코시와 센베이 한 봉지를 꺼내놓으면서 자랑했다.

"이거 일본 과자인데 우리 할아버지가 대구에서 사오셨어."

거기에는 윤성이 누이동생도 있지만 대부분의 아이들은 일본과자를 처음 본다.

"우와, 바삭바삭거리고 맛있다. 모양이 쌀강정과 닮았네."

"얘들아, 오늘처럼 눈 오는 날 우리 훈장님은 뭘 하실까?"

"책 읽고 계시겠지 뭐."

종종 아이들의 생각을 앞질러 가는 윤성이는 장난기가 발동되었다.

"어디 우리 선생님이 뭘 하시는지 한번 몰래 가보자!"

윤성이는 과자 봉지를 한 개 더 꺼냈다. 센베이와 오코시의 고소한 맛에 이끌려서인지 아니면 모두들 호기심이 솟구쳤는지 윤성이 제안에 신나서 떠들어댔다.

마침내 아이들은 기름 등잔불이 켜진 송계의 서재에 도달했다. 그때까지도 함박눈은 사그락거리며 멎지 않고 내렸다. 도둑고양이마냥 허리를 숙이고 문간 가까이 들어서자 아이들은 그들이 예상한 것과 다르게 노래 소리와 함께 무슨 분답한 몸짓으로 바스락거리는 소리에 멈칫했다. 아이들은 숨을 죽였다. 들킨다는 불안감보다는 호기심으로 가슴이 두근거렸다.

윤성이가 가죽나무 햇순 같은 자기 손가락에 침을 듬뿍 발랐다. 그리고 격자 문살 종이에 손가락을 살며시 갖다 대자 종이가 사르르 녹으며 구멍이 뚫렸다. 방 안에 있는 사람은 분명 송계였다. 그러나 송계는 아이들이 상상했던 그런 선생님이 아니었다. 책상에 꼿꼿이 앉아 책장을 넘기는 인자하면서도 근엄한 스승이 아니라 마치 무녀가 춤을 추듯이 두 팔을 쳐들고 고개를 끄덕이면서 방 안을 빙빙 돌고 있었다. 윤성이는 신기한 장면에 깜짝 놀라 문 앞 죽담에 털썩 주저앉고 말았다.

"으악!"

윤성이를 둔 채 아이들은 우루루 도망치듯 마당 밖으로 쏜살같이 뛰쳐나갔다. 제법 두껍게 내린 눈 위로 깊숙한 아이들의 발자국만 선명하게 남아 있었다.

그제야 문밖의 소란한 소리를 들은 송계가 문을 열고 내다보았다. 미처 도망가지 못한 윤성이가 제자리에 주저앉아 울고 있었다. 다시 인자한 스승의 모습으로 돌아온 송계를 보며 훌쩍거리던 윤성이는 자기들의 장난을 털어놓았다.

"윤성아 됐다. 어서 방 안으로 들어오너라. 선생님은 책을 읽다 너무 좋아서 춤을 췄던 것뿐이야. 이상할 것 없어. 너도 책 읽는 재미에 푹 빠지면 선생님처럼 될 것이야."

"예?"

어린 윤성이가 선생님의 뜻을 알아들을 리가 없었다.

송계의 독서가 여느 보통 사람과는 다르다 할지라도 아주 요란하다거나 특별한 것은 아니었다.

송계는 그때 『심경』을 읽고 있었다. 매일 밤 잠자리에 들기 전에는 『심경』을 읽으며 하루를 정리하는 것은 송계의 오래된 습관이다. 아이들이 몰래 훔쳐 본 시간이 바로 그때였다.

구방심제명왈

천지변화 기심공인 성지재아 측주우신

기주이하 신명불측 발휘만변 입차인극

구각방지 천리기분 비성갈유 비경갈존

숙방숙구 숙망숙유 굴신재비 반복유수

방미근독 자수지상 절문근사 왈유이상

求放心齋銘曰

天地變化 其心孔仁 成之在我 則主于身

其主伊何 神明不測 發揮萬變 立此人極

咎刻放之 千里其奔 非誠曷存 非敬曷存

孰放孰求 孰亡孰有 詘伸在臂 反覆惟手

防微謹獨 玆守之常 切問近思 日惟以相

송계는 자기 성찰을 위하여 아무리 작은 것일지라도 본심을 잃어버릴까를 두려워하였다. 방심(放心), 잠시라도 맘을 놓아버리면 천 리 밖으로 달아나 버리는 것이 마음이니 열중하고 삼가야 보존할 수 있다는 주자의 가르침을 명심했다. 송계는 놓아버린 마음을 되찾지 않고서는 결코 마음이 고요하고 순수해질 수 없다고 믿으며 매일 밤 자경적 독서로 잠을 청했던 것이다.

송계는 『심경』을 읽노라면 종종 자신도 모르게 그 속에 매료되어 무아지경에 이르게 된다. 벌떡 일어나 덩실덩실 웃으면서 좋아라 춤을 추는가 하면 때로는 큰소리를 내어 노래하듯이 암송하기가 일쑤였다.

그러면 어느 순간 그 책 속으로 자신이 스르르 빠져들고 만다. 책과 한 몸이 되어 책을 읽기 전의 자신은 어느 편에 사라져버리고 새로운 자신으로 거듭난 사람이 된다. 그만큼 책을 읽고 난 뒤의 달라진 자신을 스스로 확인하는 것이 말할 수 없이 좋았다. 책 속에 든 양식을 자신의 빨대로 죄다 섭취한 만족감이다.

선비들의 독서 행태는 다양하다. 읽는 책 속에 심취하여 자기도 모르게 벌떡 일어나 춤을 추고 발을 구르는 사람, 정신 줄을 놓은 사람처럼 방 안을 이리저리 왔다 갔다 하는 사람, 심지어 까마귀가 울부짖듯이 소리를 지르는 사람도 있다. 송계도 그런 유형의 독서광이었다. 그렇게 열중해서 읽을 때 책을 읽는 사람의 머리가 깨이고 가슴이 울린다는 것을 송계는 알고 있었다.

그해 겨울이 지나고 열다섯이 된 윤성이는 임고보통학교를 월반하여 서울 중동학교로 진학하면서 고향을 떠났다. 매호서당은 처음보다 오히려 몇 명 더 어린아이들이 늘어났다. 자천댁의 손자들이 나이가 차면서 하나둘씩 서당을 떠나고 그 자리에는 자천댁의 친인척의 자제는 물론 이웃 아이들까지 찾아들었다. 새로운 아이들이 입학하려 할 때면 송계는 일일이 자천댁과 의논하였고 자천댁 어른은 굳이 거절하지 않았다.

"예, 기왕 있는 서당인데 걱정 말고 교육하세요."

그러나 송계는 썩 마뜩한 일이라고 생각지는 않았다.

눈에 보이는 것은 하나씩 하나씩 일본식으로 변화되어 갔다. 삶의 양식이 일본화되어 간다는 의미이기도 하다. 생활이 편리해진 반면에 국가총동원법을 따라야 하는 등 식민지 국민으로서 조선 사회는 부자유와 압박의 질곡 속에 깊이 매몰되어 가고 있었다. 일본의 패권적 야욕은 끝이 없었다. 일본은 자신들의 신을 모신 신사를 조선에 설치하고 그 참배를 강요하는가 하면 황국신민서사를 통하여 조선인이 일본제국의 신민임을 각인하고 충성을 다짐케 하였다. 일제는 그것으로 만족하지 않고 우리말 교육조차 폐지시켰다.

마을의 청년들을 강제 징용한다는 흉흉한 소문이 나돌았다. 그즈음 송계는 모처럼 시간을 내어 천곡과 영천 읍내를 나들이하였다. 마침 『낭산문집』 발간 사업이 종료되었다는 반가운 소식까지 있어 북산정사를 다녀올 계획으로 걸음하였다.

낭산이 돌아가신 지 벌써 4년이나 흘렀다. 매호에 묻혀 사느라 천곡의 북산정사를 찾아간 지 오래되었다. 뿐만 아니라 그 문집의 행장(行狀)을 송계 자신이 썼기에 문집 발간을 기다려온 터였다.

'이번 걸음에 스승님의 외아들 중재 이호대를 비롯하여 여러 벗들을 두루 만날 수 있으리라.'

북산정사는 낭산이 살아계실 때에 비하여 찾아오는 사람들의 발걸음이 많이 뜸해진 모습이었다. 중재도 삶이 탁탁하지 않았을 텐데 그 어려운 상황 속에서 『낭산문집』을 만드느라 크게 애를 썼다.

낭산의 제자와 지역 유림 인사들이 어렵사리 자리를 함께하였다. 대부분 송계의 지인들이었다. 낭산을 추모하고 기리는 덕담이 오가자 중재가 운을 뗀다.

"이번의 문집 발간에 애정 어린 붓끝으로 명문의 행장을 지으신 한송계공께서도 오늘 이 자리에 오셨습니다. 남다른 소회가 있으시리라 봅니다만……."

"옳은 말씀이요. 한공이야말로 우리들의 속 감정까지 대변할 수 있을 겝니다."

"과찬의 말씀 감사합니다. 어려운 시대를 살다 가신 스승님은 경서를 논함은 물론 문답문과 사부가악 등 참으로 다양하고 많은 글을 남겼습니다."

낭산을 추억하는 송계의 마음은 특별하였다.

"스승님은 특별히 저에게 많은 일깨움과 가르침을 주셨습니다. 여러분들도 알다시피 나는 지난 을묘년, 선현순례를 마치고 돌아오는 길에 제일 먼저 스승님을 찾아뵈었습니다. 그때 나의 여행일록을 귀 담아 들으신 스승님은

지난날의 병이 없음에 그대의 건장함을 알았고
사물과 더불어 시샘이 없어 가는 곳마다 즐거우리라.

經時不病知君健　與物無猜到處歡

이 같은 시로 저를 격려해 주셨습니다. 그 목소리와 모습이 지금도 선연하여 잊을 수가 없습니다. 오늘 나는 생전의 스승님께서 일러주신 '모든 일은 편중되면 폐단이 생긴다'고 하신 말씀을 다시한번 생각해 보고자 합니다. 아름다운 덕을 가졌다고 하더라도 편중되면 폐단이 된다고 하시던 스승님은 언제나 중용의 태도를 견지하고 실천하라고 하셨습니다. 그러기 위해서는 마음의 근원을 길러내야 한다고 생각합니다. 위태로운 인심은 멀리하고 미묘한 도심을 내 온몸으로 불러들여야 할 것입니다. 우둔한 저는 스승님의 그 가르침을 내 학문과 삶의 균형추로 달고 살아갑니다."

북산서당을 떠나 돌아가는 송계의 마음이 그리움으로 사무친다. 문집을 대하니 스승의 생각과 삶의 흔적 그리고 송계 자신에게 쏟아주던 각별한 애정이 밀물처럼 밀려왔다.

'이제 낭산은 영원히 내 곁을 떠나셨구나.'

지난 10여 년 전 산성에서 간재의 부고를 받고 그렇게 슬펐어도 낭산이 이웃에 계셔서 안도가 되었는데 이제 송계에게 스승이 한 분도 안 계심을 새삼 깨닫게 된다.

송계는 외로움이 엄습해왔다. 매호로 옮겨와 서너 해 지난 뒤에 있었던 낭산의 상례 때보다 더한 별리의 비통함과 쓸쓸한 감정을 추슬러야 했다.

'나를 일깨우고 가르쳐 준 스승님들이 이 세상을 다 떠났구나. 내 답답함을, 내 의구심을 누구에게 의지할꼬? 내가 어른이 된 지금, 난 누구의 스승이 되어가고 있는 걸까.'

다시는 자기 곁으로 올 수 없는 낭산이 그리웠다.

송계는 자신을 깨우치고 가르친 스승이 세 분 있다고 믿었다. 유
년시절 가학으로 학문의 즐거움을 알게 해준 아버지 소송거사가
초기의 스승이었다면 청년기를 거치면서 자신에게 학문적인 식견
과 인식의 지평을 열어 주었던 분이 낭산이었다. 곽면우에게 사사
받은 낭산은 송계에게 더 없는 도의의 벗이자 스승이기도 하였다.
낭산은 이웃 마을에 사는 선비로 그의 예학 이론과 문장론이 늘 송
계를 감동케 했다. 거기다가 매사를 경건하고 편벽되지 않게 처신
했던 낭산은 송계의 궁금한 문제를 꼼꼼하게 풀어주고 행동으로
보여주었다.

그 반면에 송계의 마음속에 오랫동안 흠모하다 늦게서야 만났
던 간재는 비록 율곡학을 계승한 선비지만 그의 걸출한 학문과 비
례부동의 기개가 송계의 학문적 앞길에 밝은 등불이 되어 준 진정
한 스승이었다.

송계는 생각할수록 더 이상 물을 곳이 없고, 기댈 곳이 없는 깜
깜한 세상 속에 자신이 홀로 서 있다는 외로움에 한없이 서글펐다.

읍내로 들어서자 주남들이 유별나게 눈에 들어왔다. 남천의 물
길이 읍내로 들어오는 초입의 들판 한가운데 거대한 건설공사가
진행되고 있었다. 기차역을 세울 기초공사였다. 철도를 놓을 기초
작업과 급수탑을 건설하는 일들이다. 장차 대구선 종점 역에 이어

중앙선 분기역이 될 영천역을 건설하고 있었다.

송계는 읍내에서 처음으로 문을 열었다는 고무신 가게를 찾아갔다. 가게 앞에는 사람들이 몇 명 서성거리고 있었다. 고무신은 가죽신이나 짚신에 비하여 코가 날카로운 듯 오똑 솟은 모양이 보기에 예뻤다. 그 종류도 다양했다. 크고 작은 것, 남녀로 구분된 것 그리고 흰색과 검정색 등 갖가지 고무신들이 짚 멍석 위에 가지런히 진열되어 있었다. 지나가던 행인들은 너도나도 낯선 고무신발을 구경하느라 고개를 빼들고 기웃거렸다. 송계는 정 씨 부인과 아이들 것에 눈길이 갔다. 앙증맞게 생긴 아이들 고무신은 장난감 같았다.

장터에서 송계는 대구로 나간 최 씨가 사업을 곧잘 한다는 이야기도 들었다. 그런데 상구의 소식은 만주에서 체포되어 일본으로 이송되었을 것이라는 뜬소문 외에는 달리 귀동냥을 하지 못했다. 여전히 마음만 애린 채로 돌아서야 했다.

신세대들에게는 유학은 물론 서당에서 한문을 배운다는 것 자체가 완전 구학으로 밀려나고 있었다. 면내 여러 동네의 아이들은 오 리 밖, 십 리 길 밖의 임고보통학교(심상학교)를 다녔다. 일본식 학제에 따른 신학문이 보편화되고 있었다.

송계는 서당 누마루에 앉아 물결이 꼬지 꿰듯 흘러가는 세상의 변화를 생각해 보니 이곳 매호서당의 주황색 서까래에도 머지않아 비바람이 불어닥칠 것을 예상해 본다. 자신이 앉아있는 누마루 안으로 비춰드는 햇살과 가을로 익어가는 하늘빛 사이로 온 정성을 바쳐 경전을 펼치고 살아온 옥정동과 삼산동의 추억들이 들어와 앉는다. 낱낱이 햇살에 곱게 엮인 그 긴 세월은 늙어가는 송계에게 단순한 추억들이 아니라 감사의 대상이었다. 한기와 허기를 이겨 내면서 외줄 같은 도학에 매달려 살아온 세한풍의 세월이 송계 자신을 보다 더 정확하게 설명해 주고 있었다.

3

이른 햇살이 우지산정을 붉게 물들였다. 하얀 서리꽃이 녹아내리는 소리가 사각거렸다. 그래도 아침 공기는 청량감을 넘어 여전히 쌀쌀했다. 참새 떼가 낮은 연기 뭉치처럼 들판으로 날아갔다.

송계는 고사리 같은 명동의 손을 잡고 마당 밖으로 나섰다. 아침마다 그랬듯이 일곱 살배기 손자와 산책 나가는 길은 더 없는 기쁨이었다. 앞개울을 건너려 하자 숲속에 숨었던 또 다른 새 떼들이 허공을 흔들고 갔다. 물이 찰랑거리듯이 빠르게 날갯짓을 하고 날아가는 새 떼를 본 명동은 오늘도 그냥 지나치지 않았다.

"할아버지, 저건 또 무슨 새여요?"

송계는 총명하고 궁금증이 많은 손자 녀석이 한없이 기특하고 사랑스러웠다.

"콩새라고 하지."

"콩새?"

"응, 콩새."

콩새가 사라진 자리에 햇살이 무지개처럼 피어났다.

매호서당을 떠나온 송계는 거의 매일 심락와(尋樂窩)에서 보냈다. 인근 마을에서 찾아드는 젊은이들과 책을 읽고 토론하기를 즐겼다. 때때로 손자들을 데리고 동구 밖으로 나가 계절마다 달라지는 산과 들을 관찰하는 것도 크나큰 낙이었다. 그렇게 세월을 보내는 사이에 송계는 어느덧 일흔을 넘어선 노인이 되었다.

송계는 자신의 지난날을 돌이켜 보았다.

'나의 지난 인생길에 학여(學旅)와 교여(敎旅)로 여한 없이 살았구나.'

학여가 젊은 날 배움을 좇아 나선 순례의 길이었다면, 교여는 배운 것을 젊은이들에게 되돌려 주려 한 가르침의 길이었다고 송계는 스스럼없이 정의했다.

언젠가 연로한 낭산을 문안한 자리에서 송계가 말했었다.

"스승님, 제 삶은 학여가 반이고 교여가 반이었습니다."

"허 그 참, 재미있는 표현이구려. 결국 한공의 삶은 도학을 찾아서 또 교육을 위해서 긴긴 여행을 했다는 뜻이구만."

낭산은 크게 공감해 주었다.

송계는 평생을 살아오면서 '부모를 욕되게 하지 않는가?(불충호), 상대에게 믿음을 주고 있는가?(불신호), 그리고 제대로 알지 못하면서 가르치지 않는가?(불습호)'하는 이 세 가지 기준을 스스로 엄격한 잣대로 삼아 살아왔다.

노년의 심락와 생활은 송계 인생의 종착지로서 학여도 교여도 아닌 쉼이었다. 송계는 태실이나 다름없는 연정동에서 지나온 날들을 정리하고 묵상하며 지내는 중에 나라가 해방되었다. 긴 터널과 같던 어둠에서 찬란한 빛이 들어섰건만 사람마다 느끼는 광도가 달랐다. 현실에 시달리고 쫓긴 민초들은 해방에 대한 염원도 힘겨운 희망이었고 광복에 대한 기쁨도 갑자기 주어진 선물처럼 제대로 누리지 못했다.

일본이 물러간 자리에 새로이 미국식 문물이 밀려들면서 한자로 된 유학 경전은 더욱더 뒷전이 되었다. 기술교육이 인간교육을 훨씬 앞질러 나가기 시작하니 성찰하고 근사하는 삶보다 표방된 껍데기를 따라가기도 숨이 가빴다.

심락와 밖의 모습은 하루가 다르게 변모되어 갔다. 일정 모양으로 재단된 학생들의 교복에서부터 개량된 농사법, 손쉽고 편리한 대중교통 수단들, 그리고 신녕 장터에 내놓은 갖가지 물건들. 오지인 연정동 사람들에겐 모든 것이 생경스러웠다.

해방이 된 이후 몇 해 동안은 그야말로 하루하루가 생지옥이었다. 긴 억압에서 풀려나 자유와 평등만을 부르짖는 사회의 모습을 바라본 송계는 해방 전 일제의 핍박 그 이상으로 비참함을 겪어야 했다.

매호동에서 전해지는 소문도 흉흉했다. 해방 이듬해 시월, 대구

지역의 노동자들이 주동이 된 '대구항쟁'은 대구시를 넘어 영천까지 번져 나와 영천 군수가 살해되었다든지 만석꾼 부자로 소문난 마을 앞 이 부자의 집이 모두 불타고 말았다는 등 살벌한 소식이 전해졌다. 이 부자는 구사일생으로 살아날 수 있었지만 그 큰집이 모조리 불태워져도 인심을 얻지 못한 그를 두둔하는 사람은 아무도 없었다고 했다.

일본의 압제가 물러난 자리에 동족의 가슴에 총부리를 겨누는 전쟁이 전국토를 휩쓸었다. 달포 전까지만 하여도 신녕과 영천은 남북한의 격전장이었다. 북쪽으로부터 물밀 듯이 남진해 온 북한군은 구미-다부동을 거쳐 신녕과 자양으로 진군해 왔다. 동북쪽에서 밀고 내려온 북한군 15사단은 임고를 거쳐 영천읍을 점령했다. 그 당시 북한군은 매호동의 자천댁에다 야전병원을 차리겠다며 겁박하게 되고 총검 앞에서 자천댁은 할 수 없이 집을 비우고 피난살이를 떠나야만 했다. 자천댁의 소문을 들은 송계는 가슴이 찢어질 듯 쓰리고 맘이 아팠지만 달리 재간이 없었다.

이런저런 소문으로 세상이 시끄럽기만 한 어느 날 종달이가 서당으로 송계를 찾아왔다. 심지가 굳은 종달이의 표정이 그날따라 좀 격앙되어 보였다.

"선생님께서 앞장서 주십시오. 일본의 압제를 겪어오면서 우리의 미풍양속이 쇠락하고 이웃 간의 인심 또한 많이 퇴락하였습니다. 더 늦기 전에 우리 동네만이라도 마을 풍속을 바로 세워야 합니다."

송계는 그런 종달이가 한없이 든든했다. 심락와에서 공부한 마지막 제자이기도 하거니와 연정동을 위해서 애쓰는 그의 건실함이 미더웠다.

"참 훈훈한 생각이네. 그런데 자네도 알다시피 나는 너무 오랫동안 고향을 떠나 살다가 이제 막 귀향하지 않았는가? 향촌의 사정에 그리 밝지를 못하네."

"선생님, 그것은 염려하실 일이 아닙니다. 마을 사람들은 선생님의 어진 덕망을 존경하고 있습니다. 선생님께서 마을을 위하여 나서 주시면 모두들 마음을 한곳으로 모으게 될 것입니다."

"마음을 한곳으로 모은다 했나? 그런 공동체 정신은 하루아침에 형성되는 게 아니라네."

"그러나 이웃끼리 서로 지켜주고 길흉대사를 돕다 보면 자연스럽게 마을의 공동체 정신이 생기지 않겠습니까? 제발 선생님이 나서주십시오."

"그러려면 향약과 같은 성격의 동네 규약이 반드시 필요하다네."

"예, 바로 그런 약속의 틀도 세워주시고요."

"무슨 말인지 알겠네. 예로부터 지역에 따라 그러한 사례들이 종종 있었지."

그러면서 송계는 상주의 '존애원(存愛院)'에 관한 내력을 종달에게 들려주었다.

"임진왜란이 끝나갈 무렵, 경상도 관찰사를 지낸 우복 정경세란 분이 있었네. 그는 자신의 고향인 상주 남촌 지역 백성들이 전쟁과

흉년으로 굶고 병들어 죽는 현실을 차마 볼 수가 없었지. 생각 끝에 우복은 자신의 동료들과 만든 친목계금을 털어서 '존애원'이라는 의약국을 열었어. 존애원에서는 무료로 또는 최소의 약재비만 받고 병약한 지역민을 돌보기 시작했어. 또한 전쟁으로 퇴락한 민심과 풍속을 부흥시키는 데도 앞장섰지. 그게 오늘날까지 전해오는 조선 최초의 사립 의약국일세."

"바로 그겁니다. 우리도 향약을 만들어 마을의 인심과 미풍을 다져나가면 되지 않겠습니까?"

"그래, 옳은 이야기네. 우리는 오랜 세월 동안 일본의 압제 속에서 살아내느라 너나 할 것 없이 심성이 많이 팍팍해진 건 사실이야. 좋네. 기준을 세워 우리 마을 풍속을 바로 잡아보세."

"선생님이 기초를 설계해 주시면 몸수고는 제가 다 하겠습니다."

"그래, 인심이 좋고 기강이 바로 선 마을을 한번 만들어 보세나."

송계는 서책에만 매달려 있지 않고 찾아오는 젊은이들과 생산적인 담론을 나누면서 마을과 이웃의 도의와 미풍을 바로 세우고자 고민을 토로하였다. 그 가운데 현안 문제인 마을의 향약을 만드는 일에 열중했다.

송계는 서둘러 규약을 만들어 헝클어진 향민들의 마음을 추스르고 자립의욕을 북돋워주고 싶었다. 그 규약은 여씨향약이나 예안향약*을 본떠서 정하되 마을 상황에 맞게 변용해 나가기로 하였다. 종달이가 열심히 도와주었다.

그런 마을의 일을 거들면서 송계는 증자의 말을 떠올렸다. 고향에서 만년을 보내는 자신에게 당부하는 가장 적합한 말이었다.

신종추원 민덕귀후의라.
愼終追遠 民德歸厚矣.

상례나 제사를 정성껏 모시는 숭조 행위가 곧 백성의 덕을 두텁게 한다는 가르침이었다. 송계는 차일피일 미루던 집안의 재실 귀후재로 가서 누마루에 올라앉았다. 재실의 낡은 서까래와 빛바랜 현판 그리고 무성한 마당의 풀들이 자신을 꾸짖기라도 하는 듯하였다.

'흔히 마칠 때는 소홀하기가 쉽고 멀리 있는 것은 잊어버리기 일쑤지만 그것을 정성들여 살피면 자신의 덕이 두터워지고 또한 주변의 사람들까지 교화가 되는 법이 아닐까?'

송계는 이 같은 생각을 하면서 비단 귀후재뿐만 아니라 마을을 돌보는 일에 정성을 다해 힘을 보태리라 마음먹었다.

또 하루 해가 지나갔다. 점점 기억은 멀어져가고 몸도 쇠약해져 갔다. 세월이 흐르면서 지난날의 고난이 서서히 잊혀져갔다. 남은

---

* —— 향약(鄕約)은 마을 사람끼리 서로 도우며 잘 살아가자는 약속이다. 여씨향약은 11세기 말 송나라의 여대균 등이 만든 향약이고 예안향약은 퇴계가 자신의 고향인 안동 예산지역에서 시행한 향약이다.

세월 송계는 아름다운 일들만 기억하며 살다 가고 싶었다.

부엉새 우는 소리가 그리운 사람을 더 그립게 하고 서러운 사람을 더 서럽게 하는 나날이었다. 송계는 지난날의 서러움은 가라앉힐 수 있었지만 그리움까지는 채 거두기가 어려웠다. 문득문득 상구가 그리웠다. 해방 뒤에 그가 불현듯 찾아왔듯이 어디선가 불쑥 상구가 나타날 것만 같았다. 고즈넉한 밤이면 그를 더욱 기다렸다. 상구는 언제나 기별 없이 송계 앞에 나타나곤 했으니까. 십여 년 전에는 인편으로 급하게 적은 듯한 작은 쪽지 한 장만 달랑 전해 주어 송계를 놀라게 했었다.

그 이후로 줄곧 송계는 상구의 소식을 모르고 지내온 터였다. 송계는 책장 속에 넣어둔 상구의 쪽지 글을 다시 꺼내 폈다. 빛이 바래고 얼룩이 진 채로였다.

형은 어떤가. 나는 지금 심양에서

열렬하게 항일활동을 하고 있어. 상구.

仁兄近可好 我現於瀋陽積極推動抗日行動 上丘

냉정하리만치 짧은 글이었다.

고요 속에서 별들은 하나둘씩 더 밝게 빛났다. 유성 하나가 길게 꼬리를 드리우고 북쪽으로 흘러내렸다. 온 하늘이 순간 캄캄해지는 기분이 들었다. 소슬한 바람이 한차례 불고 지나가자 방향을 알 수 없는 먼 곳에서 그리움이 곡소리가 되어 아련히 들려왔다. 그

소리를 따라 송계는 아무도 보이지 않는 길을 따라 끝없이 끝없이 걸어가는 자신을 보고 있었다.

　귀후재에 앉아 있는 젊은 문상객들이 자리를 뜰 생각을 하지 않았다. 오후 내내 붙박이가 된 듯 그들은 상술에 잔뜩 취해 횡설수설 이야기를 끝내다 말고는 다시 이어가기를 몇 차례나 되풀이하였다. 해가 질 무렵 젊은 신사 한 사람이 송계 묘지를 참배하고 재실 아래쪽으로 내려오자 모두들 약속이나 한 듯 자리를 뜨기 시작하였다.

　선상두꾼과 곡쟁이는 자근곡 들길로 자취를 감추었다. 상구와 종달이만 마치 무슨 할일이라도 남은 사람들처럼 재실 마루에 머물러 있지만 눈길은 그저 먼 산만 바라보고 있었다.

　그 젊은 신사가 재실을 지나치려 하는 순간 우연히 상구와 눈이 마주쳤다. 그는 낯선 듯 몇 번 고개를 갸웃거리더니만 재실 누마루로 성큼 올라섰다. 다시 술잔이 돌기 시작했다. 선상두꾼 최수팔과 곡쟁이 김동석이 떠난 빈자리에 그 젊은이가 채워 앉았다.

　흙 내음이 사라지고 찬바람이 살랑살랑 불어왔다. 바람결이 오히려 취기를 돋우었다. 취기가 오를 대로 오른 상구는 자기 이야기를 듣든지 말든지 개의치 않고 자신이 하고 싶은 말을 주저리주저리 읊어댔다. 대본을 펴놓고 줄줄 읽어 내리는 것처럼 청산유수다. 상구는 정신이 온전하게 돌아올 때면 언제나 달변을 토해낸다.

　"내 친구 송계는 일생을 고뇌하며 살다간 이 시대의 진정한 선비였소. 숨어 우는 바람 소리처럼 말이오. 구도를 향한 자기 성찰과 고뇌, 다음 세대를 위한 참 훈도자, 소리 없는 반항…… 그렇게 격변의 시대를 딛고 오로지 성현의 도를 좇았지. 그야말로 조문도 석사가의(朝聞道夕死可矣)라 할 구도의 열정으로 살다간 거요.”

상구는 멈칫, 하던 말을 멈추고는 방금 마루로 들어선 젊은이에게 술잔을 건넸다. 술잔을 두 손으로 받는 젊은이의 손등이 희고 고왔다. 모습도 귀골스러웠다. 상구가 말을 붙였다.

“공자는 누구요? 고인을 조문하러 온 거요?”

“매호동 자천댁의 손자 이윤성입니다. 어린 날 송계 선생님으로부터 오랫동안 적전 수업을 받았습니다.”

여덟 살의 어린 윤성은 송계의 무릎을 베고 살듯이 서당에서 자라 열댓 살이 될 무렵 고향을 떠났다. 그 후 서울의 중동학교와 보성전문학교를 마치고 해방을 맞자 곧바로 자유중국으로 건너가 유학을 마쳤다. 현재 윤성은 동양철학계가 기대를 거는 유망한 젊은 학자로 성장해 있었다.

윤성은 스승의 부고를 전해 듣고 부랴부랴 묘소를 찾아와 참배한 것이다. 모두가 하나같이 송계를 추모하는 이야기를 나누는데 또 한 사내가 술상 앞으로 들어와 앉았다.

“실례가 많습니다. 저는 군위 산성에 사는 황덕견입니다.”

산성이란 말에 상구가 반기며 말을 붙였다.

“나는 원곡에 사는 김상구올시다. 망자의 친구지요. 아니 내 스승이었소.”

상구는 다시금 단순하고도 퉁명스럽게 자기소개를 했다. 잔뜩 취해 있는데다 몸 매무새도 허술하기 짝이 없었지만 송계 선생의 오랜 지우라는 말에 덕견은 상구 앞에서 몸을 곧추 세우고 술잔을 올렸다.

"네, 그렇습니까."

인사를 건네고 다시 살펴보니 순간순간 예사롭지 않은 말투와 몸짓이 덕견과 윤성을 놀라게 하였다. 스승의 벗이라는 말에 덕견의 상구를 대하는 태도가 더욱 공손해졌다.

덕견은 삼산서당에서 스승과 다소 어색한 작별이 있었다. 세태에 대한 의견 차이였을 뿐 옳다 그르다 할 문제는 아니었기에 이미 그믐밤 같은 옛날이야기로 까맣게 잊어버렸다. 남달리 송계의 사랑을 받았던 덕견은 서당을 떠나 결국 수리조합 일류 토목 기사가 되었다. 덕견은 스승을 떠나 세태의 흐름을 좇아갔지만 정신만은 스승의 가르침을 가슴에 새기고 살았다며 다시 눈물을 글썽거렸다.

"내 나이 이순이 넘도록 가슴 속을 굳게 지켜주신 분이 바로 송계 스승님입니다. 말하자면 나는 평생 송도신기를 좇아 살았다 해도 과언이 아닙니다."

덕견은 흘러내리는 눈물을 훔치면서 송도신기(竦道新技)라는 생경한 단어로 자신을 설명했다. 그러자 곁에 있던 윤성이가 받아서 물었다.

"학형님, 송도신기란 송계 선생님의 정신 위에 새로운 기술을 익혀나갔다는 뜻인가요?"

"그러하네. 나는 잃어버린 본심을 회복하기 위하여 매일 성찰하라고 가르쳐주신 스승님의 훈도를 새김질하면서 살았다네."

덕견은 사려가 깊었다. 한결같이 남을 배려하는 어진 삶을 살려고 노력했다. 어디서 무엇을 하나 자신을 반듯하게 다듬어 준 스승의 가르침을 잊지 않으려 노력했다. 상구는 덕견에게 화답을 하듯이 송계의 주검 앞에서 못내 미안한 감정을 풀지 못한 것이 하나 있다고 고백했다.

"해방되자 나는 절뚝거리는 몸으로 심락와를 찾아갔었어. 옥정서당에서 형과 헤어진 후 이십 수년 만의 만남이었지. 물론 그 이후 내 몸을 대신하여 작은 쪽지 한 장으로 안부를 대신했지만. 그때 우리 둘은 너무 반갑고 서러워 서로를 얼싸안은 채 울다가 눈물로 밤을 지샜다네. 어느 덧 노쇠해진 모습이 딱하여 서로가 서로를 눈물 없이 볼 수가 없었지. 그때 내가 '형은 벼랑 끝에 남아있는 한 그루 낙락장송이구만!' 하고 말해주었지. 지금 생각하니 그 한마디가 망자의 삶을 너무 외롭고 슬프게 정의했나 싶어 후회가 되네. 차라리 그때 형이 노여워하거나 뭐라고 자기 변을 내놓았더라면 지금 내 마음이 가벼웠을 텐데 말이야."

사실, 송계는 상구의 말에 조금도 섭섭함이 없었다. 다만 그의 말뜻이 아리송하였다.

"벼랑 끝에 낙락장송이라……? 어찌 더 달리 낙원을 바랬겠는가. 내 몸과 마음 닦을 곳이 오로지 그곳뿐이었는데. 그 길만이 내가 가야 할 길이었던 것을."

그러나 상구가 다녀간 후 송계는 읽던 책을 덮으면서 생각했다.

'벼랑 끝의 삶은 누구나 어려운 법. 그 끝에서 보란 듯 강바닥으로 뛰어내리는 사람이 있는가 하면 절벽을 지켜내려 몸부림치고 비명을 지르는 사람도 있지. 또한 안간힘으로 절벽에 붙어 버티는 사람이 있는가 하면 나같이 하나의 솔이 되어 제자리에서 홀로 풍한을 이겨내는 사람도 있고.'

밤늦도록 기름 심지 타오르는 냄새가 짙게 풍겨나는 방 안에서 홀로 자문자답하며 깊은 상념에 젖었다.

'다시 강상을 일으키고 영원히 지키는 받침대가 되어 주리라. 마땅히 훌륭한 밑받침으로 쓰일 것이리라!'고 다짐하면서.

상구는 일본 경찰의 모진 고문에 정신이 나가고 몸이 상할 대로 상한 채로 해방을 맞았다. 그 건강하고 튼실한 몸이 돌이킬 수 없는 불구자가 되어있었다.

상구의 일생은 질곡의 연속이었다. 천노의 몸으로 태어난 그가 몇 권의 책을 읽은 것이 되레 화근이 되었는지 그토록 자신을 괴롭게 만들었다. 산남의진 활동을 비롯해 항일 독립운동으로, 그리고 강제 징용으로……. 상구는 긴 세월을 바쳐 불구를 담보로 해방을 얻었던 것이다.

초롱불이 가물거렸다. 윤성이가 널브러진 술상을 치웠다. 누군가가 상구 어른이 어디 갔냐고 물었지만 아무도 아는 사람이 없었다. 술기운이 거나하게 오른 세 사람은 어둑해진 골짝을 걱정스레 쳐다보다가 잠깐씩 내비쳤던 상구 어른의 무용담을 떠올렸는지 이내 걱정을 접었다.

자근곡은 한 켜 한 켜 어둠이 깊어졌다. 아니 어둠마저 들어설 여지가 없이 별들이 솟아올랐다. 넓은 하늘에는 크고 작은 별들이 꼬리를 물고 무리를 만들고 있었다. 송계가 잠든 묘지 위에도 별들이 무지개를 그렸다. 밤이 깊어져도 송계가 아꼈던 제자, 덕견이와 윤성이 그리고 종달이는 자리를 뜰 줄 몰랐다. 그들은 하나의 큰 별이 된 송계를 한없이 우러러보고 있었다.

말없이 하늘과 묘녘을 번갈아 쳐다보기만 하던 윤성은 송계에게 조용히 고백했다.

"선생님, 저는 지금도 '세심의 날'을 지킵니다. 죽는 날까지 선생님의 소중한 가르침인 세심을 실천해 나갈 것입니다."

윤성의 애끓는 고백이 자근곡의 밤을 메아리쳐 울렸다.

후기

『이야기로 만나는 송계』는 송계(竦溪) 한덕련(韓德鍊, 1881~1956) 선생의 삶과 학문을 이야기 방식으로 엮은 책이다. 실존적 인물 송계의 행적에 나의 상상을 덧붙여 그의 일대기를 재조명한 작품이다.

나의 고민이 적지 않았다. 실존에 무게를 두자니 연구논문이 될까 걱정이었고, 상상으로 송계를 그리자니 본래의 모습에서 너무 벗어날 것 같은 두려움 때문이었다. 나는 시종 실존적인 인물 송계를 명확하게 드러내면서 선생이 고뇌하고 현실을 극복해 나가는 과정을 독자들에게 보다 흥미롭게 들려주기 위해 상상의 끈을 놓지 않으려 했다.

선생은 근세기 말엽에 태어나 격변시대를 오로지 도학(道學)에 천착한 선비다. 가정적으로 학문적으로 어느 것 하나 여유롭지 못했지만 그것을 홀로 감내하면서 영남 동남부 지역의 유학자로 뚜렷한 족적을 남겼다. 선생은 문자를 깨닫는 것에 학문의 목표를 두지 않았다. 그것을 넘어 성현의 도에 이르고자 하는 수신자(修身者)로서의 삶을 살았다.

선생은 '자나 깨나 도를 구하다 죽고서야 그친다'는 굳은 심지로 학행(學行)을 돈독하게 쌓아 나갔다. 일상 속에서 격물(格物)로

선을 밝히고 성의(誠意)로 몸을 닦아 마침내 천도(天道)에 이르고자 하는 자기 수신에 철저했다.

더없는 고독과 절제와 인내를 스스로 감당해야 했지만 선생이 남긴 빛과 향기는 당 시대인들은 물론 후세인들이 향유하는 복이 되었다.

본서는 모두 3부 9장으로 구성하였다.

장례식을 마치고 귀후재에서 송계를 추모하는 이야기로 시작하는 '1부 자근곡도 울고'는 송계의 삶에 안겨진 고민과 갈등을 다뤘다. 유학이 쇠퇴해져 가는 사회 변동을 겪으면서 송계는 자신이 선택해 나가야 할 길이 무엇인가를 깊이 고민하고 그 위에 자신의 목표를 설정해 나가는 과정을 보여주고 있다. '2부 선유의 향기'는 앞장에서 던져진 고민의 해법을 찾기 위해 떠나는 긴 여정을 담았다. 송계는 스스로 견문을 넓히기 위해 선현 유적지의 순례길에 나섰다. 도산서원 등에 깃든 선현들의 영혼은 물론 부안의 전간재(田艮齋)와 거창의 곽면우(郭俛宇)를 비롯한 여러 도학자들과 만나 학문적 소통을 했다. 그 과정에서 송계가 사색하고 직간접으로 깨달은 바를 2부에서 말해 주고 있다. 마지막 '3부 세한의 낙락장송'은 순례를 통하여 결심한 바를 구체적으로 실천해 나가는 과정의 이야기를 다루었다. 화산과 삼산 그리고 매호서당에서 인생의 반 가까운 긴 세월 동안 훈도한 제자들이 225명이나 되었다. 송계 교육의 핵심은 끊임없는 세심을 통해 성현을 지향하는 도덕심을 기르고자 하는 인간성 회복 교육이었다. 순탄하지 않은 현실 속에서도 도학 교육의 끈을 끝까지 포기하지 않았던 송계 자신의 교육정신을 여기서 분명하게 밝혀 주었다.

선생은 983수의 시교시(詩敎詩)를 포함한 문집 20권과 속집 4권을 남겼다. 그 핵심은 역시 수신과 마음을 기르게 하는 심법을 지향하는 데 있었다.

한송계 선생 76년간의 생애를 한 권의 이야기책으로 대신하기란 나의 욕심만 앞섰을 뿐 역부족이었다. 스토리를 구상하며 거의 1년 동안 나는 실존적인 송계가 되어 살았다. 송계 선생의 발걸음이 닿는 곳이면 어디든 따라다녔고 선생이 나누었을 법한 이야기를 찾아다녔다. 송계 선생의 그림자로 사는 동안 때로는 함께 눈물 짓고 또 때로는 환희에 빠지기도 했다.

선생의 죽음 앞에서 진정으로 애도하는 제자들의 모습을 통해 한 인간이 어떻게 삶의 방향을 잡고 살아가야 하는지를 보여주고 싶었지만 독자 스스로의 판단에 맡겨놓는다. 자신의 길을 꿋꿋이 지킨 도학의 마지막 세대로, 실천 도학자로서 굳건하게 자리매김한 송계는 분명 이 시대에 귀감이 될 큰 별이었다.

이 스토리텔링을 계기로 송계 선생의 삶의 편편을 흥미롭고도 의미 있게 만날 수 있기를 기대한다.

2020년 가을
가산서재에서 김정식